OBRAS DA AUTORA PUBLICADAS PELA GALERA RECORD:

Feitiços e sutiãs
Sapos e beijos
Férias e encantos
Festas e poções

SARAH MLYNOWSKI

Festas & Poções

Tradução de
LUIZ ANTONIO AGUIAR

Rio de Janeiro | 2012

CIP-BRASIL. CATALOGAÇÃO NA FONTE
SINDICATO NACIONAL DOS EDITORES DE LIVROS, RJ

M681f

Mlynowski, Sarah
Festas e poções / Sarah Mlynowski; tradução Luiz Antonio Aguiar. - Rio de Janeiro: Galera Record, 2012.

Tradução de: Parties and potions
Sequência de: Férias e encantos
ISBN 978-85-01-08263-3

1. Feiticeiras – Ficção juvenil. 2. Magia – ficção juvenil. 3. Literatura juvenil. I. Aguiar, Luiz Antonio. II. Título.

12-6553

CDD: 028.5
CDU: 087.5

Título original em inglês:
Parties and potions

Copyright © 2009 by Sarah Mlynowski

Texto revisado segundo o novo Acordo Ortográfico da Língua Portuguesa.

Todos os direitos reservados. Proibida a reprodução, no todo ou em parte, através de quaisquer meios.

Direitos exclusivos de publicação em língua portuguesa somente para o Brasil adquiridos pela
EDITORA RECORD LTDA.
Rua Argentina 171 – Rio de Janeiro, RJ – 20921-380 – Tel.: 2585-2000
que se reserva a propriedade literária desta tradução.

Impresso no Brasil

ISBN 978-85-01-08263-3

Seja um leitor preferencial Record.
Cadastre-se e receba informações sobre nossos lançamentos e nossas promoções.

EDITORA AFILIADA

Atendimento e venda direta ao leitor:
mdireto@record.com.br ou (21) 2585-2002.

Para Wendy Loggia,
a editora com um toque mágico

Agradecimentos

Obrigada elevado à potência de um trilhão a:

Laura Dail, minha agente superstar, e Tamar Rydzinski, a rainha das negociações internacionais de direitos.

Todas as pessoas que trabalham muito na Random House Children's Books: Wendy Loggia, Beverly Horowitz, Elizabeth Mackey, Chip Gibson, Joan DeMayo, Rachel Feld, Kenny Holcomb, Wendy Louie, Tamar Schwartz, Tim Terhune, Krista Vitola, Adrienne Waintraub, Isabel Warren-Lynch e Jennifer Black.

Robin Zingone, que faz Rachel ficar mais adorável a cada livro.

Aviva Mlynowski, minha Miri — amo você, Menininha!

Às minhas quatro deusas leitoras: eu estaria perdida sem vocês. Sério. Perdida e desempregada. Obrigada, obrigada, obrigada, obrigada a:

Lauren Myracle, a deusa da motivação (ela abriu mão dos fins de semana para me ajudar!);

E. Lockhart, a deusa da linguagem (e sempre dizendo como posso melhorar);

8 ✳ Sarah Mlynowski

Jess Braun, a deusa das reações honestas (isso mesmo, ela me fez eliminar uma fala ao dizer que lhe dava vontade de vomitar);

E à minha mãe, Elissa Ambrose, a deusa do sempre-sabe-o-que-eu-quis-dizer (e de ler todos os livros, capítulo por capítulo!).

E também meu carinho e meus agradecimentos à minha família e aos meus amigos: Larry Mlynowski, Louisa Weiss, John e Vickie Swidler, Robert Ambrose, Jen Dalven, Gary Swidler, Darren Swidler, Shari Endleman, Heather Endleman, Lori Finkelstein, Gary Mitchell, Leslie Margolis, Ally Carter, Bennett Madison, Alison Pace, Lynda Curnyn, Farrin Jacobs, Kristin Harmel, David Levithan, Bonnie Altro, Robin Glube, Jess Davidman, Avery Carmichael e Renee e Jeremy Cammie (que deveriam ter sido mencionados no último livro!), e BOB.

E a Todd Swidler, meu marido maravilhoso! Eu te amo!

Tantas roupas... Apenas um primeiro dia

Se eu gosto de vermelho?

Dou uma pirueta diante do espelho. É, a blusa vermelha podia funcionar. Vermelho faz meu cabelo parecer superbrilhante e charmoso, e vai ficar ótimo com meu jeans favorito.

Modéstia à parte.

A blusa tem gola em "U" e mangas bufantes fofíssimas. É meu modelito de volta às aulas para o grande, GRANDE dia de amanhã: o primeiro dia do meu segundo ano do ensino médio! Minha melhor amiga para sempre, Tammy, e eu fomos ao shopping na semana passada fazer umas comprinhas para a ocasião. Eu sabia que podia ter zapeado alguma coisa, mas a primeira regra da bruxaria é que tudo vem de algum lugar. Eu não queria, acidentalmente, roubar uma blusa nova da Bloomingdale's.

10 ✳ Sarah Mlynowski

Eu gosto da vermelha. Fica bem com a minha pele. Mas não sei se mostra bem o meu fabuloso bronzeado. Humm. Encosto no material que roça meu pescoço e entoo:

Como o novo velho se torna,
Como a noite vira dia,
Linda blusa de volta às aulas,
Por favor, como em branco ficaria?

Descobri que acrescentar *por favor* aos meus feitiços ajuda um bocado. Parece que os poderes gostam muito quando eu sou educada.

Uma friagem toma o quarto, me arrepiando toda. Desce pelas minhas costas, e então — zap! — o feitiço faz efeito. O vermelho da blusa rapidamente se dissolve no tecido, tornando-se fúcsia, rosa-escuro, rosa-pálido e, finalmente, tão branco como Liquid Paper.

Agora, sim! É isso! Tinha que ser branca! O branco é que mostra bem meu lindíssimo bronzeado de verão.

Meu lindíssimo bronzeado *falso* de verão. É óbvio. Não tenho uma piscina no centro de Manhattan na qual posso ficar tomando sol e, além do mais, tem estado abafado e úmido demais nesta cidade para se ficar a céu aberto mais de vinte segundos. Então, como eu ia conseguir ficar com um brilho natural do sol na pele? Infelizmente, meu bronzeado do acampamento já se foi há muito tempo. Mas será que minha falsa cor vem de um spray? Não. De uma daquelas cabines de bronzeamento que parecem mais uma câmara de tortura medieval? Também não.

Como consegui, então? Ora, eu o chamo de o Feitiço do Bronzeado Dourado Perfeito Que Me Faz Parecer Californiana. (Patente pendente.)

Inventei isso na semana passada e funcionou na hora. Na verdade, primeiro parecia que eu estava com uma alergia, ou talvez com um caso grave de sarampo, mas na tarde seguinte, a cor tinha se assentado num tom dourado. Um tom dourado que fazia com que eu parecesse uma São Franciscana nativa. Ou seria Francisquense? Ou Francisquina?

Bem, seja lá o que for, estou controlando bem meus poderes ultimamente. Desde que Miri me ensinou os exercícios *megel* (consistem em controlar o fluxo da sua *vontade essencial* fazendo flutuar objetos inanimados, como livros e travesseiros. Copos não. Não tente isso com copos. Acredite em mim), meus músculos mágicos estão mais fortes.

Finalmente, tenho a minha própria cópia do A^2 (conhecido também como *Manual de Referência Absoluta e Autorizada de Espantosos Feitiços, Poções Estarrecedoras e História da Bruxaria desde o Início dos Tempos*), mas sou tão boa fazendo meus próprios feitiços que nem preciso dele. Se você sabe cozinhar, precisa ler a receita? Duvido.

Sim, minha blusa tem que ser branca. Todo mundo sabe que branco é a melhor cor para realçar um bronzeado. Amanhã, quando eu desfilar pela JFK, todo mundo vai dizer: "Quem é aquela garota tão bronzeada? Será mesmo a Rachel Weinstein?" E: "Sabe da última? Ela está namorando com o gato maravilhoso e popular do Raf Kosravi! Ela não é o máximo?"

12 ❋ Sarah Mlynowski

Ah, sim, vai ser um ano e tanto. O melhor ano que já tive. Vou chamá-lo de *O Espetacular Segundo Ano*! Meu próprio show na Broadway! E amanhã é a estreia.

Nada pode dar errado porque:

Estou com sua cor saudável, tenho um namorado e um novo corte de cabelo *fashion* com muitas camadas incríveis. E sou uma bruxa.

Isso mesmo, eu sou uma bruxa. É óbvio. Senão, como eu ia conseguir mudar a cor da minha blusa várias e várias vezes? Minha mãe e minha irmã são bruxas também. Nós somos máquinas mágicas de entoar feitiços, pilotar vassouras, lançar encantamentos de amor. Bem, eu e Miri somos máquinas mágicas. Mamãe é, na maior parte do tempo, uma bruxa não praticante.

Felizmente, não precisei de um feitiço de amor para fazer o Raf se apaixonar por mim. Não, ele me ama por conta própria. Não que ele tenha dito as três palavras mágicas. Mas, uma hora, vai dizer. E eu não sou digna de ser amada? Sou, sim, e muito. E ele, sem dúvida, também é.

Ele é meu fofucho lindo do coração.

Tá bom, na verdade ainda não o chamei assim, cara a cara. Mas estou pensando em apelidos afetuosos em potencial. Outras opções são chuchuzinho e amorzinho.

Amorzito?

Ou só amor?

Mesmo sem apelidinhos, deixamos todo mundo enjoado. Não como se fossem vomitar, mas tipo eca-que-grude! Acho eu. Desde que a gente começou a namorar, no acampamento, temos nos encontrado quase todos os dias.

Passeamos abraçados no parque. Assistimos TV. Fazemos compras. (Ele comprou aquela camisa linda marrom-waffle que ressalta seus olhos castanhos, na pele morena e seus ombros largos, e toda vez que a usa, digo a ele como está gatinho!) Nos beijamos. (A gente se beija um bocado. Um quinzilhão de beijos. São tantos beijos que eu tive que comprar um protetor labial extraforte. Mas tinha gosto de papel parafinado, então troquei para um gloss de cereja extrabrilhante. Hum! O problema é que é tão gostoso que fico lambendo até sair. O que aumenta as rachaduras dos meus lábios. É um ciclo vicioso.)

Como estava dizendo, não preciso usar feitiços com o Raf. Tá bem, você me pegou; é uma pequena mentira. Na semana passada, conjurei um hálito fresco, mas só porque havia me empanturrado de pão de alho. Não queria que ele precisasse tapar o nariz enquanto fazia ginástica com a língua. Mas foi só. Eu nunca lançaria um feitiço de amor nele. OK, outra mentira. Quando a Miri ganhou seus poderes, jogamos um feitiço nele. (Miri, minha irmã dois anos mais nova, descobriu que era uma bruxa antes de mim. Nada justo, né?!) Só que o feitiço, acidentalmente, pegou foi no irmão mais velho do Raf, o Will, então não teve problema. Bem, não muito. Will e eu namoramos, mas terminamos no baile de formatura quando percebi que ele estava realmente apaixonado por minha amiga Kat.

Agora, deixa ver, o que eu estava fazendo? Ah, sim. Branco!

Faço de conta que meu quarto é uma passarela, desfilo para longe do espelho, então volto. Aí está o problema: usar o branco pode ser megaóbvio porque todo mundo *sabe* que

14 ✳ Sarah Mlynowski

branco serve para destacar o bronzeado. Também, por alguma razão, o branco faz minha cabeça parecer maior. Ou será que eu realmente tenho cabeça grande? Ter cabeça grande é ruim? Ou significa que sou mais inteligente que os outros?

Talvez eu devesse tentar o azul. Ele cai bem em mim. Destaca meus olhos castanhos. Isso! Tenho que realçar os meus olhos! Pigarreio e digo:

> *Como a noite vira dia,*
> *Como o mar agitado fica calminho,*
> *Linda blusa de volta às aulas,*
> *Por favor, fique azul-marinho!*

Frio! Zap! Puf!

Muito interessante. Eu me viro para me olhar de lado. Nada mal. Mas será melhor que vermelho mesmo? Quero dizer, posso sempre usar uma sombra azul. Talvez minha blusa *devesse* ser vermelha. Ou branca. Ou talvez algo brilhante? Dourado?

> *Como a noite vira dia,*
> *Como o novo fica ultrapassado,*
> *Linda blusa de volta às aulas,*
> *Por favor, fique com um tom dourado!*

A blusa começa a pulsar com cores. É amarela! É vermelha! É azul! É de um tecido arco-íris!

— Rachel! — berra Miri, escancarando minha porta e apontando o dedo para mim pelo espelho. — Chega! Você

Festas e Poções ✳ 15

está parada aí há 45 minutos! Escolha logo uma droga de uma cor e se arrume para esta noite!

Ah! É a única parte chata do dia. Minha irmãzinha de 13 anos está me enchendo para que, em vez de sair com meu doce amorzinho, eu vá com ela a algum jantar bizarro da Lua Cheia.

— Estou quase pronta — respondo. — Mas quero primeiro encontrar a roupa perfeita para amanhã. É tão difícil! Você acha que eu sou cabeçuda?

Ela ri.

— Você? Inteligente? Nunca!

Eu mordo a língua.

— Quero dizer se minha cabeça parece *fisicamente* grande?

Ela senta de pernas cruzadas no meu tapete rosa. Era laranja, mas daí o Tigger, nosso gato, teve pulgas, e os antipulgas químicos, por alguma razão, o deixaram rosa. Ah, bem. Pelo menos gosto de rosa.

Será que devia deixar minha blusa rosa?

— Sua cabeça é maior que a minha — responde ela. — Mas só um pouco.

— Hã? — A cabeça grande é a minha segunda maior imperfeição física. A primeira são os meus peitos desiguais. O esquerdo é um pouco maior que o direito. Não era para ser assim. — Você acha que tem uma cor que eu poderia usar que faria minha cabeça parecer menor? — Eu até gostaria de usar um feitiço para transformar o corpo, mas minha mãe diz que pode provocar danos sérios. Como acidentalmente encolher meu cérebro ou me deixar bigoduda.

Miri suspira.

16 ✳ Sarah Mlynowski

— Você sabia que a cada vez que você escolhe uma nova cor, minha colcha muda de cor também?

— É mesmo? Que legal! — Como eu disse, em mágica, todas as coisas vêm de algum lugar. Se zapeio sandálias novas, os pares têm que vir de algum lugar. Se eu zapeio vinte dólares, alguém terá menos vinte em sua carteira. Se minha blusa vira azul-marinho, uma parte dos pigmentos azuis de algum tecido é zapeada para fora dele.

— Não é nada legal! — reclama ela. — Minha colcha agora está com uma cor medonha de vômito pálido.

Ajusto minha blusa e endireito os ombros.

— Ah, Miri, faz isso por mim.

— Eu estou *sempre* fazendo alguma coisa por você, Rachel. É melhor você voltar a blusa para a cor original antes de eu ir dormir.

A cor original? E eu lá me lembro?

— Senão o quê?

— Senão... — Ela olha para minha bolsa, se concentra nela e a levanta bem devagar acima da escrivaninha. — ... eu jogo todas as suas coisas no chão.

— Nooossa, que medo! A propósito, na casa de quem vamos jantar esta noite? Hein? Hein? — Ela não pode mais brigar comigo porque estou, ridiculamente, em meus direitos. — Wendaline é aquela sua amiga virtual, não é? Eu preferia muito mais sair com os *meus* amigos, muito obrigada. — Para o meu azar, aceitei esse compromisso da Lua Cheia antes de o Raf me convidar para uma festinha de pré-volta às aulas na casa do Mick Lloyd. Eu disse que tinha um compromisso familiar ao qual não podia faltar. O que em parte é verdade.

Festas e Poções ✳ 17

Eu só não entrei em detalhes do que tinha a ver com o nosso mundo de bruxas.

— Ela mesma. Você está certa. — Miri conheceu Wendaline no Mywitchbook.com. É uma rede social virtual, tipo Facebook ou Myspace, só que apenas para bruxas. É encantada, assim ninguém mais pode acessar. Liana, nossa prima, filha da irmã da minha mãe, nos enviou convites para entrarmos. Eu recusei. Desde que ela tentou roubar meu corpo no acampamento, fiquei com um pé atrás com tudo relacionado a Liana. Além do mais, não tenho tempo para procurar amigos na internet. Ando muito ocupada com meu chuchuzinho. E com Tammy. E com minha outra boa amiga, Alison, que não frequenta a mesma escola que eu, é do acampamento. Resumindo, estou ocupada demais para ter amigas bruxas. Especialmente essas que se conhece na internet. Todo mundo sabe que um ciberamigo conta como apenas um quarto de um amigo real.

Por outro lado, Miri ama amizades virtuais. Ela fez três amigos no primeiro dia e está desesperada para fazer mais. Na semana passada, no seu aniversário de 13 anos, todos enviaram vassouras virtuais. Ha-Ha! Na vida real ela ganhou um celular. Perturbamos mamãe por quase toda a última década para nos dar celulares, então fiquei em êxtase quando ela finalmente cedeu. Nem estou me queixando da Miri ter ganhado e eu ainda não, porque o meu aniversário é na quinta-feira (daqui a quatro dias! Uau! Vou dar uma pequena festa para comemorar. Iupiii!), e acho que aí é minha vez de ganhar o meu. Ainda que seja muito chato que minha irmã menor, que ainda está no ensino fundamental, ganhe

18 ✳ Sarah Mlynowski

um celular, poderes mágicos e peitos antes de mim. (E ao contrário de mim, seus peitos têm o mesmo tamanho.)

Seja como for, uma das amigas da Miri do Mywitchbook. com que enviaram as vassouras virtuais, a Wendaline, mora aqui em Manhattan e também estuda na JFK. Wendaline é a tal que nos convidou para o jantar da Lua Cheia na casa dela esta noite. O que quer que seja isso.

Miri está pirando.

Minha preocupação é que essa Wendaline seja uma *pirada*.

— O que você vai vestir? — pergunta Miri.

— Calças pretas e uma camiseta. E sapatinhos de rubi para o caso de eu ter que bater meus calcanhares e fazer *zap!* de volta para casa urgentemente.

— Rachel, ela não é uma louca! É uma bruxa!

— Exatamente. E se for uma bruxa má? Como aquela de *João e Maria*, que atrai crianças inocentes com promessas de comida e então as devora?

— Ela não é canibal. É supersimpática.

— Claro! — Quando Miri me acordou cedo esta semana com a notícia bombástica de que havia outra bruxa na JFK, eu temi o pior.

— Conte logo quem é — exigi, imaginando a pessoa mais diabólica da minha turma. — É a Melissa? — Melissa é minha arqui-inimiga e ex-namorada de Raf, e vive tentando roubá-lo de mim. É óbvio que ela não era uma bruxa no ano passado, porque senão eu já seria uma rã a esta altura. No mínimo, ela teria feito a escola toda — não, o mundo todo —, não, o universo inteiro — se voltar contra mim.

Festes e Poções ✳ 19

— Minha vida está acabada! — gemi, puxando as cobertas até esconder a cabeça.

— Por que você é tão maluca? — perguntou Miri. — Não é a Melissa.

— Ah. Bom. — Eu afastei as cobertas.

— É uma caloura. O nome dela é Wendaline.

— Sério?

Miri franziu as sobrancelhas, confusa.

— Por que não?

— Wendy, a bruxa? Isso não soa familiar? De *Gasparzinho, o Fantasminha Camarada*...

— É Wendaline. Não Wendy.

— Ainda soa como uma personagem. Como Hannah Montana. Ou *Nate*, da série de livros. Rima demais.

— Wendaline, a Bruxa, não rima.

— Ainda parece inventado.

— Vou dizer isso a ela.

Seja como for, vou conhecer Wendaline esta noite, no jantar da Lua Cheia. Ainda não tenho ideia do que "Lua Cheia" significa. Espero que isto não envolva nenhum tipo de nudez. Mamãe achou que era como o shabbat judeu ou um jantar de sexta-feira à noite, só que para bruxas. E mensal, em vez de semanal, por causa da parte da Lua Cheia.

— Qual o sobrenome dela? — perguntou mamãe.

— Peaner.

— Humm — resmungou mamãe, envolta em pensamentos. — Tá bem. Você pode ir se quiser. Deve ser bom para você conhecer alguns bruxos legais. — Leia-se: não ladrões de corpos.

20 ✳ Sarah Mlynowski

É, também não consigo acreditar que ela vai nos deixar ir. Quero dizer, bruxas da internet? Dava para ser mais esquisito?

— Você está pronta? — pergunta Miri impacientemente, minha bolsa ainda pairando acima da cabeça dela. — Não quero me atrasar. E sua bolsa está pesada. Por que você tem que levar tanta coisa?

— Porque preciso — respondo, abrindo o armário. — Mais um minutinho. Preciso me trocar.

— Por que você não vai com essa roupa mesmo?

— É a minha blusa de volta às aulas! Tem que estar limpa e cheirosa amanhã.

— É só fazer um *zap!* que estará nova amanhã.

— Espera só um pouquinho mais.

Tiro a blusa, penduro-a e visto uma blusa roxa com decote em "V", então tiro os jeans e ponho calças pretas. Mais apropriado para um jantar familiar, não é? Eu me olho no espelho. Nada mal. Bom o suficiente para encontrar Aquela Cujo Nome Parece com o de uma Personagem de TV e sua família.

Imagine se eu fosse uma personagem de TV? Minha vida seria fascinante. Daria um programa irado. Uma comédia sobre duas irmãs bruxas em Nova York? Quem não assistiria? Isso é que é programa de TV. E a história podia funcionar até para virar um reality show.

AimeuDeus! Eu ia ficar famosa! Iriam me chamar para todos os *talk shows*! As pessoas iam me parar nas ruas e pediriam uma foto. Daí, eu sorriria modestamente e murmuraria: "Tudo para os meus fãs."

Festas e Poções ✳ 21

Só que todo mundo ia ficar sabendo que sou uma bruxa. Esquisito.

Mas talvez ainda pudesse fazer o programa. Disfarçada. Eu usaria uma peruca loura. Mas, aí, ia cobrir meu lindo corte em camadas que faz parecer que eu de fato tenho maçãs do rosto. Não que eu não tenha. É óbvio que tenho. Mas eu nunca tinha notado antes que Este, a cabeleireira, colocasse suas mãos de especialista em mim. Alison a recomendou depois que eu apareci no apartamento dela com uma parte da cabeça careca. Eu tinha tentado dar um *zap!* no cabelo.

Estou tentando convencer Miri a marcar uma hora com Este. Ela ficaria legal com as maçãs do rosto realçadas.

No que eu estava pensando? Certo. Perucas. Ia ter que usar uma se fizesse um reality show. Embora, tecnicamente, os espectadores fossem capazes de adivinhar minha identidade pelo apartamento no Greenwich Village, pela escola e por meus amigos.

E meus amigos ficariam se perguntando por que eu estaria sendo seguida o tempo inteiro por uma câmera de TV. Eu ia ter que contar a verdade. Sobre o programa... sobre minha vida dupla.

Imagine. Se todos soubessem.

Por um lado, seria um alívio. Eu não teria mais que guardar meu grande segredo só para mim, amassado como se estivesse embaixo de um monte de roupas sujas numa cesta.

Olhando para o espelho, vejo minha bolsa flutuante tremer, e depois cair bem no rosto de Miri.

— Aiii! — geme ela.

Ou talvez eles achassem que eu era uma aberração. Ou passassem a se preocupar com que eu pudesse lançar feitiços de amor que, acidentalmente, enfeitiçariam seus irmãos mais velhos.

Não, meu segredo tem que continuar guardado. Eu sinto um calafrio e coloco a alça da bolsa sobre os ombros.

— Está na hora do show. — Meu reality show de bizarrices secreto. — Vamos nessa!

Lua sobre Manhattan

— A gente vai ter que ficar muito tempo aqui? — pergunto ao tocar a campainha do prédio da rua Treze com a Broadway. — Essas coisas de Lua Cheia demoram muito?

— Umas horinhas. — Miri faz sinal para eu calar a boca enquanto segura uma vela, nosso presente, junto ao peito. Foi a coisa mais de bruxa em que pudemos pensar. Além de um gato. Mas trazer um bicho de presente de jantar ia parecer estranho. Quem sabe um bicho empalhado? Estranho também.

— Pare de agir feito um bebê — continua ela. — É emocionante! Nossa primeira experiência de verdade como bruxas! Só queria que você não tivesse nos atrasado dez minutos.

A verdade é que eu *estou* um pouco agitada. Miri e eu nunca tínhamos sido convidadas para um evento de bruxas. Isso porque nossa mãe só nos contou este ano sobre nossos poderes (ela foi obrigada, porque Miri, acidentalmente, trouxe de volta à vida uma lagosta num jantar formal), e nós ainda não tínhamos tido nenhum contato com a comunidade das bruxas. Na verdade, até a Miri descobrir o Mywitchbook.com ainda não sabíamos que *havia* uma comunidade de bruxas.

Ia ser ótimo ter pessoas com quem a gente pudesse conversar sobre toda essa coisa mágica. Daí, o segredo não estaria sempre borbulhando dentro de mim, tentando transbordar.

Aperto a campainha uma segunda vez. A brisa do começo de setembro passa por dentro da minha blusa.

— Não tem ninguém em casa. Tem certeza de que é aqui mesmo?

Miri suspira.

— Toca de novo.

— Você toca, já que está tão segura.

Ela toca e nós esperamos. E esperamos. É possível ouvir o cantar das cigarras. Não que haja cigarras em Nova York. Mas seriam esses os efeitos sonoros no meu programa de TV.

— Talvez estejam no telhado — comenta Miri.

— É um pouco de grosseria delas não responderem à campainha, não acha?

— É um pouco de grosseria chegar com dez minutos de atraso — reage Miri.

— Dez minutos não é atraso. Todos sabem que há uma tolerância de 15 minutos.

— Você acha isso porque está sempre atrasada. Vamos ligar para ela. Você trouxe seu celular? Ah é, você não tem celular. Eu tenho.

Festas e Poções ✳ 25

Ela pega o celular, agita-o bem debaixo do meu nariz e digita o número.

— Oi, Wendaline? É Miri. Nós estamos aqui embaixo. Tentamos tocar a campainha, mas...

Senti um deslocamento de ar, então uma bruxa aparece ao meu lado. E eu quero dizer uma bruxa mesmo. Numa vassoura. A garota está usando um chapéu de bruxa preto e uma túnica combinando. Dou um pulo para trás.

— Ótimo! Vocês estão aqui! — diz a bruxa, envolvendo Miri e eu num abraço apertado. — É tão bom finalmente te conhecer, Miri! Você é ainda mais bonita do que na foto! E você deve ser Rachel!

Não posso acreditar que ela apareceu do nada na Broadway, uma das ruas mais movimentadas da cidade. Cheia de ansiedade, examino os transeuntes. Alguém viu isso? Vão chamar a polícia? Há alguma lei contra aparecimento repentino? Felizmente ninguém parece estar querendo nos prender. Ei, estamos em Nova York. Coisas estranhas acontecem a toda hora. Ontem, um homem num monociclo quase passou em cima dos meus pés.

— Prazer em conhecer você também — digo para Wendaline.

— Isso é para você — diz Miri, timidamente, lhe dando a vela.

— Vocês são ótimas! Mas não precisavam trazer nada. — Ela olha em volta. — Onde estão suas vassouras?

— Nós viemos andando — respondo, avaliando-a. É mais alta que nós, tem mais ou menos 1,65m, e bonita. Pele macia e lisa; olhos verdes amendoados delineados com lápis cor de

26 ✳ Sarah Mlynowski

carvão. Embora uma amêndoa não tenha olhos. Tudo bem. Seus lábios estão cobertos com um gloss lindo arroxeado. O cabelo, que sai em cascata de debaixo do chapéu pontudo, é longo, escuro e cacheado. Bonito, mas um pouco Rapunzel.

Numa inspeção mais de perto, observo que sua túnica é bordada. E acetinada. Como os quimonos que meu pai nos trouxe de uma viagem de negócios a Tóquio, só que preta. Ela está usando legging preta apertada e sapatos Mary Jane de couro preto brilhante com saltos de 7,5cm. Uma bruxa muito chique.

— Eu gosto da sua capa — elogia Miri.

— Obrigada! — responde Wendaline. — Vamos para o telhado? Oh, espere, vocês não têm vassouras. Tudo bem. Podemos tomar o elevador. Garotas, vocês são cinza?

— Cinza o quê? — pergunto. Será que zapeei a cor da minha pele enquanto tentava modificar a blusa de volta às aulas?

— Bruxas cinzas — esclarece Wendaline. — Por isso vocês vieram andando?

Miri balança a cabeça.

— O que é uma bruxa cinza?

— Bem, são aquelas que usam menos mágica no dia a dia. Magicambientalmente conscientes. Manter o equilíbrio entre claro e escuro no universo, essas coisas.

Ela, é óbvio, não viu o estado em que ficou a colcha da Miri.

Wendaline destranca a porta.

— Eu tento desperdiçar menos, mas meus pais são das antigas, entendem?

— Eu sou muito cinza — diz minha irmã, bajuladora, ao seguirmos nossa nova amiga para dentro da casa. Se conheço bem Miri, ela agora vai se vestir de cinza pelo resto da vida, só para defender uma causa.

Atravessamos um corredor espelhado, onde me olho para garantir que não estou mesmo cinza, e, então, *zoom...* voamos vinte andares para o telhado. *Zoom* no sentido meramente mortal, também conhecido como tomar o elevador.

Há quase 25 pessoas sentadas ao redor de uma enorme mesa oval, lindamente posta sob o céu escuro, esperando por nós. Quem é toda essa gente? Por alguma razão, eu achava que seriam somente nós e a família de Wendaline. E aimeuDeus... Estão usando túnicas pretas e chapéus de bruxas. São todos bruxos? É como se eu tivesse acabado de entrar numa casa mal-assombrada. Dou uma olhada em cada rosto. Parecem normais. Nenhuma pele extrapálida nem olhos injetados. Nada de *serial killers*. Tomara que não.

— Tudo certo — diz Wendaline. — Eles não mordem.

Acho que também não são vampiros. Ha-ha.

— Olá, olá! — exclama a mulher na cabeceira da mesa. Ela parece uma versão mais velha de Wendaline. O mesmo cabelo comprido, apenas salpicado de grisalho. Ela também está usando uma túnica preta acetinada. — Feliz Lua Cheia! Vocês chegaram na hora. Vamos começar!

Wendaline nos leva para as três únicas cadeiras vazias. *Lindas* cadeiras. São douradas e reluzentes, com estofamento supermacio, todo bordado. Miri se senta no meio, eu e Wendaline nos sentamos cada uma de um lado dela. Ah. É como uma massagem para a minha bunda.

28 ✳ Sarah Mlynowski

Uau! Não via uma mesa posta de um jeito tão bonito desde o casamento do meu pai. Há tigelas muito chiques e bandejas, copos de vários tamanhos e, pelo menos, cinco garfos diferentes por pessoa.

No centro da mesa, parece haver uma centena de velas de vários formatos, desde o tamanho de um prato de jantar até o do meu mindinho. Acho que ela não precisava de mais nenhuma vela aqui. Ah, bem. Nós tentamos. Na próxima vez, traremos um gato empalhado. Quero dizer, um bicho empalhado! Caramba, que tipo de bruxa mais diabólica eu sou?

Quando termino de apreciar a mesa, vejo a lua.

Cheia, redonda e luminosa, debruçando-se sobre nossas cabeças.

Claro que já tinha visto uma lua cheia antes, mas nunca na cidade. De vez em quando dá para ver um pedaço da lua à espreita, por trás de um arranha-céu, mas, normalmente, é uma cidade sem lua. Do telhado de Wendaline, é inacreditável.

A seguir, vejo um homem com uma barba grisalha à minha direita. Ele também está usando uma túnica preta e um chapéu de bruxo. Então isso quer dizer... que ele é um bruxo! Um mago? Um feiticeiro? Nunca havia encontrado um bruxo. Sabia que eles existiam. Já tinha ouvido falar. Mas olha eles aqui! Bem ao meu lado! Eu olho ao redor e conto dez — sim, dez! — homens na mesa.

Infelizmente, nenhum da minha idade. Não que eu esteja procurando por uma paixão em potencial. Já tenho namorado, muito obrigada. Um namorado perfeito também. Amoreco! Ou amorico! Ou sei lá o quê. Mas, ainda assim, seria legal encontrar um garoto bruxo da minha idade.

Festas e Poções ✳ 29

— Pessoal — chama Wendaline. — Estas são Rachel e Miri.

— Oi, Rachel e Miri — dizem todos.

— Oi — respondemos, um pouco tímidas.

Ponho meu guardanapo no colo e dou uma cotovelada em Miri para fazer o mesmo. Estas pessoas parecem bem formais.

— Esta é minha mãe, Mariana — diz Wendaline, apontando. — Meu pai, Trenton; meu irmão mais novo, Jeremiah.

— Ele deve ter 6 anos. — A irmã da minha mãe, Rhonda; meu tio, Alexander; suas filhas, Edith e Loraine; o irmão do meu pai, Thomas e minha tia, Francesca; minhas primas, Nadine e Úrsula; minha *Moga* Pearl.... — Nem desconfio o que seja *moga*, como ela está apontando para a bruxa mais velha da mesa, eu acho que é avó. Ou talvez apenas uma pessoa velha. Seja como for, não posso deixar de admirar as brilhantes unhas pretas tão fantásticas de Wendaline. — A irmã do meu pai, Alana; meu tio, Burgess; minha outra *moga*, *Moga* Gisela; meu *Mogi* Thompson — Avó e Avô? —, os amigos dos meus pais, Brenna e Stephen; seus filhos, Coral e Kendra; e seus outros amigos, Doreen, Jerry, Brandon, Nicola, Dana e Arthur.

Uau! Nomes demais. A maioria deles só faz atravessar minha cabeça numa velocidade maior do que um chofer de táxi tentando passar pelo sinal amarelo.

— Vamos fazer um *quiz* dos nomes depois da sobremesa — diz Arthur, o cara grisalho sentado ao meu lado. O resto da mesa ri.

30 ✳ Sarah Mlynowski

— Hora de começar — diz a mãe de Wendaline, silenciando a mesa com sua mão comprida. Uau, isso é que são unhas pretas pontudas. Acho que sei de quem Wendaline recebe suas dicas de moda. A mãe dela se vira para minha irmã e eu. — Gostariam de recitar o *Votra*?

Hã?

— Hum...

— Tudo certo — diz Wendaline, sentindo meu embaraço. — Deixa comigo. — Ela se levanta, agita os dedos no ar e diz:

"Ishta bilonk higyg
So ghet hequi bilobski.
Bi redical vilion!"

Ou algo assim. Na verdade, não tenho ideia do que ela disse. Nenhuma. Zilch. Zip. Zero. Eu me viro para Miri e lanço o melhor olhar de "Você entendeu o que ela falou?", mas Miri está muito ocupada observando Wendaline com estupefação. Preciso de um dicionário para esse jantar. Claro que ajudaria se eu soubesse em que língua ela falou.

Quando Wendaline termina, inclina a cabeça para trás de modo que seu rosto fique diretamente apontado para o céu e entoa:

— *Kamoosh! Kamoosh! Kamoosh!*

Todas as velas da mesa, instantaneamente, se acendem.

AimeuDeus! Afasto minha cadeira para trás para escapar do fogo. Para meu azar, a cadeira cai para trás e eu aterrisso de costas fazendo um barulhão. Ops!

Metade da mesa se apressa em me ajudar a levantar.

Festas e Poções ✳ 31

— Estou bem, estou bem — murmuro. — Espero não ter quebrado essa cadeira chique. Nem minha cabeça.

Wendaline ri. Miri está franzindo a testa, com cara de quem quer se enfiar debaixo da mesa. Parece que eu consegui envergonhá-la diante de suas sofisticadas amigas da internet.

Quando me levanto e todos voltam aos seus lugares, a mãe de Wendaline estala os dedos três vezes e diz:

— *Ganolio!*

Todos os pratos se enchem com uma sopa vermelha. É o máximo. Deve ser sopa de tomate, certo? Tem que ser. Volto a pensar na minha piada sobre *João e Maria*. Não é sopa de sangue. Não pode ser. Eu me curvo para dar uma cheirada. Tomate. Sem dúvida, tomate.

Acho.

Espero Miri provar, só por precaução.

A mãe de Wendaline toma uma colherada.

— Então, digam-me, garotas, vamos brincar um pouco de genealogia de bruxas. Quais são os nomes de seus pais? Nós os conhecemos?

— Vocês não conhecem meu pai — digo rapidamente. — Ele não é um bruxo. Nem mago. Feiticeiro?

— Feiticeiro — diz Arthur, sorvendo um pequeno gole de vinho.

— E sua mãe? — pergunta a mãe de Wendaline.

— Carol — diz Miri. — Carol Graff.

— Carol Graff, Carol Graff... Não, não conheço esse nome.

Ela mergulha um pedaço de pão na sopa e o enfia na boca.

Tia Rhonda inclina-se sobre a mesa, diretamente para nós, e sinto seu perfume adocicado e forte.

32 ✳ Sarah Mlynowski

— Você está falando de Carolanga Graff?

Eu balanço a cabeça. Isso é um nome de verdade? Parece uma doença. Coitada da garota.

— O nome dela é Carol.

— Ela tem uma irmã chamada Sasha? — pergunta tia Rhonda.

Hum... Que estranho.

— Carol Graff tem uma irmã Sasha — respondo.

— Deve ser ela — diz tia Rhonda. — Nós costumávamos frequentar os mesmos círculos. Anos atrás. Talvez ela tenha mudado o nome?

— Pode ser — diz Miri, tensa.

É possível que nossa mãe tivesse outro nome e nunca nos tenha dito? Como pôde fazer isso? Por que faria isso? Teria outra identidade? Uma família secreta? Ou é aquele tipo de coisa de proteção à testemunha? Será que nós revelamos seu disfarce? Então, talvez tenhamos que nos mudar para um lugar bem nada a ver, tipo Bruxelas?

Bruxas em Bruxelas não é um mau nome para um programa de TV. Tem até uma aliteração.

— Mas por que será que mudou de nome? Carolanga é tão bonito — diz tia Rhonda. — Sabe, *langa* significa luz, em brixta.

Não sei coisa nenhuma.

— Perdão, mas o que é brixta? — pergunta Miri.

Tia Rhonda deixa cair a colher de tão surpresa.

— A antiga língua bruxa! Meninas, vocês não falam brixta?

Miri encolhe os ombros, desamparada.

Festas e Poções ✳ 33

— Eu nem sabia que *havia* uma antiga língua bruxa.

Nossa mãe da luz certamente nos manteve às escuras.

— Wendaline é fluente em brixta — gaba-se a mãe.

— Então, o que sua mãe faz? — pergunta Tia Rhonda.

— Eu não a vejo há séculos.

Miri hesita.

— Ela... meio que... saiu do radar das bruxas faz um tempo.

— Por favor, mande nossas lembranças a ela.

— Ah, pode deixar — digo, terminando minha sopa. Um nome secreto? Uma língua secreta? Vou dar mais que lembranças. Vou compartilhar com ela um pouco que estou pensando neste momento!

Quando terminamos a sopa, a mãe de Wendaline estala os dedos e diz *"Moosa!"*. As tigelas desaparecem.

Vou supertentar isso em casa. Talvez da próxima vez que mamãe fizer seu grão-de-bico ao curry. Só que vou fazer o truque antes de comer.

Quando ela grita *"Ganolio"* de novo, pera, nozes e salada de queijo de cabra aparecem num prato limpo. Meu tipo favorito de salada: sem verduras.

Miri e eu não conversamos muito enquanto comemos. Temos muito o que escutar.

Todos fofocam sobre pessoas que conhecem.

— Você sabia que Mitchell Harrison casou-se na semana passada? — diz Tia Rhonda e depois cochicha. — Com uma nuxa.

— Não! — grita a mesa.

34 ✳ Sarah Mlynowski

Não sei o que são nuxas, porém, para me enturmar, fiz cara de *Inacreditável*! Não estou certa se é inacreditavelmente bom ou mau, mas é certo que é inacreditável.

— Sim — diz o marido dela. — Na semana passada.

— Foi tão triste para os pais — diz a mãe de Wendaline, com um suspiro alto.

Inacreditavelmente triste, ao que parece. Balanço a cabeça em sinal de empatia

— É a vida dele e ele pode fazer o que quiser — diz Wendaline, indignada. — Se está feliz, vocês deviam estar felizes por ele.

Eu paro de balançar, começo a concordar, então decido manter a cabeça ereta e me concentro na salada antes de, acidentalmente, morder a língua.

Agora, conversam sobre política.

— O sindicato de bruxos é tão inútil hoje — comenta tia Rhonda.

— Sério — diz um dos parentes —, há alguém responsável por aquela coisa?

Miri aperta meu joelho debaixo da mesa. Ela está absorvendo tudo, adorando cada segundo. Pelo menos até a mãe de Wendaline *ganoliar* o prato principal, vitela ao parmesão. Olho preocupada para minha irmã vegetariana.

— O que você vai comer?

Ela fura o prato principal com o garfo.

— Se você zapear o prato principal para torná-lo uma vaca novamente, ninguém aqui ficaria muito surpreso.

— Ha-ha.

Festas e Poções ✳ 35

— O seu é tofu, Miri — diz Wendaline. — Tudo certo. Sei que você não come carne. Está no seu perfil do Mywitchbook.

O olhar feliz retorna aos olhos de Miri. Estas bruxas, com certeza, sabem dar um jantar.

Começamos a comer.

— Vocês vão fazer seus Samsortas este ano? — pergunta a mãe de Wendaline entre mordidas.

— Perdão? — guincha Miri. — O que é Samsorta?

Os olhos da Sra. Peaner se arregalam.

— É como debutar! — grita Tia Rhonda. — Vocês nunca ouviram falar dos Samsortas?

Nós balançamos as cabeças.

— É apenas o maior evento social do calendário anual — diz prima Ursula. — Vocês nunca foram a um?

Nós balançamos novamente.

— É no dia 31 de outubro — explica tia Rhonda. — Novas bruxas de todo o mundo são apresentadas à nossa sociedade. É uma tradição.

— É muito legal — diz Wendaline. — É como um baile de debutantes para bruxas.

— Acontece desde a Idade Média — acrescenta a mãe dela.

— Eu sei — diz tia Rhonda. — Eu estava lá.

Um "hã?" escapa dos meus lábios.

Ela confirma.

— Foi há seis vidas atrás, mas tenho uma excelente memória.

Hum...

36 ✳ Sarah Mlynowski

— É de onde veio o Halloween — explica Wendaline. — É por isso que nuxas e neiticeiros se fantasiam nessa noite. Eles saem vestidos de bruxos e nem mesmo sabem por quê!

Tá bem, eu tenho que perguntar.

— O que são nuxas e neiticeiros?

— Oh! Não bruxas e não feiticeiros — responde ela.

Se ao menos eu tivesse um laptop para tomar notas. Quem sabe meu pai me dá um de aniversário? Seria tão legal.

— Então, o que acontece no 31 de outubro?

— Todas as novas bruxas se reúnem em Zandalusha, o antigo cemitério bruxo, e realizam a cerimônia Samsorta.

Um cemitério? No Halloween? Parece assustador.

— É em Nova York?

Todos dão risadas.

— Aqui no Novo Mundo? Nem pensar — diz tia Rhonda, desdenhando. — Zandalusha é em uma pequena ilha do Mar Negro, próximo à Romênia. É onde todas as nossas ascendentes estão enterradas.

Um cemitério bruxo na Romênia. Assustador à potência de um zilhão.

Wendaline vê minha expressão de *irc*, porque se apressa em dizer:

— É muito bonito mesmo. Eu fui para o Sam de Úrsula há poucos anos e foi a coisa mais incrível. Verdadeiramente espiritual. A pessoa é conduzida por uma bruxa mais velha, que já fez o Samsorta, e põe um cacho de cabelo no Caldeirão Sagrado. Depois, tem uma cerimônia de velas e se recita um feitiço que veio do livro original de feitiços, em brixta.

Será o livro original de feitiços A²? É em brixta também? Já é difícil o bastante ler em inglês, imagine em brixta. Há muitas seções.

— Estou tão ansiosa pelo meu Samsorta — continua Wendaline. — Comecei o treinamento no mês passado. Vocês deviam fazer também!

— Hum... — Um cemitério no Halloween com um bando de bruxas? Obrigada, mas não mesmo. — Vamos ver — respondo. Mas o que queria mesmo dizer é "nem pensar".

Durante a sobremesa (bolo de chocolate! Mini *crème brûlées*! Tortas de frutas exóticas sofisticadas!), Wendaline me faz uma série de perguntas sobre a JFK.

— É grande?

— Não muito.

— Eu tenho tanto medo de me perder.

— Não se preocupe. Muitas pessoas ficam perdidas no primeiro dia. — Eu não fiquei. Mas muitas pessoas ficam. Bem, fiquei um pouquinho perdida. Como eu iria saber que a sala 302 fica no segundo andar? Faz algum sentido? Não, não faz.

— Tenho certeza de que vou me perder. Nunca fui a um colégio antes.

— Você quer dizer que nunca foi a uma *escola de ensino médio* antes.

— Não. — Ela morde a extremidade do lábio. — Eu nunca estive numa escola. Meu aprendizado foi em casa.

O quê?

— Sério?

Ela ri, nervosa.

— Foi, sim. Muitas bruxas só aprendem em casa. Assim nossos pais podem equilibrar os estudos de bruxarias com os estudos não bruxos.

Coitada!

— Mas... onde você conhece garotos?

— Ah, você sabe. Reuniões. Festas. Excursões de adolescentes.

Ela está brincando? Excursões adolescentes para bruxas? Aonde vão, de cemitério em cemitério?

— Mas você nunca esteve em algum tipo de escola oficial antes? — pergunta Miri.

Os olhos dela estão úmidos de preocupação.

— Não.

— Não se preocupe — digo, comendo outro pedaço de bolo. — Eu mostro tudo a você. Por que não me encontra na palestra de abertura? Levo você para a sua sala de aula.

— Jura? — Seus olhos brilham. — Obrigada, Rachel. Você é demais!

Ah, sim, eu sou. Posso virar uma espécie de mentora para ela. Siga-me, *padawan*. Pode me chamar de Obi-Wan. Vou protegê-la debaixo da minha asa. E mostrar a ela como usar um sabre de luz.

Ou, pelo menos, como escalar as cordas na Educação Física.

— Como Wendaline é legal! — exclama Miri. Estamos de braços dados e meio andando, meio saltitando para casa. É óbvio que a gente podia ter zapeado nossas vassouras para

Festas e Poções ✳ 39

virem até nós, mas preferimos caminhar, bem ao estilo cinza. O que posso dizer? É como nós vivemos.

— Muito legal — digo.

— Eu gosto do jeito que ela diz "Tudo certo". Vocês esqueceram suas vassouras? Tudo certo. Vocês nos trouxeram uma vela mesmo a gente já tendo umas 400? Tudo certo.

— Vocês não se lembram de suas vidas passadas? — digo.

— Tudo certo.

Nós rimos e eu aperto a mão de Miri.

— Você está contente de ter vindo? — pergunta ela.

— Estou cem por cento contente. É como se um mundo diferente existisse do outro lado, não é?

— Eu sei! Eles são tão sofisticados, tão bruxos!

— Não acredito que o Halloween veio disso! — Adoro o Halloween. É o meu feriado favorito. E fui eu que o inspirei! Bem, não eu exatamente, mas aqueles como eu.

— Eu sei! — Ela para de andar. — Talvez a gente devesse fazer a tal coisa.

— O quê?

— O Samsorta!

— Sério, Mir? Por que iria querer fazer isso?

— Porque sim! Não ficou com vontade?

— Não. Para começar é meio assustador. Segundo, nós não falamos nada de *gibberish*.

— Você quer dizer brixta — corrige ela, me dando uma cotovelada.

— Tanto faz. E, terceiro, porque Wendaline disse que é necessário alguém para conduzir você. E, infelizmente, mamãe não fez o Sam...

40 ❊ Sarah Mlynowski

Peraí um segundo! Ela mentiu sobre o próprio nome. Nunca mencionou que existia brixta. Nem nuxas ou neiticeiros. Nem nada. Eu me viro para Miri:

— Você acha que mamãe fez o Samsorta?

O resto do caminho para casa a gente faz correndo.

Como éramos

Encaramos mamãe no sofá. De olhos arregalados. Minha irmã e eu fazendo parzinho, de braços cruzados.

— Mãe! — começo. — Estamos muito desapontadas com você. Nunca nos disse que conhecia a tia de Wendaline. Nunca nos disse nada sobre o tal de Samsorta. E nunca nos disse seu nome verdadeiro!

Agora sei por quê, sem mais nem menos, nos deixou ir à casa de estranhos para um jantar de Lua Cheia. Não eram estranhos, eram seus amigos de infância.

— Você é mesmo nossa mãe de verdade? — pergunta Miri, erguendo uma sobrancelha cheia de desconfianças.

Mamãe se contorce no sofá.

— Sinto muito, sinto muito. Vocês sabem que não gosto de conversar sobre tudo isso. É coisa do passado.

— É melhor começar a contar tudo no presente! — exijo, dando um soco forte nas almofadas.

42 ✳ Sarah Mlynowski

Ela suspira.

— Esperem. Tenho algo para mostrar a vocês.

Ela desaparece num canto. Eu verifico meu relógio. São quase 22h15. Tenho que dormir logo para ficar bem para o dia de *O Espetacular Segundo Ano*! Olheiras não fazem parte do plano.

Mamãe volta com um livro pequeno de couro preto.

— Querem ver meu álbum do Samsorta?

É uma pergunta retórica?

— Sim! Por que nunca vimos isso antes? Onde ele estava? Você tem uma espécie de prateleira invisível no quarto?

Ela se aperta entre nós duas no sofá.

— Estava no único lugar onde vocês duas nunca ousariam procurar. O armário de produtos de limpeza. Atrás do limpa-vidros.

— Nós temos um armário de produtos de limpeza? — pergunto.

— Exatamente.

Ela vira a capa preta e Miri e eu engasgamos diante da visão do rosto da minha mãe adolescente. É igualzinha a Miri! Mas é minha mãe! É minha mãe com a testa totalmente sem rugas! E com lápis de olho preto! E um coque!

— É a mamãe adolescente! E de cabelo castanho!

— É claro que é castanho.

— Sabe, acho que nunca vi a cor natural do seu cabelo. Já vi fotos da faculdade, fotos de casamento, mas nenhuma foto de criança. Deixe-me adivinhar: você escondeu essas fotos pro nosso pai não ver e então esqueceu que existiam?

— Isso mesmo — diz ela.

Que triste! Ela teve que enterrar toda a infância no fundo de um armário para que o homem com o qual foi casada nunca descobrisse nada.

— Seja como for, bruxas nunca tiram muitas fotos — acrescenta ela. — Não é parte da nossa cultura. Uma superstição diz que ser fotografada rouba parte da alma.

— Urg! Obrigada, mamãe. Tem somente um zilhão de fotos minhas por aí. Podia ter avisado antes.

— É claro que não acredito nisso. Eu tirei as fotos, não foi? Minha mãe, a rebelde.

É superestranho ver minha mãe ainda garota. Não consigo imaginá-la adolescente. Não consigo pensar nela como uma pessoa de verdade, sem crianças. Ela não veio para este planeta para ser minha mãe?

— Você era linda — digo.

— Era? Puxa, obrigada.

— Ainda *é* — diz Miri. — É isso que ela quis dizer.

— Muito. Foi o que eu quis dizer.

Na foto seguinte, pude ver melhor o modelito. Mamãe está usando um vestido de cetim roxo de mangas compridas. É bem decotado e mostra seus...

— Mãe! Você tinha peitos! Quantos anos tinha quando fez o Samsorta?

— Treze. A idade da Miri.

— Mas eles estão enormes. Você botou enchimento? Botou muito enchimento!

Ela ri.

— Talvez eu tenha botado um pouco de enchimento.

O corpete do vestido é apertado e a saia esvoaça com camadas. Ela parece olhar para longe. Atrás dela está a Torre Eiffel.

— Você fez o Samsorta em Paris? — pergunto. — Achei que devia ser na Romênia.

— Não, é na Romênia mesmo. Demos um pulo em Paris para as fotos.

Um pulo, foi? Lá, lá, lá, eu acho que vou zapear um pulinho em Paris no meu caminho para a escola. Para comer uma baguete. *Merci beaucoup.*

Ela abre numa página dupla. Na esquerda está minha mãe garota com a minha mãe de hoje. Não, não tem lógica. A não ser que seja mamãe viajante no tempo.

— É a vovó? — pergunta Miri.

Ah. Tão inteligente essa pequenina.

— Claro que é.

— Ela parece com você agora — digo. — Menos o cabelo preto.

— Sim, ela tinha um lindo cabelo preto pesado. O meu é do meu pai.

— Ele aparece em alguma destas fotos? — pergunto.

— Não. — Uma tristeza se insinua em sua voz. — Ele ficou fora da coisa de bruxo. Não quis atrapalhar.

Pelo menos ele teve a chance de atrapalhar. Ao contrário do meu pai.

Imagine se minha mãe tivesse dito a ele, ou a nós todos, sobre o Samsorta dela, anos atrás, quando ainda éramos uma família. Nós quatro, abraçados juntos no sofá, vendo as fotos, implicando, rindo, bebendo chocolate quente perto da lareira...

Festas e Poções ✳ 45

— Ei, mãe — diz Miri, interrompendo minha viagem pela alameda da realidade alternativa. — *Mogul* quer dizer vovó?

— É *moga* — responde ela.

— Foi o que eu disse.

— Você disse "mogul". — Dou uma risadinha.

— Não disse. Próxima foto, por favor.

A próxima página mostra mamãe adolescente... com um garoto. Um que está olhando para ela todo apaixonado.

Ela abre um sorrisinho de menina.

— É Jefferson Tyler.

Não diiiiiga!

— E quem é Jefferson Tyler?

— Meu primeiro namorado — responde.

Essa não.

— Você teve um namorado antes do papai?! — grito.

— Tive, querida.

Miri e eu examinamos a foto. Ele era baixo, cabelo escuro ondulado e um largo sorriso.

— Ele é bonito — digo.

— Ele era um feiticeiro? — pergunta Miri.

— Era.

Isso é um pouco demais.

— Outros homens, outro nome... Quem *é* você?

Minha mãe estala a língua no céu da boca.

— Eu tive uma vida antes de vocês nascerem, sabem?

Está na cara!

— Quanto tempo você ficou com ele, exatamente?

— Eu não sei... uns cinco anos?

— O quê? — berro.

46 ✳ Sarah Mlynowski

— A gente se conheceu poucos meses antes do meu Sam e ficamos juntos até eu quase completar 18 anos.

— Isso é uma eternidade — diz Miri, dobrando os joelhos e apoiando-se sobre as pernas. — Não posso acreditar que você nunca nos contou nada sobre ele!

— Você o viu depois? Você amou ele? Vocês... — Quase digo *transaram*, mas resolvi que não queria saber a resposta. Não mesmo! Arg! Então mudo para — ...terminaram? — O que não faz nenhum sentido. É óbvio que eles terminaram.

Miri ri.

— Não, se casaram.

— Ele queria casar — diz mamãe. — Mas eu queria fazer faculdade.

— Essa não! — exclamo. — Não posso acreditar que outro cara pediu você em casamento antes do papai. Aos 18 anos. Irrrc!

— As coisas eram diferentes naquele tempo. As bruxas casavam jovens. Eu queria me afastar de vez do mundo da bruxaria; ele queria se envolver mais... Minha mãe queria que eu casasse com ele, é claro.

— Por quê? — Os olhos de Miri se arregalaram.

— Queria que eu evitasse os problemas que ela teve ao se casar com um neiticeiro. Quero dizer...

— Nós já sabemos — diz Miri, balançando a cabeça. — É um não feiticeiro.

— Isso. Eu queria explorar minhas opções.

— Então a senhora conheceu papai — digo.

— Então eu conheci o pai de vocês.

Festas e Poções ✳ 47

Nenhuma de nós fala. Estamos todas pensando "E olha só no que deu". Pelo menos é nisso que estou pensando. Pelo que sei, elas podem até estar pensando em sutiãs com enchimento. Ou sobre o que aconteceu com Jefferson Tyler, porque não seria legal demais se, depois de todos esses anos, eles se reencontrassem, se apaixonassem e se casassem?

Tão legal.

Tá, tá, sei que ela está com um namorado sério há cinco meses — tão sério que ela até contou a ele sobre o nosso segredo de bruxas —, mas ainda assim. Seria tãããão romântico.

Temos que encontrar Jefferson Tyler! Talvez ele esteja no Mywitchbook.

— Voltando aos Samsortas — lembra Miri. — Como você soube o que fazer? Teve um tutor?

Ela murmura.

— Tive que me submeter àquelas aulas horríveis. Na Escola de Encantamentos.

Eu solto uma risada.

— O nome era esse mesmo?

— Não, o nome oficial era Charmori, mas todo mundo chamava de Escola de Encantamentos.

— Uau — diz Miri, pensativa. — Onde fica Charmori? Em Nova York?

— Na Suíça.

— Você nunca nos disse que esteve na Suíça — resmunga Miri.

— Miri, ela nunca nos disse nada. Ela era uma bruxa! É claro que esteve na Suíça. Provavelmente, já esteve em todos os países do planeta. — Eu mudo o rumo da conversa. — Você esquiou por lá?

Mamãe ri.

— Não estava lá para esquiar; estava lá para aprender.

Que nerd.

— E o chocolate? Aposto que o chocolate de lá era uma loucura.

— Você fala brixta? — pergunta Miri. — Diga alguma coisa em brixta.

— Duvido que me lembre de alguma coisa — comenta ela.

— Ah, por favor — insisto. — Diga *Olá!*. Você consegue.

Ela fecha os olhos.

— *Kelli. Fro ki fuma imbo oza ge kiro?*

Não acredito! Eu esmago o braço dela.

— O que você disse?

— Olá. Posso pegar outro pedaço de chocolate?

Eu sabia!

— Legal — diz Miri.

— Uma perda de tempo, na verdade. Passei um ano aprendendo brixta. E nunca usei de novo. Na minha opinião, toda a cerimônia de Samsorta é uma coisa sem sentido. Você não ganha mais poderes nem direitos. Não é como tirar a carteira de motorista. Ninguém fica mais bruxa por causa disso. É apenas um espetáculo público.

— Então por que as pessoas fazem? — pergunto.

Ela encolhe os ombros.

— É uma maneira de ficar conhecido no mundo bruxo. De se relacionar com outras bruxas.

Silenciosamente, folheamos o resto das fotos. Pode ter sido uma perda de tempo, mas, sem dúvida, ela está charmosa demais. O vestido lindo, o delineador preto grosso, um penteado elegante.

Eu quero ficar linda assim.

Quero um Samsorta?

Eu quero me vestir bem chique. Quero fazer maquiagem, arrumar meu cabelo e ter um cara me olhando apaixonado. Mas o cara que eu queria que me olhasse desse jeito é o Raf. E como ele pode ir à minha festa de bruxa se não sabe que sou uma?

Ele não pode. Então, sinceramente, pra que Samsorta?

Além do mais, quero mesmo ter que aprender uma nova língua e participar de um ritual estranho de zumbi com velas num cemitério no Halloween?

Não muito.

Olho para o relógio novamente. É quase meia-noite! Se eu não for para a cama logo, vou *parecer* um zumbi amanhã.

— Não esconda essas coisas de novo no seu armário secreto — digo para mamãe, apontando para os álbuns. — Quero ver tudo novamente. Mas agora preciso dormir. Miri, você separou a roupa para o *seu* primeiro dia de aula?

Ela revira os olhos.

— Ao contrário de você, não sou obcecada com a minha aparência. Falando nisso, você mudou meu edredom de volta para a cor original?

— O quê? Tchauzinho!

— Rachel! Está horroroso!

Que reclamona.

50 ✳ Sarah Mlynowski

— Você não vai ver nada no escuro.

— Você tem até amanhã — diz Miri.

— Ou o quê?

— Ou vou zapear sua camisa e você vai vestir o edredom.

— Tá, você só ameaça.

Mamãe põe as mãos sobre a cabeça.

— Por que, exatamente, seu edredom está com uma cor diferente? O que sua irmã fez?

— Shhh! — Beijo Miri na testa e minha mãe na bochecha. — Tudo certo!

O fiasco da caloura

— Adorei a blusa nova — diz Tammy, minha melhor amiga para sempre, enquanto nos dirigimos ao auditório da JFK para a palestra de boas-vindas. — Quando você a comprou?
— Alô-ou! Na semana passada. Eu estava com você!
Ela franze o rosto confusa.
— Essa não é a blusa que você comprou comigo. Aquela era vermelha. Essa é azul.
Ops!
— Ah, foi, eu me esqueci. Troquei por outra cor.
— Gostei — diz ela.
— Sério? A branca também era muito bonita. E a vermelha. E a dourada.
— Tarde demais agora.
Ou não. Eu podia escapar para o banheiro antes do sinal. Só que Tammy poderia pensar que está tendo algum derrame que afeta a percepção das cores.

52 ✳ Sarah Mlynowski

Assim que entramos no auditório, meu radar de Raf entra em ação. Onde ele está? Onde está aquele amorzinho? Amorzico? Amorzicozinho?

"Zicozinho", credo.

Tenho que me controlar! Preciso ser mais madura, agora que tenho um namorado.

Como eu gosto de dizer isso. Um namorado. Ou como dizem em francês, que de acordo com meu horário é a aula do segundo tempo, *mon amour*. Meu amor. A gente pode dizer para o namorado que o ama com somente um mês de namoro? Ou tem que esperar ele dizer primeiro? Eu gostaria que existisse um manual do namorado da escola que eu pudesse consultar. Aposto que esse problema estaria logo no primeiro capítulo.

É ele? Não. Lá? Não. Espere, olha ele ali, é ele mesmo! Está sentado na ponta direita do auditório com um grupo de amigos.

Isso!

Por que ele não está me procurando? Não deveria ter um radar de Rachel? Eu devia zapear um feitiço para isso. Será que deveria ir até lá? Pareceria perseguição? Quero dizer, a gente se viu praticamente todo dia desde que o acampamento acabou. Mas isso quer dizer que a gente também tem que sentar junto na palestra de boas-vindas? Quem está namorando precisa se sentar junto?

Isso estaria no capítulo dois.

O que eu faço, o que eu faço? Sento com ele ou não? Olho para os meus sapatos. Olho para o teto. Ai, luzes halogênicas. Olho para baixo de novo. Meu pescoço dói. E se a transição

Festas e Poções ✳ 53

de namorado de verão para namorado da escola for muito estranha para ele? Eu vi *Grease*. Não quero ter que perguntar a ele o que aconteceu com o Danny Zuko que conheci na praia. Não que eu tenha conhecido Raf na praia.

Mas bem que uma jaqueta das Pink Ladies seria legal.

— Olha lá o Raf — diz Tammy, abrindo a mão e apontando, que é o sinal de mergulhador para "vamos naquela direção". Tammy aprendeu a mergulhar no ano passado e, de vez em quando, gosta de se comunicar por mímica subaquática. Não me importo. Se eu alguma vez caísse no mar, pelo menos saberia como avisar para as pessoas que estava me afogando.

— Ah, é? — digo, fingindo ignorância. — Onde?

— Mas que fingida! Você o viu no segundo que entramos aqui.

Dou uma risada. Ela me conhece muito bem. Menos a parte de ser bruxa.

— Devemos ir até lá? Não quero ficar perseguindo ele.

— Mas Raf é seu *namorado*. Não tem como perseguir o próprio namorado. Tenho certeza de que ele quer se sentar com você.

Tammy tem um ponto de vista muito maduro em relação a namorados, principalmente porque o dela, Bosh, é muito maduro. Ele é um calouro da faculdade. Está fora, na Universidade da Pensilvânia, mas eles conversam e mandam mensagens de celular dez vezes por dia.

Ela é bastante madura em muita coisa. Nada a desconcerta. Seus relacionamentos. Suas amizades. Suas duas madrastas. Isso mesmo, ela tem duas. Seu pai casou de novo e

54 ✳ Sarah Mlynowski

sua mãe é casada novamente — com outra mulher. E todos se dão bem. Saem de férias juntos todo verão. Um cruzeiro. Coisa doida, né? Meus pais nunca passariam as férias de verão juntos. Quero dizer, faziam isso quando eram casados, claro, mas não fariam agora de jeito nenhum.

Costumávamos ir para Stowe nos fins de semana para esquiar. Essas viagens de carro eram insanamente longas, mas divertidas, acompanhadas de karaokê de sucessos da Broadway e jogos de geografia.

E então ficávamos todos no mesmo quarto de hotel e ríamos do meu pai porque ele dormia de meias.

Imagine nós quatro — não, são sete (nós quatro, mais Lex, o namorado de minha mãe; Prissy, minha meia-irmã; e minha madrasta grávida) — juntos em um cruzeiro agora. Não. Não posso nem imaginar os sete e meio em um mesmo quarto por mais que quatro segundos e meio. Quanto mais uma semana num barco.

Raf olha para mim e sorri.

Uau.

Com certeza posso me imaginar passando uma semana num cruzeiro com Raf. Posso me imaginar passando uma semana numa canoa com Raf.

U-hu! Ele está usando a camisa marrom! Aquela que compramos juntos! Deve querer que ache que ele está lindo. E está. Que sorriso! Que olhos! Que boca!

Sério, ele tem lábios lindos. Macios, carinhosos e perfeitos. Tem o melhor beijo de todo o universo. Não que eu tenha beijado muitos outros garotos. Só um. O irmão de Raf. Durante o tal fiasco do feitiço de amor. Mesmo assim.

Festas e Poções ✳ 55

Raf tem um beijo maravilhoso, embora seja mais novo que Will e tenha menos experiência.

A única outra pessoa que ele beijou foi Melissa Davis.

Faço uma careta. Falando no diabo. Eu localizo o cabelo vermelho flamejante a poucas fileiras de Raf. Eu superdeveria pôr um feitiço de limite nela, assim não chegaria a menos de 6 metros dele.

Ela está sentada com minha ex-melhor amiga, Jewel, que me descartou no ano passado e me substituiu por Melissa.

Melissa me lança olhares malignos. Olhares sórdidos sujos de lama e salpicados de lixo.

Ela olha em volta e diz alguma coisa às garotas sentadas em frente a ela. Um grupo de veteranas. Reconheço Cassandra Morganstein do desfile de moda do ano passado — na verdade um show de dança com uma passarela e trajes de estilistas. No ano passado, usei a mágica de Miri para me dar habilidades de dançarina e conseguir participar do desfile. Infelizmente, arruinei o show quando tropecei na Torre Eiffel e arranquei o topo dela. É uma longa história. Teve um lado positivo: foi quando Raf e eu nos conhecemos. De qualquer modo, dois veteranos dirigem o show todo ano e neste ano Cassandra é uma delas. Ela tem um cabelo loiro loucamente encaracolado. É lindo de longe, mas de perto fica horrendo: usa tantos produtos que cada mecha de cabelo parece uma arma em espiral. Tento evitá-la pelos corredores para não acabar perdendo um olho. Hoje está toda de vermelho: blusa vermelha, jeans vermelho, botas vermelhas — aparentemente, adotou o look que é a marca registrada monocromática de London Zeal, a terrível diretora do desfile de moda do ano passado, que foi arruinado. Graças a Deus que *ela* se formou em junho.

Tammy nota também.

— Olhe só a Cassandra — diz ela. — Acho que está se declarando a nova líder da matilha.

Matilha, cachorros, cadelas...

Bem, deu pra entender.

Mantenho a cabeça baixa. Este ano, vou ficar longe desse pessoal do desfile de moda. São muito atraentes, uns malvados intimidadores. Todos com exceção de Raf. Ele é apenas muito atraente. Talvez não queira estar no desfile deste ano.

Quando avançamos no auditório, sinto que estou sendo observada. Ou talvez seja a minha cabeça grande funcionando mais do que deve. Será que ter uma cabeça grande de alguma forma tem a ver com um grande ego? Talvez valha um estudo científico. Vou sugerir na aula de química, logo depois do almoço. É estranho que eu esteja ansiosa por começar as aulas de química? Parece bastante divertido. Vocês sabem, poções borbulhantes, tubos de ensaio que explodem e tudo o mais.

Eu inspiro profundamente por um momento para me encorajar. Você é linda! Você está linda! Sua blusa nova é maravilhosa! Você tem Raf! Você tem Tammy! A vida é boa.

Seis metros até alcançar Raf. Quatro metros. Três metros! Agora, o que devo fazer? Devo dar um beijo de "oi"? Nos lábios? Na bochecha? Coisas para serem tratadas no capítulo três!

Na preparação, pego o gloss de cereja na bolsa e o aplico muito sutilmente nos lábios. Hum!

Um metro.

Mas se eu tentar beijá-lo e ele não estiver esperando por isso, aí eu acabo beijando o ar e todo mundo ri? Ou se ele não quiser me beijar na frente dos amigos? Ou se o beijo, ele fica horrorizado, me odeia e acaba terminando comigo esta noite no telefone? Ou agora mesmo? Oh, Deus, e se ele terminar comigo aqui mesmo no auditório? Daí, a Melissa dá gargalhadas e então tenho que fugir da sala porque estão escorrendo lágrimas pelo meu rosto e meleca do meu nariz. E se corro da sala, mal enxergando, daí tropeço, a sala fica silenciosa e então tenho que me matar? E aí?

Trinta centímetros.

Aqui está ele. E...

Raf me beija. Nos lábios.

Não um beijo de amasso, mas é um beijo. Um beijaço de língua seria inapropriado nestas circunstâncias. Não preciso de um manual para saber disso. Seja como for, seu beijo anuncia a todos que sou a namorada dele.

— Oi — diz ele depois da ação dos lábios. — Você está linda.

Eu. Estou. Linda. Azul foi a escolha certa.

— Obrigada — respondo, sentando-me ao seu lado. — Você também.

Ele pisca.

— Vesti esta camisa por sua causa.

Ele não é perfeito? Tão perfeito!

Será que vamos nos beijar toda vez que nos encontrarmos? Vamos ver. Isso quer dizer pelo menos um beijo a cada manhã. Mais outro, quando nos encontrarmos no corredor.

58 ✳ Sarah Mlynowski

Mais outro no almoço. Então, vamos dizer, cinco vezes por dia? Vamos nos beijar cinco vezes por dia? Espere, nós nos beijaríamos também no "olá" e no "tchau". Não apenas no "olá". É o que os casais fazem, certo? Se ficarmos juntos durante todos os anos de escola, serão mais três anos. Então dez meses de escola multiplicados por três anos são trinta meses, vinte dias num mês, que dá seis mil beijos. Além de pelo menos uns dois beijos por fim de semana, dá um total de seis mil duzentos e quarenta beijos! E sem contar com os verões. E os beijos extras pelos aniversários (três dias até o meu, uau!), dias dos namorados e aniversários de namoro.

São muitos beijos. Vou precisar de mais gloss.

Tammy também está na aula de matemática avançada. Eu crio equações loucas para ela quando está chateada. Ela vai adorar essa.

— Rachel!

Olho em direção ao som de alguém me chamando. Mas não consigo ver de onde está vindo.

— Rachel! — Ouço novamente. — Rachel Weinstein!

Oh, não.

Oh, não.

Oh, não, oh, não, oh, por favor, não.

Wendaline está no meio do auditório, acenando para mim. Veste a mesma roupa de ontem. Legging preta. Kimono preto. Chapéu preto. *AimeuDeus*.

— O que é isso, Halloween? — alguém sibila. Olho para ver quem é. Cassandra. Que ótimo!

O que Wendaline está fazendo? Está maluca? Está tentando ser irônica? Está tentando me arruinar?

Festas e Poções ✳ 59

— Quem é essa? — pergunta Raf.

— Volto já — murmuro, minhas bochechas vermelhas. Eu me apresso, agarro ela pelo braço e estou a ponto de puxá-la para fora quando a Sra. Konch, a diretora, bate de leve no microfone.

— Por favor, sentem-se todos.

O que eu faço? Devo zapear uma roupa nova para ela? Não. Todo mundo vai ver. E se sua roupa for encantada ou algo assim? E se explodir?

Tiro o chapéu dela, entrego-lhe e cochicho:

— Coloque isso na mochila e não tire de lá. Você entendeu? *Não* tire!

Fico tentada a deixá-la ali, sentada sozinha, para que ninguém a associe comigo, mas, ao contrário das pessoas do desfile de moda, eu não sou tão cruel assim.

— Hum, espere aí... meus cabelos ficaram amassados?

É com isso que ela está preocupada? Exasperada, conduzo minha nova amiga assustada em direção a meu grupo.

— Sente-se — instruo-a.

Ela obedece. Não olho para ela. Como ela pode não saber que essa roupa é totalmente inaceitável? Como isso é possível? Ontem à noite achei que os olhos delineados em preto eram bonitos, mas hoje parecem... errados.

Cassandra e companhia estão rindo atrás de nós. Eu me viro para encará-la, mas não quero chamar ainda mais atenção.

— Ei, você — zomba Cassandra. — Garota da roupa preta! Wendaline se vira.

— Eu?

Ah, que ótimo.

— Você mesma. Onde comprou essa roupa? — pergunta. A voz está doce como xarope. — É realmente especial.

— Obrigada! — responde Wendaline, contente.

Cassandra lambe os lábios.

— Você vai para uma festa a fantasia?

Wendaline parece confusa.

— Não. Por quê?

— Porque você parece uma bruxa.

— Bem, isso é porque — e conforme a voz de Wendaline prossegue, meu coração murcha — *sou* uma bruxa.

O Conserta-Tudo

Ela não disse aquilo. *Ela não disse aquilo!* Ela não disse para a escola toda que é uma bruxa.

Talvez eu tenha imaginado.

Isso. Devo ter imaginado. Meu cérebro bruxo está fazendo brincadeiras de bruxa comigo.

— Como? — pergunta Cassandra, a voz densa com repugnância.

— Disse que sou uma bruxa. É um prazer conhecer você. — Wendaline estende a mão. — Eu me chamo Wendaline. Sou nova aqui. Uma caloura.

Cassandra arregala os olhos. Ela, obviamente, não sabe se está lidando com uma louca ou se a garota está fingindo.

— Como quiser! — Ela tira uma mecha de cabelo do ombro e se vira.

Suas amigas riem.

Isso não é bom. Não é nada bom. Wendaline simplesmente foi hostil com a nova líder dos populares. Vivi a experiência de ser odiada por essa líder. É um inferno!

A Sra. Konch passeia no palco. Eu afundo na cadeira e conto os segundos para a palestra terminar.

Durante todo aquele papo de bem-vindos de volta/cumprimentem o novo professor de biologia/por favor, mantenham as vacas fora do ginásio reformado este ano, meus ombros estão tão tensos que praticamente encostam nos ouvidos. Assim que nos mandam para as respectivas salas, murmuro para Tammy e Raf que os verei mais tarde e empurro Wendaline de volta para o assento.

Solto um suspiro profundo.

— Por favor, me explique por que está vestindo o que está vestindo?

— O quê? A capa?

— Isso mesmo! A capa! A capa de bruxa! Aqui no colégio! Não estamos em Hogwarts! É a escola JFK! Na cidade de Nova York! Por que você está usando isso?

Seus olhos amendoados estão arregalados de perplexidade.

— Porque... porque... Miri disse que estava bom!

— Miri? Minha irmã?

— Foi!

Meu corpo todo estremece.

— Nunca ouça conselhos de moda da minha irmã. Nunca. E você pode me dizer por que achou que podia usar o chapéu pontudo?

Ela abraça a mochila.

— Meu cabelo não estava bom hoje.

A campainha da sala de chamada toca e eu balanço a cabeça. Essa menina é completamente doida.

— Mais importante, por que você disse o que disse a Cassandra? — Nem quero dizer a palavra em voz alta. Não aqui. Muito arriscado.

— Do que você está falando?

A garota precisa que uma conversa séria.

— Nós temos que ir para a aula. Você me encontra no almoço, OK? Eu explico tudo.

— Certo. Obrigada, Rachel.

— Sem problemas — digo, magnânima. — Nesse meio-tempo, não conte a mais *ninguém* que você é — abaixo a voz — uma bruxa.

— Mas...

— Nenhum mas... Ah, e você precisa definitivamente se trocar! — Eu a seguro até que sejamos as únicas no auditório, me concentro nela e canto:

Esta roupa não combina contigo.
Por favor, transforme a túnica em vestido!

Um vento frio e... *zap!* Sei que estou bagunçando as regras da magia, mas não tenho outra escolha. Só posso torcer para que esse vestido tenha vindo de um cabide e não de alguma pobre garota que agora está apenas de calcinha.

A capa se transforma numa bata comprida preta. Ela fica ótima! Ainda está de legging, mas a bata tem mangas curtas bufantes e decote canoa.

— Você está ótima!

— Mas, mas...

— O que eu disse sobre esses *mas*? Vamos chegar atrasadas! — Agarro seu braço e a empurro pelas portas vaivém. O corredor está vazio e subo as escadas. — Você vai pra lá — digo, apontando para a sala 303. — Eu sei que não faz sentido ela estar no segundo andar, mas é assim que é na JFK! Vejo você no almoço!

— Mas, Rachel...

— Nenhum mas! — Aceno e subo correndo o próximo lance de escadas, disparo pelo corredor e irrompo na minha nova sala, desabando na cadeira vazia ao lado de Tammy justamente antes de tocar o segundo sinal.

Ufa!

— Ei — comenta Tammy, olhando-me de cima a baixo. — Você mudou de roupa?

Olho para baixo. Estou usando a capa de Wendaline sobre jeans. Só que ela está azul.

Suspiro. Pelo menos não estou só com roupa de baixo.

— Posso roubar uma batata frita? — Tammy me pergunta. São 11 horas, o que, infelizmente, para os calouros e o pessoal do segundo ano, significa hora do almoço. Que pessoas normais comem às 11 horas? A escola devia, pelo menos, chamar de *brunch*. Tammy e eu estamos sentadas no refeitório com a muito séria Janice Cooper, a sempre animadinha Sherry Dolan e Annie Banks, dos seios muito grandes. Juro, são

Festas e Poções ✳ 65

imensos. São como imensos melões. E eu estou imensamente com inveja. Seja como for, nós cinco formamos uma espécie de grupo desde o ano passado. Mas não um grupo maldoso. Nada disso. Somos simpáticas, somos inteligentes e somos do segundo nível de popularidade, com muito orgulho.

Embora eu seja um pouco do primeiro — do final do primeiro nível, talvez — agora que estou namorando Raf. Porque ele é primeiro nível. Quando se namora um garoto assim, um pouco da popularidade dele cola em você. Não que eu me importe com essas coisas.

Certo, me importo sim. Mas só um pouquinho.

— Pegue à vontade — falo, empurrando meu prato na direção dela. — Mas aviso logo: não estão boas. Ficaram um pouco engorduradas.

Devagar, sinto minha roupa para ter certeza de que ela ainda está em mim. Depois do primeiro tempo, consegui trocar meu casaco por um minivestido mais apropriado. Quem acabou com aquela túnica não deve estar nada feliz (e, provavelmente, vai ficar seriamente confuso), mas fazer o quê? Eu tinha que fazer *alguma coisa*.

— Você quer mais ketchup? — pergunta uma nova voz.

Todos da mesa pulam. A voz é de Wendaline, que não estava à mesa há dois minutos. Mas agora está.

Será que essa menina está tentando me causar um infarto?

— Minha nossa! — grita Sherry. — De onde você veio? Quase me mata de *susto*! — Sherry adora falar com ênfase. Sempre fala assim, mesmo quando não há nada para enfatizar. Meio teatral, mas pouco criativo. Eu não ficaria surpresa

66 ✳ Sarah Mlynowski

se o nome dela fosse originalmente *Cher* e ela tivesse mudado para Sherry só para ficar irritante.

Tammy tosse e pega o suco de maçã.

— Acho que engoli uma batata inteira.

Isso precisa parar.

— Wendaline, posso conversar com você um segundo a sós?

— Claro — responde ela. — Aonde você quer ir? Algum lugar legal? Na cidade? Com bastante privacidade? Posso pufar nós duas e...

Oh! Meu! Deus!

— Wendaline. *Não.* Vamos para o outro lado do refeitório por um instante, tá? — Eu aponto na direção da janela.

Ela me segue.

— O que houve?

Eu, com cara de zangada, coloco as mãos nos quadris.

— O que você está tentando fazer?

— Como assim?

— Vestindo-se daquele jeito! Contando às pessoas que é uma bruxa! Zapeando a si mesma no meio do refeitório de repente! Não pode fazer essas coisas na escola!

— Por que não?

Por quê? Por que tinha que ser comigo?

— Porque não é bom todo mundo saber que você é uma bruxa!

Ela pisca. E pisca de novo. *No comprendo.*

— Mas *sou* uma bruxa.

— Eu também — digo pronunciando sílaba a sílaba. — Mas não quero anunciar isso ao mundo inteiro.

Festas e Poções ⁎ 67

— Por que não?

— Como assim "por que não"?

— Bem, por que não?

— Porque... porque... porque... — Excelente pergunta. Por que não? — Porque então todo mundo vai saber!

Ela ergue os braços no ar.

— E daí?

— Daí! — Sinto como se estivéssemos apenas repetindo uma a outra.

— Por que esconder uma coisa assim? — pergunta ela. — Eu *sou* uma bruxa.

— Eu sei. Já entendi. Mas, veja, eles não sabem. Nunca ouviram falar em bruxas antes.

— Como isso é possível? — pergunta ela. — Há centenas de programas de TV, filmes e livros sobre bruxas! Nós estamos na mídia! Só vivendo muito isolados para nunca ter ouvido falar numa bruxa.

— Wendaline, só porque eles veem seriados com bruxas não quer dizer que *acreditem* em bruxaria. Você assistiu a *Canção de Natal e Os fantasmas de Scrooge.* Isso significa que acredita em fantasmas?

Ela parece chocada.

— Você nunca conheceu um fantasma?

Tem alguma parede perto? Para poder bater minha cabeça nela.

— Wendaline, antes da minha irmã ter poderes, eu não sabia que bruxas existiam de verdade. Nunca tinha encontrado uma bruxa antes.

Ela parece estar na dúvida.

68 ❉ Sarah Mlynowski

— Nunca? E no Hexaton?

— O quê?

— Você nunca esteve no Hexaton?

— Nunca ouvi falar de Hexaton nenhum.

— Está brincando. Tenho que levar você! É muito engraçado. Todas as bruxas da antiga sociedade tomam chá lá. Eu vou desde os 6 anos!

— Eu não sabia que era uma bruxa quando tinha 6.

— Bem, nem eu, mas ia. Sabia que seria uma bruxa. Você não?

— Não! Eu não tinha ideia! Nunca escutei falar do Hexaton! Não sabia nada sobre brixta! Não sabia sobre moguls. Nem mogis. Ou seja lá o que for. É o que estou tentando explicar! Minha mãe nunca nos disse nada sobre mágica. Nunca tive sequer uma pista! Assim como todos aqui. Se você disser a eles que é uma bruxa, vão achar que é doida. Entendeu? Doida.

Ela olha em volta da sala, então suspira.

— Bem, talvez não me importe com o que eles pensam. Mas não vou esconder o que sou.

Tem algo seriamente errado com ela.

— Você não quer ter amigas?

— É claro.

— Bem, você não terá nenhuma se as pessoas souberem que você é uma bruxa.

— Mas por quê? — pergunta ela, claramente exasperada.

— Porque vão achar que é uma maluca e prenderão num manicômio, ou se realmente acreditarem em você, e prenderão para poderem te estudar. Vão te dissecar! Ou não prenderão porque vão ficar morrendo de medo de você!

— Que besteira. Por que ficariam com medo de mim? Nunca usaria minha mágica para machucar ninguém. Sou uma bruxa branca.

Cinza? Branca? Por que ela é tão obsessiva com cor?

— O que isso significa?

— Uso minha mágica para o bem. Ou tento, digamos assim.

— Olhe, você pode fazer o que quiser. A vida é sua. — Ou o funeral. — Mas não diga a ninguém a verdade sobre mim. Ninguém aqui sabe e eu gosto desse jeito. — Olho de volta para a mesa e noto que estão nos observando, tentando imaginar o que está acontecendo. — E realmente gostaria que você não dissesse às minhas amigas que é uma bruxa. Porque se acreditarem em você, e há uma grande possibilidade de isso acontecer, então poderiam suspeitar de mim. Entendeu?

— Como quiser. Você é a expert aqui. Mas tenho que te dizer, é um pouco estranho.

É um pouco estranho?

E ela não é?

Depois de um exaustivo primeiro dia, tudo o que queria era cair na cama. Infelizmente, Miri está sentada na dita cama, *minha* cama, com as pernas contra a parede em posição perpendicular. É assim que ela reflete.

70 ✳ Sarah Mlynowski

Eu me aproximo dela, com as mãos nos quadris.

— O que foi? — pergunto.

— O que foi o quê?

— O que você quer de mim?

— Será que não posso somente querer ficar com você?

— Fale a verdade ou saia. Estou exausta.

— Bem... — hesita ela. — Eu quero fazer o Samsorta. Quero que nós duas façamos.

Resmungo.

— É mesmo? Por quê?

— Vai ser divertido! A gente vai usar um vestido legal, fazer os cabelos e a maquiagem! Vamos debutar! Seremos o centro das atenções! Você adora ser o centro das atenções!

É verdade. Adoro ser o centro das atenções. Mas o que essa estranha fez com minha irmã?

— Mas você não gosta. Então, por que *você* quer fazer isso?

— Hmm?

— Você odeia parecer uma princesa. Você odeia essas coisas extremamente femininas. Você faz *tae kwon do*. Explique.

— Fazer o Samsorta põe a gente no mapa.

Vou para debaixo das cobertas e empurro Miri para mais perto da parede.

— Que mapa? Não ouvi falar de mapa nenhum.

— O mapa das *bruxas*. Eu quero estar nesse mapa. Quero que as pessoas do mundo da bruxaria saibam quem sou.

— Seu mapa parece muito com os níveis de popularidade da escola.

Festas e Poções ✳ 71

— Não tem a ver com ser popular, Rachel. É sobre ser importante. Eu quero pertencer ao mundo bruxo. E pela primeira vez na vida...

— Nessa longa vida de 13 anos...

— Pela primeira vez, acho que realmente pertenço a algum lugar.

Eu quero uma coisa assim para minha irmã. É claro que quero.

— Então faça. Não precisa de mim.

Ela empalidece.

— É claro que preciso! Não vou fazer sozinha. Ficou maluca?

— Por que não? Vai ser bom para você.

Ela balança a cabeça.

— Quero que a gente faça juntas. Agora é como se a gente fosse membro de um clube, mas ninguém do clube sabe ainda que somos membros.

— E ninguém fora do clube sabe que o clube existe.

— Isso mesmo! — Ela sorri para mim. — Você entende! Então, faz isso por mim?

Cemitério... uma língua desconhecida... mais tempo com a estranha Wendaline... ficar toda bonita com ninguém além de bruxas para ver...

— Eu não sei, Mir. Parece muito trabalho. — Muito trabalho por nada. — Você não pode apenas conhecer pessoas no Mywitchbook?

— Estou tentando! Mas é difícil! Por favor? Muito por favor?

E se as bruxas conversarem com os mortos? E zumbis saírem dos túmulos? E se todos tiverem corpos sem cabeça com sangue esguichando do pescoço? E se existirem vampiros de verdade?

— É que tudo isso parece tão assustador...

— Não será! Vai ser bonito! Nós vamos estar lindas!

Fecho os olhos.

— Mas de que adianta ficar toda bonita se Raf não poderá me ver?

— Por que Raf não poderia ver você? Ele pode ser seu par!

Quem dera. Como ele ficaria bonito num terno. Tão gato. E, claro, ele não conseguiria tirar os olhos de mim. Mas, infelizmente, isso não pode acontecer.

— Miri, não posso convidar Raf para a festa de bruxas debutantes.

— Por que não?

Alô-ou!

— Por que daí ele vai ficar sabendo que sou uma bruxa!

— E aí vai saber. Grande coisa.

Viro o travesseiro de lado.

— Vejo que você tem conversado muito com Wendaline.

— Ela tem razão — defende Miri. — Bruxaria não é algo de que se envergonhar.

— Eu não estou envergonhada — respondo. — Apenas não quero que Raf saiba. Não quero que pense que sou uma esquisita. Nem que tenha medo de mim. Nem fique pensando que o enfeiticei com uma poção do amor.

— Está falando da poção do amor que jogamos em Will por acidente?

Festas e Poções ✳ 73

Certo.

— E, principalmente, não quero que ele saiba nada sobre isso.

— Aposto que ele acharia legal — diz ela.

— Ou terminaria comigo e contaria a todo mundo que sou uma aberração.

Miri fica quieta e me pergunto se ela desistiu. Mas então diz:

— Mais cedo ou mais tarde, você vai ter que contar a ele.

Meu estômago se contorce.

— Não, não vou.

— Mesmo se vocês se casarem?

— Mamãe nunca contou ao papai.

— E veja só no que deu. — Ela me encara. — Ela contou ao Lex. Isso não diz nada a você? E um relacionamento não deveria ser baseado em honestidade?

É algo para se pensar. Mas e se Lex e mamãe terminarem? Eles estão juntos há menos de seis meses. O que aconteceria se o relacionamento ficasse mais frio que um caldeirão em desuso? E então?

— Talvez, *talvez*, eu diga a ele se nos casarmos. Ou se houvesse a possibilidade de ficarmos noivos. Mas não vou contar agora.

Nem pensar. Ainda nem dissemos "eu te amo". Essas palavras deveriam ser ditas antes de contar que sou uma bruxa.

— Não, sem chance de levá-lo ao Samsorta.

Ela me lança um olhar esperançoso, os olhos arregalados.

— Isso quer dizer que vai fazer? Só não vai convidar Raf?

— Mas sem ele, para que eu iria?

— Por mim! — diz ela. — Iria por mim. Nem tudo gira em torno de Raf. Quero que a gente faça isso juntas!

Eta. Está obcecada.

Peraí. De jeito nenhum mamãe vai deixar. Ela disse que era uma grande perda de tempo e de mágica. Não nos deixa nem mesmo *ver* os filmes da série *Halloween*. Ela não vai nos deixar *passear* por aí com cadáveres.

— Bem — digo —, se você quer fazer isso mesmo, eu faço.

— Você aceitaria mesmo? — diz ela animada. — Cem por cento?

Assinto. Boa coisa eu ter duzentos por cento de certeza que mamãe vai dizer não.

Operação: Samsorta

Vamos para cima dela na cozinha.

— Mãe — começa Miri —, a gente estava pensando...

— Sim, querida? — Ela está descascando um abacate para a salada.

Miri me dá uma cotovelada para eu continuar.

— Queremos participar do Samsorta — digo, deslizando para uma cadeira da cozinha.

Mamãe deixa cair o descascador de abacate.

— Desde quando?

— Desde que soubemos que existe — responde Miri.

— Isso — digo, tentando manter a voz constante e sem emoção. Olá, robô-Rachel. — Vai. Ser. Divertido.

— Rachel, por favor — retruca mamãe, voltando a preparar a salada. — Essa é uma das coisas que você diz querer porque *parece* divertido e uma semana depois já enjoou.

Justamente o que pensei. Sem chance.

— Lembra do teclado? — continua ela. — Você pediu para ter aulas, nós compramos o piano e você tocou uma vez só.

Eu me inclino sobre a mesa.

— Jamais conseguiria lembrar de todas aquelas notas.

Mamãe abre um saco de alface e despeja tudo numa grande tigela branca. Uma tigela que, algumas vezes, funciona como caldeirão.

— E o *tae kwon do*? Você queria fazer, comprou o uniforme e então decidiu que queria ser uma bailarina. E todas nos lembramos do que aconteceu com você na aula de balé.

Acidentalmente, fiz xixi na roupa durante um plié. O que eu posso dizer? Dançar não é o meu negócio. Seja como for, muito simpático ela trazer tudo isso à tona.

— O que está tentando dizer? Está me chamando de desistente?

— Se a sapatilha servir... — responde. — Lembra do Banco Imobiliário? Você só falava disso. Banco Imobiliário isso, Banco Imobiliário aquilo, Jewel tem um Banco Imobiliário, eu quero um Banco Imobiliário. E então compramos o jogo e você nunca terminou uma partida sequer.

— Mas isso é porque somente os primeiros vinte minutos são divertidos e depois a gente fica rodando, rodando e rodando!

Ei, peraí. Por que estou me defendendo aqui? Eu nem mesmo quero fazer o Samsorta. Estou apenas pedindo para ser legal.

— Tudo o que estou dizendo é que não acho que o Samsorta é uma boa ideia. É um grande compromisso.

Eu me animo. Silenciosamente, é claro.

O rosto de Miri se entristece.

— Mas eu não deixei o *tae kwon do*! Ainda pratico!

Mamãe revira a geladeira e pega tomate e pimentão verde.

— Eu sei, querida, mas ainda assim. É muito trabalho. E para quê? Só para receber um jornal?

Miri anima-se.

— Que jornal?

— Ah, você sabe, sobre o que acontece no mundo bruxo. Você nem mesmo pode desistir da assinatura. Eles nos encontram em qualquer lugar. É irritante.

— Onde estão esses jornais? — pergunto.

Mamãe dá de ombros.

— No armário de limpeza.

Eu devia mesmo checar esse armário. Quem sabe o que mais tem lá dentro? Diamantes? Um carro novo? Nada de esqueletos, espero.

— Não tem a ver com o jornal — diz Miri. — Embora fosse gostar de vê-lo. O mais importante é ser parte de uma comunidade.

Mamãe abre a torneira para enxaguar os vegetais e então grita devido ao barulho da água corrente:

— Exatamente. É esse o problema. É tão público. Depois do Samsorta, todas as bruxas sabem quem você é. Você é *exposta*. Não preferiria voar fora do radar? — Ela desliga a água, apoia os vegetais numa tábua de corte e começa a picar.

— Miri, eu achava que, entre todas as pessoas que conheço, você seria a primeira a ser contra. Gasta muita mágica. Não me disse ontem à noite que queria ser uma bruxa cinza?

— Sim — murmura ela. — Eu acho que quero.

— Bem, então vamos esquecer isso. — Ela despeja os vegetais na tigela. — Quem vai botar a mesa hoje?

Muito bem, mãe. Eu prefiro manter os esqueletos em segurança no armário mesmo.

E nada de verde na minha salada.

— Foi péssimo! — diz Miri, dando um pontapé na porta do meu armário.

— Você ainda pode conhecer pessoas no Mywitchbook. É mais divertido e desperdiça menos tempo.

— Não é a mesma coisa — murmura ela.

— Acho que não. Lamento. — Sento-me de frente para a escrivaninha e abro meu livro de química.

— Lamenta mesmo? Não parece chateada. — Ela me dá um olhar raivoso. — Você não tentou o bastante para convencê-la.

— Por que não estou morrendo de vontade de fazer isso. — Agora, onde eu estava? Certo. Página um. Tabela periódica. — Estou no segundo ano agora. Tenho muitas responsabilidades. Se não prestar atenção neste gráfico, posso acidentalmente explodir o colégio.

— Tá. — Ela deita de rosto para baixo na minha cama.

Eu a observo pelo canto do olho.

— O que foi? Nenhuma piada sobre estar surpresa por eu ainda não ter explodido o colégio?

— Não importa.

Rolo até ela na minha cadeira de computador, o que não é fácil de fazer no tapete.

— Miri! Não aguento ver você tão deprê! Sorria!

Ela levanta a cabeça para me encarar. Seu lábio inferior estremece.

Oh, não.

— Miri, não fique tão chateada.

— Tudo bem.

— É óbvio que não está.

— É que a gente perdeu tanta coisa desse mundo de bruxas que não aguento perder essa também.

Ela tem um pouco de razão, acho. Tiro os pés do chão e balanço os calcanhares na beirada da cama.

— Miri, se você realmente quer fazer isso, você consegue convencer a mamãe.

Ela olha para mim.

— É?

— Eu ajudo você a convencê-la, mas não quero fazer o Samsorta, entendeu? Você vai ter que fazer sozinha.

— Você vai me ajudar? Jura? — pergunta ela, esperançosa.

— Vou. — Para que servem as irmãs mais velhas? — Vou te dizer o que tem que fazer.

É terça-feira (também conhecida como dois dias para o meu aniversário!) antes do colégio. Estamos espreitando do lado de fora do quarto da mamãe, prestes a iniciar a Operação Convencer Mamãe a Deixar Miri Fazer o Samsorta.

80 ✳ Sarah Mlynowski

Adoro operações. (Não as verdadeiras, obviamente. Ninguém gosta de ser cortado. A não ser, talvez, as pessoas daqueles programas de cirurgia plástica que querem se parecer com celebridades.)

— Preparar? — murmuro. — Apontar? — Pausa de efeito. — Vai!

Abro a porta da mamãe e empurro Miri e a bandeja de guloseimas para dentro. É hora do café da manhã na cama e nós temos de tudo. Torrada, geleia, muffins de mirtilo, café e suco de laranja fresco. Então, me abaixo para mamãe não me ver. Como expliquei a Miri, um bom manipulador de fantoches nunca permite que vejam os fios.

Inalo um bolo de poeira. Quando foi a última vez que mamãe aspirou o pó aqui?

— Bom dia — canta Miri, colocando a bandeja nos pés da cama. — Fiz o café da manhã para você! Você é a minha mãe favorita no mundo inteiro!

Como disse para Miri na noite passada, são cinco as técnicas para manipular melhor seus pais: bajulá-los, apresentar um argumento intelectual, armar uma emboscada emocional, prometer passar mais tempo com eles e irritá-los. Os melhores ataques combinam, pelo menos, três das técnicas mencionadas acima.

Até aqui, ela foi bem na parte de bajulação. Estico um pouco o pescoço para espiar o desenrolar da cena.

Mamãe abre apenas um olho.

— Eu sou sua única mãe no mundo inteiro.

— Não é verdade. Eu tenho uma madrasta. Ela também conta. Mas você é a melhor.

Festas e Poções ✳ 81

— Ela conta, sim, um pouco. O que é tudo isso? — Minha mãe se apoia na cabeceira da cama e morde um muffin.

— Uma prova do meu apreço.

— Apreço pelo quê?

— Por ser tão maravilhosa. E por dedicar um tempo para pensar sobre o que vou falar.

Mamãe ergue uma sobrancelha.

— Sim?

— Eu quero que você reconsidere sua decisão sobre o Samsorta. Passei a noite toda pensando nisso e é uma coisa que tenho que fazer. Na noite passada, você teve a impressão de que era tudo ideia da Rachel, mas não é. Rachel nem mesmo quer fazer o Samsorta. Sou eu que quero.

— Ah — diz mamãe mastigando. — Não percebi.

Miri muito discretamente olha para mim, indagando sobre o próximo lance.

— Argumento intelectual! — falo, sem som.

Ela, indiferente, se volta.

— Sei que você não quer se envolver na comunidade de bruxas e respeito isso. Mas como uma bruxa em amadurecimento, preciso tomar minha própria decisão. E antes de tomá-la, eu preciso ser ensinada. — Vai, Miri intelectual, vai! — Você sempre nos ensinou a reunir os fatos primeiro e é o que estou tentando fazer. Aprender. A experiência do Samsorta seria uma excelente oportunidade para aprender.

Mamãe coloca o muffin na bandeja.

— Entendo.

Miri se inclina, bastante impaciente.

— Então posso fazer?

— Deixe-me pensar no assunto. Eu não estou dizendo "não". Mas também não estou dizendo "sim".

Miri assente solenemente.

— Entendo. Tenha um bom-dia. Eu amo você.

Ela pisa em mim no caminho.

Eu grito. Silenciosamente.

Mamãe toma um pequeno gole de café.

— E diga a sua irmã para se levantar do chão.

Operação Convencer Mamãe a Deixar Miri Fazer o Samsorta, tomada dois!

Pego emprestado o celular de Tammy e me enfio no vão da escada da escola. Felizmente, o final do meu almoço coincide com o começo do almoço de Miri. Verifico se estou sozinha na escada antes de ligar para minha irmã.

— Está pronta? — pergunto. — Nervos à flor da pele?

— Não posso acreditar no que estou a ponto de fazer.

— Você quer fazer o Samsorta ou não?

— Quero, quero — diz ela.

— Então vá em frente. Use o modo conferência do telefone.

— OK, um minutinho.

Ela disca e então nós ouvimos mamãe dizendo, toda animada:

— HoneySun, Carol falando!

— Mamãe?

— Miri? Está tudo bem? Onde você está? — Nós nunca ligamos para o trabalho dela durante o dia e ela soa, como previsto, em pânico.

Festas e Poções ✳ 83

— Está tudo bem. Estava apenas me perguntando se você pensou no Samsorta. É uma coisa que eu quero muito, sabe? Ia adorar conhecer outras bruxas da minha idade...

— Miri, não use o celular na escola! Vão confiscá-lo!

— Não se preocupe. Estou em meu esconderijo especial.

— Como assim? Você não está fora da escola, está?

— É claro que não! Estou no banheiro do segundo andar. Na última cabine, entende? Almoço aqui às vezes. Sabe, quando ninguém quer se sentar comigo?

Kabang! Emboscada emocional! Justamente como nós planejamos. E que venham as lágrimas.

Minha mãe engasga.

— Ah, Miri.

— Não se preocupe. Eu não me importo. Está certo que o vaso não é a melhor mesa, a caixa de leite às vezes cai lá dentro, mas é só algumas vezes na semana. Quatro no máximo. — Nós nem ensaiamos essa parte. Ela está improvisando! — Bem, vou deixar você voltar ao trabalho. — Então ela conclui: — Amo você! — Desligamos e ela me liga a seguir. — Como fui?

— Talento nato.

— Eu sei. Você acha que ela vai deixar?

— Com certeza. Depois da escola, diga a ela, de novo, como é importante para você. Como se sente isolada e que acha que seria realmente bom para você.

Alguma coisa brilha na parte inferior das escadas. Wendaline.

— Preciso ir — murmuro. — Sua amiga bruxa está se zapeando por toda a cidade. Diga para mamãe que vou para a casa de Tammy depois da escola e estarei em casa para jantar.

84 ✳ Sarah Mlynowski

— OK. Amo você.

— Eu também. Espere...Mir?

— Sim?

— Hã, você não come realmente sobre a tampa da privada, come?

Ela ri.

— Não. Não seja nojenta.

Eu termino a ligação e coloco o celular no bolso de trás.

— Wendaline, você tem que parar de fazer isso em público!

Ela dá um tapa na testa.

— Ooops. Foi mal! Esqueci. Eu estive voando ao redor da escola, tentando te encontrar. Procurei primeiro no refeitório, mas você não estava lá.

Que ótimo. E se alguém tivesse visto?

— Estava lá há cinco minutos.

— Tudo certo. Precisei dar um pulinho em casa para pegar minhas roupas de ginástica. Esqueci de trazer.

E quando diz *pulinho*, imagino que queira dizer *zapear*.

— Então, como está minha roupa hoje? — pergunta ela, rodopiando. Está usando uma saia de malha preta com blusa de gola rulê preta, meias-arrastão e botas pretas. — Melhor?

— Melhor — respondo. Não muito. — Meio gótico.

— Eu sei! Divertido, não?

— Onde você consegue essas roupas? Em algum catálogo bruxo?

— Não, boba, na rua Oito. Com a minha prima Ursula. Ela não falou sobre isso? Tem uma loja que vende roupas e joias. Fez EAET e tudo.

— Você não quer dizer ITM? Instituto de Tecnologia de Moda?

Festas e Poções ✳ 85

— Não! EAET. Espíritos Auxiliares, Encantamentos e Talismãs. Um curso de bruxas que se pode fazer em Paris, durante o verão, depois de se formar no colégio. — Ela mostra o colar. — Ela fez isto. Você gosta?

— É uma vassoura de prata?

— Sim! Um pingente de vassoura! Legal, não? Você pode acrescentar quantos pingentes quiser. Livros de feitiço, varas, gatos...

— Fofo. — Se quer que as pessoas pensem que você é esquisita.

— Ela vende às toneladas. São muito populares.

O primeiro sinal toca.

— Vou subir — aviso, enquanto uma manada de alunos se direciona para as escadas. — E você?

— Vou descer. Tenho que ir ao banheiro antes da aula. Não sabia que tinha que *pedir* para ir ao banheiro por aqui. Não é ridículo?

Eu dou uma risada.

— Ter que pedir ou você não saber disso?

— Preciso lembrar de tantas coisas!

Uma onda de ar frio enche o corredor e Wendaline desaparece.

Se ao menos ela se lembrasse de usar as escadas.

— Ela disse sim! — Miri grita quando volto da casa de Tammy. Ela lança os braços ao redor do meu pescoço.

— Yay! — Fazemos uma dança da vitória em frente à porta.

86 ✳ Sarah Mlynowski

— Você é brilhante! — comemora ela. — A tática da proximidade entre ela e eu foi o golpe final. Disse que fazer o Samsorta me faria sentir mais próxima a ela! Estou *tão* feliz! Você é a melhor irmã do mundo inteiro!

— Eu sei. — Jogo longe os sapatos. — Ela está em casa?

— Não, foi jantar com Lex. Deixou dinheiro para a pizza. Oh, comprei para você biscoitos preto e branco. Seus favoritos. Quer um agora?

— Obrigada! — Gente, como é bom ser amada. Jogo a mochila no chão, perto do armário e me dirijo para a cozinha.

— Estou tão animada. Vai ser muito divertido! Vou conhecer muitas pessoas! E terei uma visão ampla e maravilhosa da magia! Será o toque final perfeito no meu treinamento.

Ela traz um prato de biscoitos e uma xícara de chocolate quente. É sempre divertido quando mamãe sai com Lex. Miri e eu comemos a sobremesa antes do jantar.

— Ei — diz Miri —, tem uma coisa que quero te perguntar. Como está indo seu treinamento?

— Meu o quê?

— Seu treinamento de bruxa! Com a mamãe? Você sabe, tudo que ela me obrigou a fazer no ano passado, e que estou quase terminando. Você não acha que ela excluiria você disso, acha?

— Ah, claro. Treinamento. Bem, nós ainda não começamos. Não exatamente. — Mordo aquela delícia de biscoito. Hum. Não posso imaginar o que minha mãe teria para me ensinar. Acho que sei mais sobre mágica do que ela. — Talvez em breve.

— Acho que ela disse alguma coisa sobre começar na semana que vem.

— Sério? — Tomo um gole do chocolate quente. Hummmm! Miri colocou minimarshmallows!

— Sim, muita proximidade com a mamãe — diz ela. Reviro os olhos. — Não toma muito tempo. Somente três horas.

Eu pego o biscoito número dois.

— Três horas por semana não é tão mau.

— Não — diz ela, enfática. — Três horas por dia.

Ô-ô. Miri passou tanto tempo assim treinando, no ano passado? Isso não parece divertido.

— Tenho certeza de que fará uma versão intensiva comigo. — Sou mais inteligente. Ou, pelo menos, mais velha.

— Quem sabe? Ei! Sabe de uma coisa?

Dou outra mordida no biscoito.

— O quê?

— O treinamento do Samsorta é somente uma vez por semana. Se você fizesse isso, aposto que mamãe consideraria o suficiente.

— Mas então não teria de fazer o Samsorta?

— Bem, se estiver fazendo o treinamento...

Espere um segundo! Os biscoitos, o papo de melhor irmã do mundo, depois um argumento intelectual, a ameaça da proximidade com os pais... Soco a mesa da cozinha com os punhos. — Você está usando minhas técnicas de manipulação! Em mim!

Ela cobre o rosto com o braço.

— Mamãe disse que eu só podia fazer o Samsorta se você fosse também!

88 ✳ Sarah Mlynowski

— Miri!

— Por favor, Rachel! Por favor mesmo! Ela disse que não queria se preocupar comigo lá sozinha. Acha que você pode tomar conta de mim e impedir que eu ande com as pessoas erradas. Parece que ela não acredita que sou boa em avaliar o caráter dos outros.

Bem, ela conseguiu fazer com que roubassem meu corpo no verão passado... Mas ainda assim.

— Eu não sei, Miri...

— Por favooor? — Ela abre os olhos, bem arregalados e tristes. — Quero conhecer pessoas com quem possa sair. Você foi à casa de Tammy depois do colégio. Mamãe saiu com Lex. Eu fiquei sozinha em casa vendo televisão. Sozinha. Novamente.

— Dá um tempo.

— Eu só queria ter com quem conversar — diz ela com a voz guinchada. — Quando você sai com os amigos, me abandona.

Murmuro.

— Se não parar, vou fazer você comer este biscoito no banheiro.

— Por favor? Como pode dizer não para mim, depois de tudo que fiz por você? Os megels, o feitiço da dança, o feitiço da poção do amor, o...

— Truque da culpa agora?

— Por favooor? Por favooor?

Sei que vou me arrepender disso, mas... acho que estou devendo algo a ela.

Festas e Poções ✳ 89

— Tá beeeem, Miri. Se é importante para você, vamos fazer o Samsorta.

— Uau! — Ela golpeia o ar em comemoração. — Vai ser muito divertido!

Um divertido cemitério louco e selvagem sem Raf.

— O que tenho que fazer?

— Nada — responde ela, feliz. — Mamãe vai ligar para a Escola de Encantamentos amanhã e fazer nossa matrícula. É para onde Wendaline também vai.

— Você sabia que eu ia aceitar, não é?

Ela me joga um beijo.

— Aprendi com a mestre.

Olhos nas costas

É quarta-feira (também conhecida como um dia antes do meu aniversário), e estou entre o segundo e o terceiro tempo, quando percebo que há problemas a caminho.

Encontro Wendaline no corredor, vestida numa monstruosidade de bolinhas vermelhas e pretas. Aceno para ela.

Ela acena de volta.

De qualquer maneira, não está vestindo a capa. Não que o modelito seja muito melhor. Mas, pelo menos, não está dando um pulinho ali ou zapeando coisas em lugar nenhum. Tudo bem, certo? Normal. Até que assisto, tomada por um horror, um garoto qualquer do primeiro ano esticar o pé à frente dela, fazendo-a cair de cara no chão. O caderno em espiral e o estojo se projetam no ar em diferentes direções.

O garoto ri, desengonçado. Seus amigos dão risadas.

Eu me apresso em ir ao local do desastre para ajudá-la.

— Você está bem?

— Tudo certo. Eu estou bem. Que estranho. Caí em tudo quanto é lugar hoje. Algo deve estar errado com o meu equilíbrio.

Ela é tão ingênua.

— Wendaline! Não há nada de errado com você! Aquele idiota pôs o pé para você tropeçar!

— Não acredito!

— Foi, sim. Eu vi.

Ela balança a cabeça.

— Deve ter sido sem querer, certo? Foi um acidente?

— Bem...

Ela se encolhe.

— Você não acha que foi um acidente?

— Não — respondo. — Não acho.

— Mas por que alguém iria me fazer tropeçar de propósito? — Ela se curva para pegar o caderno, agora muito pisoteado.

Vejo um papel amarelo grudado nas costas dela. *Me faça tropeçar*, está escrito com caneta preta. Eu o arranco fora e silenciosamente entrego a ela.

Seu queixo cai.

— Por que alguém faria isso?

Suspiro.

— Porque são malvados.

— Mas por quê? É tão terrível! Aconteceu o dia todo! Meus cotovelos estão machucados! — Ela esfrega o braço, enfatizando o argumento.

Eu pego seu estojo, igualmente contundido, do chão e a empurro para uma sala vazia. Respiro fundo.

— Wendaline, é por causa das suas roupas.

Ela me olha aflita.

— Porque não estou usando jeans e camiseta como todo mundo?

— Isso mesmo.

Ela estende os braços para o alto.

— Isso é ridículo! Tenho o direito de me vestir como quero!

— É claro que você tem o *direito*. Mas talvez não devesse. — Aponto para minha roupa: jeans e uma camiseta. — Às vezes é melhor se misturar.

— Mas este é o meu estilo! — grita. — Não quero ser igual a todo mundo. Quero ser *eu*.

Balanço o papel amarelo.

— Ser *você* está fazendo com que tropece.

Ela arranca o papel da minha mão e o amassa, fazendo uma bolinha.

— Agora não mais!

— Tenha cuidado — digo inquieta. — É preciso ter um olho nas costas.

— Literalmente, pelo visto?

Com os ombros caídos, Wendaline segue apressada pelo corredor.

O refeitório está muito cheio por causa da chuva torrencial do lado de fora. Quando chove em Manhattan, chove forte. Nessas horas, diz-se que chove canivetes.

94 ✳ Sarah Mlynowski

Canivetes. Que expressão idiota! Por que choveria armas? Se eu quisesse criar uma expressão sobre chuva, usaria animais voadores, como pombos e mosquitos.

Da nossa mesa, vejo uma caloura miúda esbarrar acidentalmente em Wendaline na fila do almoço.

— Como você conheceu Wendaline? — pergunta Tammy, seguindo meu olhar.

Folheio o livro marrom enquanto Wendaline se vira, olhando desconfiada outro calouro. Ô-ô!

Agora acha que todos estão a fim de implicar com ela.

— É uma velha amiga da família — murmuro.

Receio que minha amiga de família, Wendaline, esteja prestes a surtar e transformar a inocente caloura num pombo, em um milésimo de segundo.

Tammy beberica um gole do suco.

— Entendi. Ela é mesmo uma bruxa?

Eu quase cuspo o sanduíche. Tosse, tosse! Socorro, estou sufocando!

— Eu conheço a manobra de Heimlich e não tenho medo de usá-la — diz uma voz familiar atrás de mim. Raf.

— Estou bem — digo, apressada, e tomo um golão de água. — Tudo certo. Oi. Cadê sua bandeja?

Ele me dá um beijo rápido, senta-se ao meu lado e deixa cair um embrulho de papel na mesa.

— Trouxe o almoço hoje. Sobras de frango ao limão. Oi, Tam.

— Hum... adoro comida chinesa. — Também gosto de conversar sobre comida chinesa, se isso afastar o assunto Wendaline. — Meu favorito é o General Tso, frango empanado frito. Delicioso. Deveria ter pedido isso ontem, para o

Festas e Poções ✳ 95

jantar, em vez de pizza. — Examino as duas fatias que trouxe de casa. Insista no assunto, Rachel. Não pare. — Eu como pizza demais. Vou acabar me transformando numa pizza.

— Você daria uma ótima pizza — diz Raf. — Olhos de pepperoni e lábios de tomate. Mas, por precaução, troco meu almoço pelo seu.

— Verdade? — Tão romântico. Ele me passa o frango e eu lhe dou minha pizza, e também meu coração.

Sim, sei que foi brega (pisca, pisca), mas não me importo.

— Ei, Raf — diz Tammy. — Eu estava justamente pedindo a Rachel mais informações sobre essa amiga de família dela. A garota que diz que é uma bruxa.

Tammy! Pare com isso já!

— Wendaline é uma grande brincalhona — digo, agitando a mão. — Pode acreditar. Ela estava brincando. Ela brinca muito. — Ha-ha.

— Não parecia que estava brincando — diz Raf, desembrulhando minha pizza. — Parece que ela acha mesmo que é uma bruxa.

— Ela estava brincando cem por cento. — Meu coração acelera e bate alto. Se não estivéssemos no lugar mais barulhento do mundo, seria possível escutar todas as batidas.

— Talvez ela *seja* uma bruxa. — Tammy dá de ombros como se a conversa não fosse grande coisa, como se não fosse a conversa mais assustadora de minha existência.

Raf ri.

— Claro. E eu sou um vampiro.

Ha-ha-ha.

— Você não acredita em bruxas? — pergunta Tammy.

Meu coração para de vez. Não bate mais. Tenho certeza de que estou morta ou, no mínimo, em coma.

— Você está brincando? — pergunta Raf, fazendo careta.

— Você acredita?

Parem! Parem! Esta conversa toda tem que parar imediatamente. Vou desmaiar.

— Não sei — continua Tammy. — Talvez. Por que não? Só porque não sei não quer dizer que não existam, certo?

Raf abocanha um enorme pedaço da pizza.

— Sou mais o tipo de pessoa "só acredito vendo".

— Sério? — pergunta Tammy. — Eu não. Acho que há muitas coisas que acontecem de que não sabemos. Como na água. Quando você mergulha, vê um mundo inteiro que não tinha ideia de que existia a partir da superfície. Cavalos-marinhos! Sibas! Donzelas-azuis! Barracudas! É fascinante. Uma hora você está no barco e, num piscar de olhos, está cara a cara com um tubarão-martelo.

— É... Acho que é melhor eu ficar aqui em cima — diz Raf, rindo. — Não tenho certeza de que estou pronto para encarar um tubarão.

Será que estou sendo comparada a um tubarão? Sinto-me meio confusa, mas aliviada por estarmos mudando de assunto. Um pouco.

— Eles não mordem — diz Tammy. — Não muito. Seja como for, acho que a gente nunca tem certeza de nada. Se ela diz que é uma bruxa...

Oh, por favor, Tammy! Tínhamos deixado isso para trás! Tubarões-martelo, me dê mais tubarões-martelo!

— ... então talvez ela seja.

Wendaline já saiu da fila e está vindo em direção à nossa mesa. Ela não pode se sentar aqui. Não. É arriscado demais. O sangue corre para a minha cabeça. E se ela disser a eles de novo que é uma bruxa? Não, e se ela zapear alguma coisa para provar que é uma bruxa? E se ela disser que sou uma bruxa também? E se eles ficarem com medo de mim? E se eles pensarem que *vou* mordê-los?

Wendaline precisa fazer novos amigos e ficar longe dos meus.

— Rachel — diz Raf, acariciando meu joelho. — O que você acha? Você acredita em mágica?

Sangue. Correndo.

— Eu... Eu... Eu... — Acho melhor me afastar de Wendaline antes que ela entre nesta conversa e acabe com a minha vida. Salto de repente da cadeira. — Vou comprar um saco de batatas fritas.

Intercepto Wendaline e sua bandeja de almoço no meio do caminho. Respiro profundamente para me acalmar.

— Olá. Wendaline.

— Olá, Rachel! Obrigada por me salvar. Não beijei o chão nas últimas horas, graças a você.

— Oh, tudo bem — digo, exausta.

— Estou tendo um dia horrível. Esqueci novamente daquela regra para ir ao banheiro e a Sra. Stein gritou comigo!

Que ótimo, agora ela está fazendo eu me sentir culpada de novo. Dizer a ela *Por favor, não sente mais comigo*, não deve animá-la.

— Ah, tenho boas notícias.

— Gosto de boas notícias.

— Miri e eu decidimos. Vamos fazer o Samsorta!

98 ✳ Sarah Mlynowski

— Verdade? Ótimo! São *mesmo* boas notícias! Podemos comemorar juntas! E vocês vão poder ir para a Escola de Encantamentos?

— Minha mãe vai falar com eles hoje.

Ela segura melhor a bandeja.

— Vamos nos sentar. Estou com fome e isto aqui pesa uma tonelada.

É agora!

— Espere. Tem uma coisa que quero falar com você. — Respiro profundamente. — Você não quer fazer amizade com o pessoal da sua turma? Claro que você é bem-vinda para se sentar comigo. — Mas não o faça. Por favor? Por favor com cerejas ao marasquino?

Ela encolhe os ombros.

— Ainda não falei com ninguém da minha turma.

— Talvez devesse tentar. — Olho em volta analisando os grupinhos de calouros. — Reconhece alguma das garotas da sua turma?

Ela aponta para um grupo de garotas superproduzidas. E estou falando de luzes, calças e blusas de grife, narizes tão para cima que praticamente tocam as nuvens ou, no mínimo, o teto.

— Estão no primeiro tempo comigo.

Hum. Não sei se são o *melhor* grupo para começar.

— Mais alguém?

Ela olha ao redor.

— É tão difícil distinguir essas pessoas. Todas usam exatamente as mesmas roupas. Ah, acho que aquelas ali são da minha aula de arte.

Festas e Poções ✳ 99

As garotas para as quais aponta agora parecem menos esnobes. Uma está usando uma saia roxa tipo camponesa e uma blusa combinando com os ombros de fora, a outra tem uma grossa faixa rosa no cabelo e um piercing prateado no nariz. Garota de Saia Camponesa está rindo muito do que a Garota de Faixa Rosa está falando. Sim, são uma possibilidade muito melhor para amigas potenciais. Já que não estão usando o uniforme tradicional da JFK, é óbvio que se posicionaram alguns graus à esquerda da corrente popular.

— Perfeito — digo. — Vá dizer oi. Diga que está na turma delas. Pergunte se pode almoçar com elas. Se não te tratarem bem, pega a bandeja e vem se sentar comigo, OK?

— OK. Obrigada, Rachel. De novo. Você é uma salva-vidas. — Ela se endireita e vai na direção delas.

— Peraí! — cochicho. — Wendaline!

Ela se vira.

— O que foi?

— Não diga nada a elas. Sobre... você sabe. Não agora. OK?

— Mas... OK.

Observo a tímida aproximação.

— Olá — diz ela. — Estou na turma de arte de vocês. Posso me sentar aqui?

— Claro — responde a Garota de Faixa Rosa. — Qual o seu nome?

Ah!

Eu *sou* uma salva-vidas. Mas não é a vida de Wendaline que estou preocupada em salvar.

É a minha.

100 ✳ Sarah Mlynowski

Miri aborda minha mãe no segundo em que ela atravessa a porta.

— Então? Então? O que eles disseram? Fomos aceitas?

— Tenho boas e más notícias — começa minha mãe, encostando seu guarda-chuva pingando contra a porta. — Uau, está chovendo um bocado hoje.

— Está chovendo pássaros e mosquitos? — pergunto.

— Hum, não. — Ela me lança um olhar interrogativo. — Deveria? Você não fez um feitiço do tempo, fez?

— Podemos ouvir as notícias, por favor? — insiste Miri.

— Claro. — Minha mãe tira a capa de chuva e a pendura. — Liguei para a Escola de Encantamentos, mas eles começaram as aulas em agosto. Então, ficou tarde para o outono, mas ficarão felizes em receber vocês no ano que vem.

Uau! Um adiamento de um ano. Tenho certeza de que até lá Miri terá se esquecido desse plano louco.

— Oh, não — diz Miri, soando desolada. — Quero fazer *este* ano. Wendaline vai fazer agora.

— Também será divertido no ano que vem — digo. — Mais divertido ainda, pois não haverá pressa.

Em vez de ouvir meu conselho sábio, minha irmã está tagarelando consigo mesma.

— Tem que haver outros lugares para treinar. Ora, bruxas de todo o mundo participam. Não deve haver somente uma escola. Vou perguntar no Mywitchbook. — Ela corre para o quarto.

Mamãe suspira.

— Ela está mesmo obcecada pela tal cerimônia, não está?

— Parece.

Será que sou uma irmã muito má por torcer para a conexão de internet cair por conta de um apagão maluco e repentino?

Para o jantar, mamãe serve um prato vegetariano particularmente medonho: burrito de feijão-preto. Tento fazer o feitiço *moosa* e mandá-lo para longe, como fizeram no jantar da Lua Cheia, mas o prato apenas zapeia da mesa e aterrissa no balcão da cozinha.

Mamãe ri.

— Boa tentativa.

Depois de ajudar a lavar os pratos, me enfio no quarto para ler o dever de história americana. Alô, Guerra Civil! Estou sonhando com os vestidos armados de Scarlett O'Hara quando Miri grita:

— Lozacea!

— Saúde — grito para ela.

— Descobri! Tem um lugar no Arizona que oferece turmas também! Eles só começam na próxima semana! Vou ligar para lá agora!

Mamãe e eu nos juntamos a Miri no quarto, enquanto ela disca.

Eu me arrasto para a cama dela enquanto Miri anda de um lado para o outro, com o receptor colado no ouvido.

Mamãe se apoia no vão da porta.

— Você quer que eu fale com eles?

Miri balança a cabeça. Minha irmã não está de brincadeira.

— Atenderam. Alô? Meu nome é Miri Weinstein e estou ligando porque minha irmã e eu queremos mais informa-

102 ✳ Sarah Mlynowski

ções sobre as turmas para o Samsorta... Verdade? Vocês não estão lotados?

Maravilha.

— Sim, nós duas temos poderes. Tenho 13 e ela tem 14.

— Quinze! — corrijo. Falta só um dia! Só um dia!

— Certo — continua ela. — Isso seria muito bom. Vai ser ótimo conhecer você pessoalmente, Matilda. — Ela desliga o telefone. — Iupiii!! Conseguimos! — grita, dançando pelo quarto.

— Hum. U-hu?

— Estou tão animada agora! — grita ela, com a voz aguda, me abraçando. — Vamos para Lozacea!

Mamãe cruza os braços.

— Não até que eu verifique que escola é essa.

— Eles têm ótima reputação — garante Miri. — Aqui está o número.

Mamãe pega o telefone, disca e sai para o corredor.

Enquanto isso, Miri continua dançando pelo quarto — se é que se pode chamar isso de dançar. É óbvio que ela também não herdou essa habilidade.

— Conseguimos! — comemora. — Tudo o que temos que fazer é passar no teste!

Hã? Levanto uma sobrancelha.

— Que teste?

— Matilda, encarregada das admissões, me disse que ela precisa ter certeza de que nós realmente temos poderes. Parece que tem gente que tenta enganar a escola. Ela vai dar uma passada aqui esta semana.

Um quiz surpresa? Sensacional.

— Uma passada onde? Aqui? Na escola? Onde?

— Tudo certo!

Ah, tá. Não estou só preocupada. Estou muito preocupada. Na verdade, sinto um enjoo bastante forte neste exato momento.

É óbvio que foi causado pelo burrito de feijão-preto *imoosável*.

Amor de aniversário

Parabéns para mim! Acordo cantando. É meu aniversário e canto se quiser!

Tenho 15 anos. Tão velha. Estou na metade da adolescência! Falta um ano para poder tirar a carteira de motorista. Três anos para votar. Seis anos para beber. Doze anos para me casar! (Sim, eu pensei muito, considerei algumas fórmulas e acredito que 27 anos é a idade ideal para o casamento.)

Depois da chuveirada de aniversário, visto o modelito de aniversário (ha-ha, não a roupa de aniversário de verdade, que seria nenhuma, pois nascemos pelados), meu jeans favorito, uma blusa linda, magicamente transformada, e vou para a cozinha.

— Tenho 15 anos! — grito. — Ouçam-me rugir!

Minha mãe serve um prato de panquecas de banana, meu favorito

106 ✳ Sarah Mlynowski

— Feliz aniversário, querida! Você quer abrir o presente agora ou à noite?

— Hum, à noite está bom — digo, com cara de sinceridade. Então desabo: — Claro que quero abrir neste exato segundo, o que você acha? — Pode ir me passando meu celular!

Ela me dá uma pequena caixa embrulhada em papel listrado. Eu rasgo e é um... par de meias.

Brincadeira! É um celular! Um lindo celular cor prata do tamanho do bolso!

— U-hu! — *"Pode ligar para o meu celular. Com licença, acho que meu celular está tocando. Prazer em conhecê-lo, anote o número do meu celular."*

— Nenhuma surpresa neste ano — diz mamãe. — Por favor, não perca a noção da quantidade de ligações e mensagens. Você e Miri estão compartilhando minutos, o pacote.

— Amo você! — Beijo-a na bochecha.

Miri me dá uma caixa retangular embrulhada.

— Minha vez!

Rasgo o papel em dois segundos e descubro uma linda capa para celular rosa com pedrinhas.

— Perfeito! Obrigada, Miri. Os melhores presentes que já recebi!

— Você pode trocar se não gostar dela — diz Miri. — A loja tem outras cores.

— Miri, amei!

— É acolchoada para o caso de deixar o celular cair — acrescenta ela.

Enfio logo o telefone na capa. Lindo. Aperto meu novo brinquedinho eletrônico contra o peito.

— Não vou deixar cair! É muito precioso!

Festas e Poções ✳ 107

— É *capaz* — diz ela. — Sabe? Capa, capaz?

— Ha-ha.

Ela se senta e ataca as panquecas.

— Então, quem vem esta noite?

Minha mãe disse que podia convidar algumas pessoas para um bolo de aniversário, mesmo sendo dia de aula. Eu poderia convidar mais pessoas se fosse sábado à noite, mas temos que ir para a casa do meu pai, neste fim de semana, em Long Island. Como fazemos a cada 15 dias. Desvantagem nº 107 de ter pais divorciados. Quero dizer, amo meu pai e tal, mas perder as atividades sociais de um fim de semana é uma droga.

Outras desvantagens incluem: eles não serem mais casados, não morarem juntos, os problemas eternos de relacionamento e ser obrigada a usar um vestido rosa e muito bufante de dama de honra no segundo casamento do seu pai, entre outras pérolas.

A vantagem? A gente ganha dois presentes de aniversário deles. O segundo ganharei no sábado. U-hu!

— Alô? — diz Miri. — Rachel? Ainda aqui? Quem você convidou?

— Oh, desculpe. Raf, Tammy e Alison. E você, Lex e mamãe, é óbvio. — É claro que seria simpático se pudesse convidar papai, Jennifer e Prissy, mas faria todos se sentirem pouco à vontade, eu particularmente.

Ela arrasta uma banana em torno do prato.

— E não a Wendaline?

— Preferi os amigos mais próximos. Gosto da Wendaline, mas ela faz coisas estranhas de bruxa em público.

— Pegue leve com ela, Rachel. A garota nunca esteve numa escola de verdade antes.

— Eu sei, eu sei, mas ainda prefiro manter distância entre meus amigos e ela. — Pisco um olho para Miri. — Vai que ela é *capaz*...

O dia será maravilhoso. Como não? É o *meu* dia!

As pessoas me desejam feliz aniversário. Tammy me leva um bolinho no almoço. Todos os meus amigos cantam.

Só deixei o celular cair duas vezes.

— Não sabia que era seu aniversário! — diz Wendaline, surpresa, aproximando-se da nossa mesa para uma rápida visita. Felizmente, suas novas amizades parecem ter dado certo. Felizmente, ela ainda não contou a elas seu segredo de bruxa. — Eu teria mandado uma vassoura virtual!

Todo mundo arregala os olhos. Eu a encaro.

— Não quer dizer um cartão virtual, Wendaline?

— Certo! Um cartão! Por que eu mandaria uma vassoura? Seria estranho!

E é exatamente por isso que ela não está convidada para ir lá em casa esta noite. Ei, não estou sendo malvada. Faz apenas uma semana que a conheço.

OK, estou sendo um pouco malvada, mas e daí. É meu aniversário e posso ser malvada se quiser.

Parabéns, querida Rachel... Parabéns pra você! E muitos anos de vida!

Essa música nunca fica velha, fica?

— *Pule pela sala, pule pela sala* — canta Alison.

Do que ela está falando? Eu não pulo.

— *Não vamos ficar quietas...* — continua Alison —, *até que você pule pela sala!* Ora, Rachel, é uma música que aprendi no acampamento.

— Não há lugar para pular aqui. É uma cozinha de Nova York!

— *Pule pela sala! Não vamos ficar quietas até você...*

Empurro para trás minha cadeira e tento pular ao redor da mesa, me esforçando para não pisar no rabo do Tigger.

Hummmm. Tigger não era cinza? Quando ele ficou preto? Quando ele ganhou dez quilos? Este gato precisa seriamente entrar na dieta de South Beach. Este gato parece que engoliu Tigger.

Espere. Este não é o meu gato!

— O que é aquilo? — grito, apontando.

O gato gordo preto tem grandes olhos verdes, pelo aveludado e está segurando alguma coisa miúda e brilhante entre os dentes.

— Como esse gato perdido entrou no apartamento? — pergunta Tammy.

— Deve ser de um dos vizinhos — diz mamãe. — Vá embora, gatinho! Miri, você pode mostrar a ele o caminho? Quem quer bolo?

O gato se esfrega na minha perna. É muito meigo. Mas o que ele tem entre os dentes?

Eu me abaixo. É um saco de presente rosa. Na frente, em caligrafia preta, está escrito *Rachel Weinstein.*

Hã?

Quem me mandaria um presente via gato?

110 ✳ Sarah Mlynowski

Uma bruxa. O teste? Esta noite? Ou... Wendaline! Ela me mandou um presente! E via gato!

— Te peguei — digo, gentilmente imobilizando-o e saindo com ele para o corredor.

Ele se aconchega nos meus peitos. Animal esperto: foi logo no maior. Tiro o saco de sua boca, coloco-o no chão e dou uma espiada na coleira. *Sininho*. Oh, é uma menina. Do outro lado se lê *Não se preocupe comigo. Sou encantada e posso achar sozinha o caminho de volta para casa!* Este gato pertence a Wendaline. Quem mais anunciaria para o mundo que tem um gato encantado?

Preciso fazer um encantamento no Tigger também? Ele jamais sai do apartamento. É um preguiçoso. De agora em diante, vai ficar encarregado de todas as minhas tarefas externas.

Quando abro o pequeno saco, um balão vermelho voa para o teto. Depois um amarelo. E mais um prateado, um dourado, um branco e um azul.

A seguir, vem um cartão:

Parabéns, Rachel!
Espero que seu dia seja mágico!
Abraços e felicidades, Wendaline.

Finalmente, tiro um pequeno porta-joias preto. Dentro há um delicado pingente em forma de vassoura de prata. Ah. Que fofo. Que atenciosa. Sinto uma pontada no coração por não tê-la convidado.

Que maldade dela me fazer sentir culpada logo no meu aniversário!

Festas e Poções ✳ 111

Preciso esconder o pingente antes que Tammy, Raf ou Alison o vejam. E também preciso me livrar da Sininho. Mas... onde ela está? Não está mais no chão. Onde se escondeu?

— Aqui, Sininho — sussurro. — Aonde você foi?

Nada da Sininho. Acho que desapareceu. Por que não estou surpresa?

Tammy me dá um monte de livros (*Bliss, Fly on the Wall* e *Belezas perigosas*).

— São todos um pouco paranormais — diz ela.

A-hã. Como se minha vida não fosse paranormal o suficiente.

Alison me dá uma linda calça de pijama de flanela rosa.

— Para o acampamento — diz ela, embora eu tenha certeza de que vou usá-la todas as noites até ir para lá, porque são muito lindas e confortáveis.

Espero até estar a sós com Raf para abrir o presente dele. Minha mãe e Lex estão na cozinha lavando louça, Miri está no quarto tentando fazer mais amigos no Mywitchbook, e nós estamos aninhados no sofá. Abro o cartão primeiro.

Querida Rachel,
Feliz 15 anos. Espero que seja ótimo.
Com amor, Raf

AimeuDeus. Releio a última linha.

Com amor, Raf.

112 ✳ Sarah Mlynowski

E de novo: *Com amor, Raf.*

Ele escreveu *amor*. Amor! Ele me ama! Não teria escrito se não me amasse, certo? Quero dizer, sei que é uma despedida relativamente habitual, mas mesmo assim. *Amor.* Amor! Ele disse amor! Ele me ama! Dou uma olhada para ele, para ver se está esperando alguma reação. O que eu devo fazer? Deveria mostrar felicidade? Alegria? Deveria largar o cartão e gritar "Eu também te amo?" Ou talvez: "Eu também amo você e, a propósito, sou uma bruxa."

Não. Não!

Não vou contar a ele. *Nunca.*

Pelo menos até ficarmos noivos.

Seja como for, ele não disse *Eu amo você.* Apenas assinou o cartão *com amor.* Como posso saber se não faz isso sempre? Talvez assine todos os cartões assim. Cartões de aniversário. Cartões de Dia das Mães. Claro que ele assina *amor* nos cartões de Dia das Mães. Que filho não faria isso? Só os estúpidos. E Raf não é estúpido. Talvez ele assine *com todo o meu amor* nos cartões de Dia das Mães. Ou *Amor para sempre.* Talvez *amor* não signifique tanto. Mau sinal! Talvez ele esteja terminando comigo. Talvez...

— Ei, Rachel? — pergunta Raf, pressionando meu ombro. — Você não vai abrir o presente?

Claro.

Delicadamente desfaço o embrulho de papel vermelho. É outro porta-joias! Dentro dele tem uma corrente dourada fina e, nela, um pequeno coração também dourado.

AimeuDeus. Ele me deu seu coração! Sério! Ele me ama de verdade! Acho que vou chorar!

Festas e Poções ✳ 113

— É lindo — digo, e as lágrimas cintilam.

— Achou mesmo? Você gostou?

— Eu amo... — você! Eu amo você! — o presente.

Raf me ajuda a fechar o cordão no pescoço.

E então... bem, digamos apenas que meus cálculos estavam certos. Realmente, aniversários incluem beijos extras.

Uma pausa significativa

— Então, o que você vai fazer no fim de semana? — pergunto a Raf pelo celular. Miri e eu estamos no trem para Long Island.

— Falar no telefone com você?

— Sim, mas além disso. — Por que minha mochila está se erguendo do chão? Dou uma olhada para Miri e a vejo agitando os dedinhos em direção às minhas coisas. — Pare de mexer na minha bagagem! — murmuro.

Ela põe a língua para fora.

— Meu pai me perguntou se podia ajudar na loja amanhã — diz Raf, referindo-se a Kosa Casacos e Presentes, a loja da fábrica de casacos de couro da família. Eles fazem os próprios produtos e vendem para lojas de departamentos como a Saks e a Bloomingdale's. — À noite vou para a festa de Dave Nephron. Quer ir?

116 ✳ Sarah Mlynowski

— Não provoque. Você sabe que quero ir. — Infelizmente, enquanto estiver aprisionada no quarto amarelo-merengue que divido com Miri na casa do meu pai, Raf estará cercado por todas as garotas da JFK que o desejam como namorado. Uma delas é Melissa Davis. — Você não pode conversar com outras garotas, OK? — AimeuDeus! Não acredito que disse isso! Não foi minha intenção. Miri está me distraindo.

Ele ri.

— Não estou interessado em outras garotas, Rachel. Definitivamente, não estou interessado nas meninas da festa.

A batida do meu coração se acelera.

— Melissa vai estar na festa. Você costumava estar interessado nela. — Mantenho a voz firme e brincalhona, mas é claro que me sinto angustiada para ouvir o que ele vai dizer. Nós nunca conversamos sobre por que ele me escolheu a ela.

Minha mochila começa a levitar de novo. Agarro os dedos de Miri e os aperto.

— Ai! — geme ela.

— Melissa não é má pessoa — diz Raf. — Apenas não é a pessoa certa para mim.

— E por que não? — prendo a respiração. E os dedos de Miri.

— Não tínhamos muito a ver, sabe? Estava com ela porque pensamos que daríamos um bom casal, não porque realmente éramos um bom casal. Foi superficial.

Uau! É a coisa mais profunda que Raf já disse para mim. Infelizmente, não consigo me concentrar para processar as palavras dele porque Miri está mexendo a ponta do nariz e fazendo minha mochila bater no meu rosto.

— Rachel? — diz ele. — Você ainda está aí?

Festas e Poções ✳ 117

— Um segundo — peço. — O que você quer? — cochicho.

— Estou entediada.

— Um minuto — cochicho. — E eu desligo. Esta conversa é muito importante.

Ela cruza os braços e se enterra no assento.

— Desculpe — digo, calma. — Vamos voltar ao que você estava falando. Sobre Melissa ser superficial?

Ele ri.

— Não é que ela seja superficial. Nós é que éramos um casal superficial. Você e eu temos alguma coisa mais... real. Faz sentido?

— Totalmente. — digo, com suavidade. — É uma coisa verdadeira. Eu gosto disso, de ser verdadeira e tudo o mais.

— E eu gosto de você — diz ele.

Sinto meu rosto ficar quente. Está bem, não é um *Eu amo você*, mas está próximo. Apenas a meia passada.

— Também gosto de você — respondo.

Ouço ele pigarrear. Ai, que gracinha! Ele está envergonhado!

— Então, que horas você volta para casa no domingo? — pergunta Raf.

— Às 20 horas.

— Na semana que vem você vai estar na cidade, né?

— Vou.

— Podemos fazer alguma coisa no sábado?

— Combinado.

Miri me cutuca.

— Nós temos aulas do Samsorta no próximo fim de semana.

Eu cubro o bocal do fone.

118 ✳ Sarah Mlynowski

— Miri! Você está ouvindo minha conversa? — Pelo menos acho que é o bocal. Ainda não entendo bem como esta coisa funciona.

— Aprenda a ajustar o volume do celular — retruca ela.
— Não é minha culpa.

— A aula do Samsorta não é o dia todo, é? — cochicho. Ela balança a cabeça.

— É de 13 às 16 horas.

Reviro os olhos.

— Ótimo. Somente a tarde inteira.

— Você pode desligar, agora? — implora. — Estou muito entediada.

— Só mais um minuto — prometo.

— Você disse isso há dez minutos! Está conversando com Raf há uma hora! — grita ela, não muito discretamente. — Minutos compartilhados!

— Até parece que você vai usá-los — murmuro.

O rosto dela se enruga. Ops. Essa foi muito malvada. É melhor eu desligar.

— Raf, posso ligar mais tarde, da casa do meu pai?

— OK. Boa noite

— Você também. Divirta-se na festa. Mas não muito. Beijo. Gosto de você. Amo você.

Claro que não digo esta última parte em voz alta. É que venho pensando muito sobre esta coisa toda de amor, se eu devia dizer ou não, e decidi que corações dourados e saudações de cartões de aniversário não são o mesmo que dizer *Eu amo você*. Tenho quase certeza. Não sei. Como posso saber? Não sou um garoto. Não entendo como funciona o cérebro de um garoto.

Festas e Poções ✳ 119

Queria que Miri fosse um garoto. Então ela, quero dizer, ele seria capaz de explicar essas coisas para mim. Se Miri fosse um garoto, não seria tão sensível. Não estaria me ignorando agora e olhando pela janela.

Preciso mesmo ter mais cuidado com desejar coisas estranhas. E se a Miri se virasse agora e estivesse com barba?

— Desculpe — digo. — Foi maldade minha dizer aquilo. Sobre os minutos. E ter secretamente desejado que você fosse um garoto. Mas não se preocupe com essa última parte; eu desdesejei.

Ela dá de ombros, ainda se recusando a se virar.

Jogo o celular no colo dela.

— Viu? Desliguei. Sou toda sua. Vamos conversar.

Ainda nada.

— Ei, me dá uma chance. Eu pedi desculpas.

— Não é você — diz ela. — Você está certa. De que adianta ter um celular? Não o usei uma vez!

— Não é verdade. Liguei para você na escola. E você fez a conferência com mamãe e eu na escuta. E ligou para Wendaline, para dizer a ela que estávamos na porta esperando. São três pessoas.

Ela morde o lábio.

— Minhas ligações somaram três minutos.

— Quer ligar para mim de novo agora? Queria conversar. Esta viagem de trem é muito chata.

Finalmente, ela deixa escapar um pequeno sorriso.

— Miri — digo. — Seu telefone vai tocar direto a partir da semana que vem. Por isso estamos fazendo essa coisa do Samsorta, certo? Para você fazer amigos!

Ela baixa os olhos para o colo.

— Não é apenas para fazer amigos... Você acha que algum dia vou ter um namorado?

AimeuDeus! Miri está me perguntando sobre garotos! Abracazam!

— Você está a fim de alguém e quer me falar? Conta tudo!

Ela fica muito vermelha.

— Não tem nada para contar. Não há ninguém na escola que *goste* de mim.

— Então eles são estúpidos. Próximo da fila! Ou a gente podia enfeitiçar as bebidas deles! Vamos botar a poção do amor nas garrafas de água. Hã, hã? — Ergo as sobrancelhas extrassugestivamente. — Sei o quanto você gosta de poções de amor. Ou talvez a gente possa fazer para você aquele perfume do amor que mamãe usou no ano passado. Aí você terá um zilhão de namorados como ela teve. Ou nós podemos...

— Eu mudei de ideia — diz ela, interrompendo.

— Você quer tentar a poção do amor? — pergunto.

— Não. — Ela me devolve meu celular. — Quero que você ligue para o Raf de novo e pare de me perturbar.

Quando chegamos, Prissy, papai e uma Jennifer grávida estão esperando na estação.

Não que ela pareça grávida. Está com somente dois meses de gravidez. Mas eu consigo perceber, juro. Provavelmente porque ela fica acariciando a barriga o tempo inteiro.

— Até que enfim! — grita Prissy, pulando como se estivesse num trampolim. — A gente estava esperando e eu estou com muita fome e...

— Olá, meninas! — Meu pai nos abraça. — Senti falta de vocês!

— A gente se viu há apenas duas semanas — diz Miri, rindo.

Eu afago a careca dele. É minha forma especial de dizer olá.

— Duas semanas é muito para ficar sem as minhas meninas — diz ele, e nos amontoamos no carro.

— Como você está? — pergunto para Jennifer.

Ela abre a janela.

— Ah, estou bem. Um pouco de enjoo matinal, mas nada terrível.

— É uma menina, mamãe? — pergunta Prissy.

Ela resmunga.

— Já disse, querida, não sei.

— Quero uma menina.

— Eu sei, mas não depende de mim.

— Não quero um garoto. Irmãos, não. Não.

Um irmão, hã? Talvez ele pudesse me ajudar a entender melhor os garotos. Não imediatamente, é óbvio. Mas daqui a uns anos.

Com sorte, antes que eu faça 27 anos e me case.

Os dois dias seguintes passam no ritmo de uma vassoura quebrada.

Meu pai e Jennifer me deram uma... bicicleta.

— Ah! — Não é um laptop. Não que eu realmente esperasse ganhar um laptop. É muito caro. Mas bicicletas também são! E *preciso* de um laptop. Não de uma bicicleta. Nem gosto tanto assim de andar de bicicleta. Mas não quero magoar os dois, então finjo entusiasmo. — Que legal! Obrigada! — Por que eles me dariam uma bicicleta?

— Sei que você adorava andar de bicicleta — diz meu pai. — Achei que ia gostar de dar umas voltas por aqui. Eu costumava levar você a muitos lugares e... — Sua voz vai sumindo enquanto relembra. — Miri, podemos comprar uma para você também, no Hanukkah, se quiser. Assim podem passear juntas.

Ah, claro. Ela pode escolher o presente, né? Quem sabe ela ganha um laptop e então trocamos. Pareço ingrata, não é? É que eu não ando de bicicleta há um milhão de anos. (A não ser quando voamos com nossa velha bicicleta amarelo-canário até a cidade para magicamente transformá-la num carro. Mas não foi nada divertido.) Será que meu pai não me conhece mesmo?

Bem, seja como for. Uma bicicleta nova. Uau.

Em vez de andar de bicicleta, passo o fim de semana preocupada com o teste de mágica que vou fazer em breve. Quando será? E se colocarem meu pai nessa história? E se o transformarem num sapo e eu tiver que reverter o feitiço? Surpresa! Você virou um sapo! Surpresa! Sua filha é uma bruxa! Cruzes.

Também aprendo a digitar mensagens de texto no celular. Acho as letras um pouco confusas, mas se o resto do mundo consegue, eu também.

Festas e Poções ✳ 123

Mas por que não consigo entender como inserir espaços nem pontuação?

Passo também bastante tempo pensando no que Raf disse sobre ser *verdadeiro*. Nós somos *verdadeiros*? Como podemos ser honestos, se ele não conhece meu segredo?

Será que ele devia me conhecer *de verdade*?

Posso contar para ele a verdade? De fato, ele mais ou menos disse que me ama. Pelo menos, usou a palavra *amor* relacionando-a a mim. Isso vale, certo?

Quase. Bem, talvez ele não esteja pronto para a verdade agora, mas quem sabe algum dia?

Escrevo para ele sábado à noite.

Eu: Comofoiafesta

Raf: Chata sem você. Hoje foi mais interessante.

Eu: nalojadoseupai

Raf: É. Eu criei um casaco.

Eu quero escrever "!!!". Mas não consigo, então ligo para ele.

— Você o quê?

Ele ri.

— Sei lá, estava rabiscando uns modelos, um dos designers viu e gostou.

— Sério?

— Juro. Estranho, né?

— Não! É ultralegal.

Como Raf sabe fazer um casaco e eu mal consigo descobrir como inserir um ponto de exclamação?

124 ✳ Sarah Mlynowski

Quando jogo a mochila no armário, na segunda-feira de manhã, não posso deixar de sentir um desconforto. Essa coisa toda do teste de mágica ainda me assusta um pouco. Passo a manhã toda olhando para trás. Será que vou ser zapeada para longe no meio de uma frase? Vou precisar justificar minha ausência na escola? Vou precisar de acessórios especiais? Uma roupa de bruxa? Sapatos de bruxa?

Existem sapatos de bruxa?

Existem tênis para golfe e para jogar tênis. Provavelmente, devem existir sapatos de bruxas.

Chinelos com rubis, talvez?

— Você não tem ideia de quando ela vai aparecer? — pergunto a Miri à noite.

— Tudo certo! Alguma hora nesta semana.

— Mas quando? Durante o dia? À noite?

— Tudo certo!

Se eu escutar mais um "tudo certo", vou zapear a expressão numa pá e bater com ela na cabeça da minha irmã.

Mamãe diz para não me preocupar demais. Ela deu um pulo em Lozacea, no sábado, para investigar e pareceu satisfeita.

Mas e eu? Continuo uma pilha de nervos na terça-feira toda e na maior parte da quarta. E não ajuda quando, quatro segundos depois do sinal do almoço, na quarta-feira, Wendaline me aborda perto do meu armário.

— Rachel, preciso conversar com você!

Ela está usando outro vestido longo de veludo preto e — Oh, Deus! — luvas de cetim pretas. Suspiro e faço sinais para ela me seguir para fora do refeitório até o banheiro das meninas.

Festas e Poções ✳ 125

— O que houve?

Ela abre a mão enluvada e me mostra um sapo.

— O que é isso? — grito.

— É um sapo.

— Disso eu sei, obrigada. Mas *por que* está aqui? — Oh, não. — Você não transformou um professor em sapo, transformou?

— Não! Já disse a você que sou uma bruxa branca. Não faria uma coisa dessas. — Ribbit, coaxa o sapo. — Alguém o botou no meu armário.

Ribbit.

— Alguém colocou um sapo no seu armário? — pergunto, incrédula. — Quem faria isso?

— Não sei! — Seu rosto se anuvia. — Pode ter sido aquela garota mais velha. Aquela que sempre usa uma cor só?

Meu coração se aperta.

— Cassandra?

— Ela mesma. Conversamos sobre sapos ontem de manhã.

— Wendaline, por que você conversaria sobre sapos com Cassandra?

— Tenho que passar pelo armário dela para ir à aula de biologia. Na segunda-feira, ela me disse que precisava de um corte de cabelo. Ontem ela cuspiu em mim.

— Não!

Ela acaricia a cabeça do animal.

— Pedi a ela para, por favor, me deixar em paz.

Resmungo.

— Mas então ela disse que se eu era realmente uma bruxa, poderia fazer ela parar de implicar comigo transformando-a num sapo ou algo do gênero. Por favor, me diga por que as pessoas são tão obcecadas com bruxas transformando pessoas em sapos?

Eu dou de ombros.

— Então o que você fez? Transformou-a num sapo? — Sei que isso quebraria minha regra de não fazer mágica na escola, mas aquela menina está pedindo para ser transformada em sapo.

— Claro que não! Disse a ela que eu era uma bruxa branca.

Claro! E tenho certeza de que isso apavorou a garota monocromática.

— E então?

— Eu fui embora. E agora encontrei isto.

Ribbit.

— Se você quer que ela a deixe em paz, tem que aprender a se misturar.

Ela olha para a mão e suspira.

— O que preciso fazer?

— Primeiro de tudo, nunca diga a ninguém que você é uma bruxa. E lembre-se: quando você atravessa as portas da JFK, deixa de ser bruxa. Você vira uma garota totalmente normal. Entendeu?

Ela abre a boca para dizer alguma coisa, então fecha-a. Então abre de novo.

— Certo.

— Bom. E temos que fazer alguma coisa com a sua aparência. — Examino sua roupa.

— Deixe-me adivinhar — diz ela. Preciso fazer um *makeover* radical.

Eu a olho de cima a baixo: o vestido exagerado, as luvas exageradas.

— Não, minha amiga. — Coloco o braço sobre seus ombros. — Você precisa de um *makeover* para deixar de ser radical.

Combino com Wendaline para passarmos o domingo fazendo compras. Seria mais fácil zapeá-la para melhorar o visual, porém, depois do que aconteceu na última vez, tenho medo de acabar com um vestido de bolinhas e luvas de cetim.

Na sexta-feira, estou torcendo para que Matilda, seja lá ela quem for, esqueça tudo sobre mim e meu teste de mágica. Lamento, nada de Samsorta para mim este ano! Permaneço no devaneio da negação durante o almoço e a aula de matemática do sétimo tempo, quando a lata de lixo reciclável explode, soltando fumaça rosa.

Eu grito. Claro que grito. Então, me pergunto, por que ninguém mais está gritando?

Olho pela sala e descubro que ninguém *pode* gritar. Eles estão congelados. Como no acampamento, quando o conselheiro dizia *Estátua* e todos tinham que ficar na posição em que estivessem, e a primeira pessoa a se mexer tinha que limpar a mesa.

Quando a nuvem rosa se desfaz, vejo uma mulher na lata de lixo, endireitando o vestido. Ela acena para mim.

128 ✳ Sarah Mlynowski

— Olá, Rachel!

— Matilda?

— Sim, sou eu. Você está pronta para o teste?

Ela está brincando? Não parece que está brincando. Parece que está saindo de dentro da lata de lixo. Empurro a cadeira e me levanto.

— Agora?

— Por quê, está ocupada?

Olho ao redor, vendo meus amigos congelados.

— Estava no meio da aula de matemática.

— Não se preocupe. Você não vai perder nada. Sua professora continuará de onde você parou. Ela nem vai saber que foi pausada.

Pausada, hã? Legal! Eu não sabia que podíamos pausar o tempo. Bem que queria pausar o tempo quando não consigo terminar uma questão discursiva! Queria também pausar o tempo no meu próximo aniversário para o dia durar para sempre! Poderia pausar o tempo quando estivesse beijando Raf e então experimentaria diferentes posições de beijo. Preciso conseguir um pouco dessa coisa rosa.

— Eu nunca tinha visto alguém pausar o tempo antes.

— E nunca verá. É impossível. Apenas paralisei as pessoas desta sala. — Ela segura o lóbulo da orelha. — Ouça.

Escuto as buzinas dos táxis lá fora e o barulho dos alunos do outro lado da parede.

— Entendi.

Então não vai funcionar em provas ou nos aniversários, mas pode servir nos beijos.

Matilda enrola as mangas do vestido.

Festas e Poções ✳ 129

— Não vai demorar. Apenas preciso ter certeza de que você tem as qualificações necessárias.

Meu coração se acelera.

— Alguém já foi reprovado?

E se eu não tiver essas tais qualificações? E se não tiver realmente poderes mágicos? E se tudo o que aconteceu nos últimos quatro meses foi produto da minha imaginação? E se estiver completamente maluca?

As pessoas malucas sabem que são malucas?

As pessoas que são pausadas sabem que estão pausadas?

Provavelmente não para ambas as perguntas. AimeuDeus. Alguma vez já fui pausada?

Ela assente, com expressão séria.

— Você não seria a primeira aqui. Agora, vamos ver. Em geral, tento usar os ingredientes existentes na sala. Hmm... — Ela dá uma olhada pela sala. — Eu vejo giz. Réguas. Calculadoras. Talvez sua professora tenha uma maçã. Os alunos não trazem maçãs para as professoras?

Dou de ombros.

— Aqui é Nova York. — Então me pergunto quem teria sido reprovada. Alguém desta sala? Alguém da JFK? Miri? É melhor que ela passe.

Matilda abre a gaveta da mesa da Srta. Barnes e a examina.

— O que você está fazendo? — deixo escapar — Você não pode remexer na gaveta dela. — Epa! Acho que agora vou ficar na sala de detenção da escola de bruxas por insubordinação. Imagino como deve ser a detenção na escola de bruxas. Há tantas opções! Podem trancar o aluno num calabouço ou zapeá-lo para o Quênia. Podem aprisioná-lo no passado, no meio da Guerra Civil, se quiserem.

Será que eu conseguiria um vestidinho de época?

Matilda ri.

— Uma bruxa com consciência — diz ela. — Impressionante. Que tal isto, então? — Ela estala os dedos e todo o conteúdo da gaveta da Srta. Barnes está agora disposto em cima da mesa. — Deste modo, não estamos revirando a gaveta dela.

Modo criativo de resolver o problema. Acho que vou calar a boca agora.

— Vamos ver... temos aqui um pacote de bolachas, uma barra de Twix... Podemos trabalhar com isto. Rachel, por favor, abra na página 753 do seu livro de feitiços.

Dou uma enrolada.

— A senhora quis dizer o *Manual de Referência Absoluta e Autorizada de Espantosos Feitiços, Poções Estarrecedoras e História da Bruxaria desde os Inícios dos Tempos*?

Matilda ergue a sobrancelha.

— Esse mesmo.

— Aqui?

— É claro.

Eeepa.

— Não o trouxe para a escola.

Ela estala a língua.

— Nem no dia do teste?

— Eu não sabia que o teste seria hoje. — Passei a semana inteira esperando pelo teste! — Devo zapeá-lo para cá?

— Não, vou escrever o feitiço.

Festas e Poções ✳ 131

Ela zapeia o quadro e a equação que eu estava copiando desaparece. Ela ergue o dedo e inscreve magicamente no quadro (com o que espero que seja giz e não um marcador permanente):

1/2 pedaço de giz colorido
1 pedaço de chocolate
1 xícara
Coloque o chocolate na xícara. Esmague o giz e salpique sobre o chocolate enquanto canta:
> *Um bolo de chocolate*
> *Você vai assar.*
> *Rápido e colorido,*
> *E gostoso de provar.*

Releio o feitiço e examino o relógio. A aula vai acabar em dois minutos. E se eu não terminar a tempo? E se os garotos no próximo período entrarem correndo e virem a turma pausada?

— Não se apresse — diz Matilda.

Não!

Eu corro até a cadeira e pego um pedaço de giz verde, a barra de chocolate da Srta. Barnes (Desculpe, Srta. B! Vou dar outra novinha, prometo!) e sua caneca de café. Jogo o café no lixo e levo os três ingredientes de volta para a minha cadeira. Desembrulho o chocolate, jogo na caneca. Hora de esmagar o giz. Preciso de alguma coisa dura. A calculadora? Pego minha calculadora, mantenho o giz de pé e tento triturá-lo em minha mesa. Nada mal. Uma vez feito, passo

132 ✳ Sarah Mlynowski

o giz para minha mão e então recito o feitiço, enquanto salpico giz na caneca.

A sala fica fria e os ingredientes se contraem, giram e começam a se expandir. Kabam! Um pequeno bolo de chocolate se materializa na minha mesa. No topo dele, em glacê verde minúsculo, está escrito *Vejo você no sábado!*.

Uau!

Matilda bate palmas.

— Parabéns, Rachel. Eu a aguardo ansiosamente para lhe dar aulas no outono.

Com isso, ela volta para a lata de lixo, lança pó rosa no ar e imediatamente desaparece.

Acho que terminou. Parabéns para mim!

Todos na sala despausam. Incluindo a Srta. Barnes, que agora nos olha completamente perplexa. Porque, em vez de uma equação matemática no quadro, há um feitiço para cozinhar. Sem mencionar que o conteúdo da gaveta dela está em cima da mesa, à mostra. Menos a barra de chocolate.

— O que... — começa ela.

Eu me concentro no quadro e penso:

> *O feitiço é surreal.*
> *Faça o quadro voltar ao normal!*

Como se as pessoas já não estivessem confusas o suficiente, uma golfada de ar frio toma a sala e o feitiço desaparece do quadro.

Tammy aponta para minha mesa. Não, para o bolo em minha mesa. Eeepa!

— Quer um pedaço? — ofereço. Ela faz que não com a cabeça, evidentemente desnorteada. Dou de ombros, então devoro o bolinho. Humm. O que posso dizer? Preciso me livrar das provas.

— Então — digo, jogando a mochila no chão da cozinha depois da escola. — Você passou? Ela apareceu durante a aula de geografia? Ela usou o pó rosa para pausar todo mundo?

Miri está recostada na cadeira, os pés com meias sobre a mesa.

— Ela apareceu durante o almoço! Congelou o refeitório inteiro por 15 minutos!

— Não acredito!

— Verdade. Quando os descongelou, o sinal tocou e ninguém entendeu o que aconteceu com o intervalo de almoço. — Ela ri. — Foi superimpressionante!

— Superimpressionante? — repito com uma risada.

— Foi, sim! Reconheça: você está animada.

— Não vou reconhecer nada — digo, sentando ao lado dela. — Só direi o que penso amanhã.

Ela revira os olhos.

— Falando de amanhã, não quero chegar atrasada. A aula começa às 13 horas, vamos combinar de estar lá ao meio-dia e meia. A gente se transporta, é claro. Afinal, é no Arizona. Eu gostaria de sair às 12 horas, OK?

134 ✳ Sarah Mlynowski

— OK — respondo, pulando na cadeira. OK, tudo bem, talvez eu esteja mesmo um pouco ansiosa. Talvez a aula seja divertida. Pode até ser impressionante. Ou superimpressionante.

— Espero que possamos tomar notas! — exclama Miri, olhos sonhadores.

Ou supernerd!

Bem-vinda ao mundo das bruxas

Miri entreabre a porta do banheiro.

— Eu disse a você que queria sair ao meio-dia. Se quisesse alisar o cabelo, deveria ter acordado mais cedo!

— Estou pronta, estou pronta — digo, desligando a chapinha, também conhecida como o melhor alisador de cabelo do mundo. — O que você vai vestir? — Abro a porta completamente. Miri está com jeans e camiseta. — O Arizona não é quente? — pergunto. — Não devíamos usar short?

— Fico com frio quando viajo — diz ela. — Vamos juntas ou separadas?

— Juntas — respondo. — Minhas baterias acabaram.

— Suas baterias *sempre* acabam. Por que é tão difícil para você comprar novas? São vendidas em tudo quanto é lugar. A farmácia lá da esquina tem um monte.

— Eu sei, eu sei. Sempre fico de dar um pulo lá.

— Você foi ontem. Comprou chicletes.

— OK! Nunca me lembro de todas as coisas que preciso quando estou lá.

— Por que você não faz uma lista, como uma pessoa normal?

— Por que você é tão obcecada com listas? — Minha irmã digita listas e as prende no quadro acima da mesa de cabeceira. *Tarefas de casa para o mês! Coisas que preciso da farmácia! Motivos pelos quais sou nerd!*

Bem, a não ser pelas baterias, o feitiço de transporte é fácil. A gente pensa no lugar para onde quer ir, segura duas baterias de lítio juntas, carga positiva de frente para a negativa, declama o feitiço e vai.

Depois que termino de me vestir (jeans, minha blusa de volta às aulas e as sandálias de verão que não via há, pelo menos, duas semanas — Olá, sandálias!), damos tchau para mamãe e pegamos os exemplares do A^2. Miri cata as baterias, eu pego o endereço e estamos prontas!

Quase prontas.

— O que você está fazendo? — pergunta Miri, aborrecida.

— Mandando uma mensagem para Raf.

— Ande logo! — Ela se agacha no tapete.

`Vejo você às 19h30! Rachel.`

Ele, finalmente, me ensinou como pontuar e agora sou uma máquina de mensagens. A rainha da escrita. A mestre da minha tecnologia. A...

— Rachel! Vamos! Não estou confortável aqui!

Aperto *Enviar*.

— Feito. Ei, você quer me dar as baterias? Eu não me importo de bancar o cavalo.

Ela se levanta, eu me agacho e Miri pula em cima de mim. Pego as baterias, uma em cada mão, cerro os punhos; entrelaço os polegares e digo:

Leve-me ao lugar que está em minha mente.
A energia em meus punhos será suficiente.

Eu visualizo o endereço, 122 East Granger, e um choque de eletricidade percorre meu corpo, como se tivesse fincado o dedo num bocal de lâmpada. Começo a sentir o corpo leve, como se fosse um astronauta numa nave espacial, e minha pele fica quente e seca, como se estivesse diante de uma centena de secadores de cabelo ligados no máximo. Em vez do sofá bege da sala de estar e do chão de madeira, vejo um caleidoscópio de pontos e espirais azuis, vermelhos e amarelos. Finalmente, o vento para, as cores se fixam e surge um pátio deserto e plano. Meus pés tocam...

Aiii!

... a ponta de um pequeno cacto espinhento. Uns cem espinhos entram no meu calcanhar direito. Ai! Ai! Ai! Ai! Por que estou pisando em espinhos de cacto? Olho para baixo e vejo um pé com sandália e o outro descalço pisando numa fileira de cacto. Ou seria cáctus? Tanto faz. Como dói!

— Sai, sai, sai! — grito para Miri. — Está piorando as coisas!

Ela salta das minhas costas e se afasta alguns passos de mim.

Tiro o pé do cacto. Sou um porco-espinho humano. Ai! Começo tirando os dolorosos espinhos. Ai, ai, ai. Tomara que tenha sido o último... Ai!

138 ✳ Sarah Mlynowski

Agora, onde está meu sapato?

— Perdi uma sandália!

— Onde?

— Se eu soubesse, ela não estaria perdida, né? — Salto num pé só, escapando do ataque vegetal e olho ao redor. Estamos a 10 metros de uma pequena cabana de estuque branca.

— Quero dizer, está no Arizona?

— Pode ter caído pelo caminho.

Pode estar em qualquer lugar de Chicago a Topeka.

— Então, o que você quer fazer?

— Achá-la — gemo.

— Podemos zapear um feitiço multiplicador nessa que ficou com você. Espera aí. Deixa eu achar... Acho que está na página 702.

Ai. Ai. Ai. Pulo na direção dela. Meu pé dói demais. Não consigo pensar! Arranco mais um espinho. Depois mais outro. E outro.

— Estranho — diz ela. — Podia jurar que era aqui. Mas, em vez disso, na página 702 tem um feitiço de aquecimento. Onde está o feitiço multiplicador? Estou tão confusa!

— Miri, você não pode inventar alguma coisa? — Ai. Ai, ai, ai.

— Você sabe que prefiro usar os feitiços do livro — diz ela, altiva. — São mais seguros.

Dá um tempo.

— Você sabe o que me faria mais segura? Outra sandália. Faça isso, por favor!

— Certo, espere. Vou tentar.

Festas e Poções ✳ 139

Ela solta um profundo suspiro, apoia um joelho no chão, toca na minha sandália e diz:

Um sapato pelo ar,
Que apareça o par!

Puf! Uma segunda sandália aparece no chão.

— Isso, Miri! Muito bem mesmo! Estou tão orgulhosa de você!

Ela se empertiga.

— Obrigada. Achei que foi bem esperto mesmo.

Deslizo o pé para dentro da sandália, mas alguma coisa está errada. Meus dedos estão despontando do lado errado. O que houve com eles? Ah. Ela copiou a sandália original. Ambas agora são para o pé esquerdo.

— Serve? — pergunta ela.

— Ã-hã! Tudo bem — digo, rápida. Não há razão para acabar com a autoestima dela. Deve haver um feitiço para endireitar a direita. E direitinho. Vou fazer isso mais tarde no banheiro. Damos os braços. — Vamos?

Caminhamos para a cabana.

— Parece tão simplezinha — diz ela conforme nos aproximamos da construção branca, de somente um andar e bastante discreta.

— O que você esperava? Faíscas?

Ela ri.

— Algo assim.

— Ei! Não tem campainha — digo, ao alcançarmos a porta. — Vou bater.

140 ✳ Sarah Mlynowski

Nenhuma resposta.

— Miri, não seremos as únicas alunas neste curso, seremos?

— Espero que não — responde ela. — O objetivo disso é justamente conhecermos pessoas novas. Talvez seja o lugar errado. Olhe. — Miri aponta para uma janela à esquerda. As persianas estão abaixadas, mas parece escuro lá dentro.

— Aposto que você nos trouxe para o lugar errado.

— Ah, claro, presuma que fui eu que fiz besteira. Talvez você tenha anotado o endereço errado.

Ela ergue a cabeça.

— É mais provável que você tenha feito besteira, não é? Não negue que sou a bruxa superior.

Ah, por favor! Eu jogo a segunda sandália esquerda para o alto.

— Ah, é mesmo, Srta. Superior? Você acha então que eu tenho dois pés esquerdos?

Ela cora.

— Bem, já vi você dançar.

— Olá! — diz uma voz atrás de nós. Uma voz masculina.

A gente se vira e vê um garoto. Ele é baixinho — deve ter 1,60m —, é magro e tem um cabelo castanho-claro desarrumado. Está usando jeans desbotados e uma camisa verde para fora.

E é um gato.

— Você mora aqui? — pergunta Miri. — Porque, se mora, estamos no lugar errado. É que você não devia estar aqui. Quero dizer...

O que ela está dizendo? Essa garota tem de aprender a conversar com garotos!

Festas e Poções ❋ 141

— Não que haja alguma coisa errada com você — digo.
— Ou com o lugar onde você mora... — Olho para Miri.
Não estou me saindo muito melhor.

Ele abre um sorriso.

— Pelas baterias de lítio que vocês estão segurando, acho
que estão no lugar certo. — Ele abre as mãos e mostra duas
baterias. — Feitiço de transporte, não é?

AimeuDeus! Ele é um *garoto* bruxo. Um garoto bruxo
bonitinho. Estou *conversando* com um garoto bruxo bonitinho.

— Você é um feiticeiro? — pergunta Miri. — Que legal!
Nunca tínhamos conhecido feiticeiros da nossa idade.

— Quantos anos vocês têm? — pergunta ele, aproximando-se.

Ai! Que olhos azuis! Grandes olhos azuis que se apertam,
quando ele sorri!

— Eu tenho 12 e Rachel 14 — responde Miri. — Quero
dizer, 13. Quero dizer, eu tenho 13 e Rachel...

— Quinze — corrijo. — Acabei de fazer 15, na quinta-
feira.

Ele me dá um sorriso com o olho apertado.

— Feliz aniversário, Rachel.

Ele sabe meu nome! Como ele sabe meu nome? Ele é um
feiticeiro vidente. Será? Ah, não, Miri acaba de dizê-lo.

— Obrigada. — Agora estamos sorrindo um para o outro.
É estranho. Tenho que parar com isso!

— Eu me chamo Adam! — Ele estende a mão.

Que lindo! Vamos apertar as mãos. Estendo a mão e nos
cumprimentamos. Não esperava que sua mão fosse tão...
quente.

142 ✳ Sarah Mlynowski

— Esta é minha irmã, Miri.

Agora eles apertam as mãos. Muitos apertos acontecendo. Ele ainda está rindo para mim? Está! Olho para as duas sandálias de pé esquerdo.

— Prazer em conhecer vocês — diz ele. — Nunca estiveram aqui?

— Somos calouras — digo.

— De onde vocês são?

— Nova York — responde Miri.

— Da cidade de Nova York — esclareço. Ele precisa saber que somos garotas da cidade e, portanto, superlegais. — E você?

— Da cidade de Salt Lake. — Oh! Ele também é um garoto da cidade! Também é superlegal.

As pessoas legais sabem que são legais? Ou querer ser legal faz, automaticamente, você não ser legal?

— Então, Adam, o que está fazendo aqui? — pergunta Miri. — Não é o lugar das aulas de Samsorta?

— Estou estudando para o meu Simsorta — responde ele.

— O seu o quê? — pergunto.

— Estudando para o meu Simsorta — repete.

— Não, eu ouvi. Estou apenas me perguntando o que seria um...

— Podemos continuar esse papo lá dentro? — interrompe Miri, irrequieta. — Não quero chegar atrasada.

— Miri — digo —, não estamos atrasadas. Já estamos aqui.

— A aula de Samsorta não é às 13 horas? — pergunta Adam.

Festas e Poções ✳ 143

— É — diz Miri. — E só faltam 15 minutos.

Adam bate de leve em seu relógio.

— São somente 9h45. Aqui há três horas a menos de fuso horário.

Os olhos de Miri se arregalam.

— Esqueci disso.

Eu dou uma risada.

— Essa foi ótima, Miri.

— Posso mostrar o lugar a vocês, então — diz ele. — Vamos entrar?

— Já tentei bater — digo. — Mas ninguém respondeu.

— Você tentou *umrello*? — pergunta Adam.

Não sei o que fazer com esta frase.

— Quer um doce?

Ele ri.

— Não é caramelo. *Umrello*. Quer dizer "abra", em brixta. É um código secreto.

Imagino que Matilda estava ocupada demais pausando os outros para nos contar qual era a senha.

— Vejam. — Ele se aproxima da porta, bate três vezes e diz: — *Umrello!*

A porta range e se entreabre. Ele abre o resto dela.

Miri e eu engasgamos. O que parece uma pequena cabana por fora é gigantesco por dentro. É do tamanho da minha escola. Seguimos Adam e atravessamos a porta, descemos dois degraus e chegamos ao átrio. Mesmo sem conseguir enxergar a parte de dentro estando fora, de dentro nós podemos ver o lado de fora. As paredes e o tetos são de vidro. Tudo é azul. Parece que estamos suspensos sobre o deserto.

144 ❋ Sarah Mlynowski

Uau. Respiro fundo. Sinto cheiro de incenso de canela. Ao meu redor, ouço sons de sinos balançando ao vento. Sinos e...

Adolescentes. Bruxas e feiticeiros adolescentes. Garotos rindo! Garotas fofocando!

— Você tem certeza de que estamos no lugar certo? — cochicha Miri.

Garotas e garotos flertando nas janelas!

Adam ri.

— Bem-vindas ao CCBL. O Centro Comunitário de Bruxos de Lozacea.

Garotas e garotos flutuando nos parapeitos das janelas!

Miri aperta minha mão.

— Quem são todas essas... essas... pessoas?

— Bruxas e feiticeiros.

— Mas por que estão todos aqui? — pergunta ela. — Para as aulas?

— Os garotos estão estudando para o Simsorta. E há uma sala de jogos no andar de baixo. A aula avançada de brixta começa às 11 horas, então o pessoal está aqui por isso.

— Ah, vamos ter que fazer essa aula! — diz Miri. — Precisamos aprender alguma coisa de brixta para o Samsorta.

— A turma de brixta para iniciantes só começa no próximo semestre — avisa Adam. — Eu fiz esse curso no ano passado.

— Mas o que é um Simsorta? — pergunto.

— Vocês são calouras mesmo — diz ele. — Um Simsorta é um Samsorta. Para garotos.

— Ah!

— E como não é permitido participarmos da celebração em grupo em 31 de outubro...

Festas e Poções ✳ 145

— Espere — digo. — Por que não?

Ele dá de ombros.

— Só para garotas. Tradição.

— Isso parece sexista — comento.

— Nem me fale. Já que os garotos não podem estar no evento principal, virou tradição fazer nossos próprios eventos nas noites de sexta-feira, o ano inteiro. O meu é no próximo mês, então venho aqui para as aulas. — Ele ri. — E para conhecer garotas bruxas bonitinhas.

Minhas bochechas queimam. Eu sou uma bruxa bonitinha? Acho que sim!

— Deixa eu mostrar o refeitório para vocês — diz ele, e nós o seguimos pelo átrio até o corredor. — É aqui — diz ele, abrindo outra porta.

Um grupo de pequenas mesas de bar redondas está no centro da sala e quatro bancos quadriculados de branco e preto ficam ao redor de cada uma. Há garotas e garotos em quase a metade das mesas e todos estão comendo. Mas não vejo onde compraram a comida. Não tem nenhuma cozinheira à vista.

— Onde fica a cozinha? — pergunto, olhando ao redor. — Não vejo lugar nenhum aqui para se pegar comida.

— Veja isso.

Ele se senta em um dos bancos, coloca ambas as mãos sobre a mesa com as palmas voltadas para baixo e diz:

— Suco de laranja feito na hora! Omelete de champignon com queijo! Batatas fritas! Uma fatia de bacon tostado! Ketchup!

146 ✳ Sarah Mlynowski

A mesa resmunga e — *Puf!* — o café da manhã e um conjunto de talheres aparecem na frente dele.

Legal!

— Posso pedir alguma coisa para vocês? — pergunta Adam. — É tudo grátis.

Os olhos de Miri estão arregalados.

— Nada para mim. Comemos faz três horas. Em Nova York. Quando eram, na verdade, 10 horas.

E daí? Não posso esperar para testar esta belezinha. Ponho as mãos na superfície lisa e peço.

— Um moca descafeinado grande de chocolate branco! Com chantilly! E açúcar mascavo!

Puf!

— Iupii! — grito, mergulhando o dedo na maciez do chantilly. — Funcionou! O que mais eu posso fazer? — Coloco as mãos de novo na posição. Uma coisa divertida! Uma coisa maluca! — Algodão-doce! — *Puf!* AimeuDeus, está numa casquinha! Como eles sabem que é desse jeito que gosto? — É o truque mais legal que já vi! Como funciona?

— Quem sabe? — diz Adam, engolindo uma garfada de omelete. — Os fundadores deste lugar pensaram em tudo.

— E como. Me conta mais sobre estes Simsortas. São na Transilvânia?

— Romênia — diz Miri.

— Tanto faz. — Sorvo um grande gole de moca. Ai! Quente! Preciso de alguma coisa fria! Água! Não, *frozen yogurt*. Posiciono as mãos sobre a mesa. — Amoras! — *Puf!* Abracazam. Meu *frozen yogurt* favorito aparece. Como uma colherada. Hum.

Adam está me olhando evidentemente interessado.

— Você é divertida — diz ele.

Tomo outra colherada de iogurte.

— Meu objetivo na vida é ser divertida. Mas, voltando aos Simsortas, onde acontecem?

— Em todo lugar. O meu vai ser na Golden Gate Bridge.

Solto a colher.

— Jura? — Sempre quis ir a São Francisco! Talvez, agora que ele me acha divertida, me convide.

— É! Erik Bruney fez o dele na Disney World, na noite passada. Podemos andar em todos os brinquedos. Fui na Space Mountain umas dez vezes seguidas.

— Uau! — exclamo.

— Eles alugaram a Disney inteira? — pergunta Miri. — Deve ter custado uma fortuna.

Ele aperta os olhos.

— Eles *enfeitiçaram* a Disney inteira, isso sim. Duvido que tenha havido qualquer dinheiro nessa história.

Miri faz uma careta.

— Não parece muito cinza.

— E não é — admite Adam. — Ei, vocês conhecem Amanda Hanes? Ela é de Manhattan. Estava lá ontem.

Ei, você sabe quantas pessoas moram em Nova York? Umas... bem, eu não sei exatamente, mas muitas. Miri e eu fazemos que não com a cabeça.

— Ela tem a minha idade — diz ele. — Dezesseis anos.

— Oh! Eu não pensei que você fosse mais velho — digo. — Você é calouro?

Ele confirma.

148 ✳ Sarah Mlynowski

— Por que só agora está fazendo o Simsorta?

— Garotos, geralmente, ganham os poderes mais tarde do que as garotas. Você conhece Michael Summers?

— Não conhecemos ninguém — digo, e fico aborrecida com minha mãe. Como ela pôde nos manter tão isoladas? Nunca poderíamos brincar de genealogia de bruxas. Perderíamos todas.

— Conhecemos Wendaline Peaner — tenta Miri. — Você a conhece?

— É claro! Ela estava na excursão de adolescentes que fiz no ano passado.

— Ah! Ela mencionou uma excursão para adolescentes — comento. — Mas achei que estivesse brincando!

— Não, era verdade.

— Para onde vocês viajaram?

— Visitamos todas as Maravilhas do Mundo.

— Quanto tempo durou? — pergunta Miri. — Todo o verão?

— Não, somente alguns dias. Pulamos a parte dos aviões, óbvio.

É óbvio.

— Wendaline está indo para a Escola de Encantamentos, não é? — pergunta Adam.

— Está — diz Miri, com tristeza. — Nossa mãe estudou lá também.

— Vocês têm sorte de terem conseguido convencer sua mãe a mandar as duas para cá — diz ele. — Aqui é um milhão de vezes mais divertido que a Escola de Encantamentos.

— Por quê? — pergunta Miri.

Festas e Poções ✳ 149

— Temos pingue-pongue — diz ele. — E o refeitório mais legal da história do mundo. E, diferente da Escola de Encantamentos, somos uma escola mista.

Sim, isso é mesmo uma vantagem.

— Você conhece o Praw? — pergunta ele, em seguida.

— Não — respondo, me concentrando novamente no iogurte. — Ele é de Nova York também?

— Não — diz uma nova voz. — Mas acabei de sentar à mesa. Olá, tudo bem?

— Olá, Praw — diz Adam. — Tudo bem?

Tiro os olhos do lanche e me volto para o novo garoto à mesa. Ele é mais jovem que Adam, mais jovem que eu, talvez tenha 13 ou 14 anos. Tem cabelo ruivo e a pele branca pálida coberta de sardas. Parece com Archie! Não... parece com o Rony do *Harry Potter*!

— Olá — digo. — Me chamo Rachel. Prazer em conhecê-lo. Esta é minha irmã, Miri.

— Olá, Rachel — cumprimenta ele, então volta-se para Miri. — É Marie?

Em vez de responder, minha irmã guincha.

Praw curva-se para aproximar o ouvido.

— *Como?*

— Iiik — guincha ela novamente.

— É Miri — digo por ela e encaro-a com o olhar o-que-há-de-errado-com-você.

— Nome bonito — comenta ele.

Uma brotoeja surge no pescoço de Miri. Parece que ela está tendo uma reação alérgica. Ou talvez esteja engasgando com alguma coisa? Preciso dar alguma coisa para ela beber. Posiciono as mãos na mesa e...

150 ✳ Sarah Mlynowski

— Água! — *Puf!*

Uma corrente de água parece brotar do centro da mesa. Ô-Ô!

— Para água! — diz Adam. A água para. — Você tem que ser mais específica. Isso aconteceu comigo algumas vezes.

Tento de novo.

— Garrafa de água! — *Puf!* Funciona.

Coloco a garrafa de Evian diante da minha irmã ainda vermelha. Chique! Será que posso pedir outra garrafa e levar para casa?

Miri toma um grande gole e nos lança um sorriso forçado. Então fica mais vermelha. Mais vermelha que o cabelo de Praw. Não, mais vermelha que uma garrafa de ketchup.

— Vocês estão conversando sobre as aulas de Samsorta? — pergunta Praw para ela.

Ela assente muito devagar. O que há com ela? Sei que fica estranha com garotos, mas, em geral, não fica muda.

— Estou na aula de brixta avançado — comenta ele.

— Você vai fazer o Simsorta também? — pergunto, tentando aliviar o constrangimento.

— Não, só no ano que vem. Ganhei meus poderes no último verão.

— Quando aconteceu com você? — pergunto a Adam.

— Em setembro passado.

— Você é praticamente um veterano — provoco.

— Como vocês se conheceram? — pergunta Praw, olhando para mim, mas espia Miri de tempos em tempos.

O garoto sorri para ela. E tem um sorriso bonito. Covinhas também. Ela toma outro gole de água.

Festas e Poções ✳ 151

— Faz muito tempo — diz Adam.

— Muuuuito — concordo. — Anos.

— Décadas — replica ele.

— A vida toda. — U-hu! Adam pode ser meu novo melhor amigo. Meu novo melhor amigo *lindo*. Nunca tive um melhor amigo garoto antes. Divertido! Alguém para conversar, alguém além de meu possível meio-irmão não nascido para me ajudar a entender como funciona o cérebro de um garoto. Adam será como um irmão! Mas sem ser meu parente. E bonito. Um melhor amigo para sempre só meu. Um *amigo garoto*. Duas palavras no masculino. Não *namorado*. Uma palavra. Vê a diferença? Que bom que aprendi a digitar direito no celular, ou poderia causar algumas confusões.

Uma garota entra no refeitório.

— Adam — chama ela. — Por onde você andou? Estava procurando por você.

— Olá, Karin — diz ele. — Você ficou até tarde ontem à noite?

— Fiquei. Estou exausta.

Ela joga o longo cabelo louro para trás do ombro direito. E essa agora? Ela é a primeira bruxa loira que conheci até hoje. Deve ter quase 1,80m de altura e é cheia de curvas. É a Barbie Bruxa. As pessoas não deveriam parecer Barbies *e* serem bruxas. Ou uma ou outra. As duas juntas é injustiça.

O que a Barbie Bruxa quer com meu novo melhor amigo para sempre? Eles são namorados? Aposto que são namorados. E eu com isso? Já tenho um namorado, sabe? Um namorado que vou encontrar esta noite às 19h30.

— Oi, Praw — diz a Barbie Bruxa, e belisca as bochechas dele. — Tudo bem, gracinha? E quem são vocês? — pergunta ela para nós, aproximando-se da mesa entre Miri e eu.

Olho pra Miri, para ver se ela vai responder, mas, aparentemente, ela ainda está em coma.

— Meu nome é Rachel. E esta é Miri, minha irmã.

— Prazer em conhecê-las. Como nunca nos encontramos antes? Vocês acabaram de se mudar para o país?

— Não — digo com um suspiro.

— Achei que nós conhecêssemos todos os adolescentes bruxos dos Estados Unidos — diz Adam com um sorriso.

Sério, vou matar minha mãe.

— Nós duas fomos mantidas, tipo, isoladas até o ano passado — confesso.

— Ora, bem-vindas! — exclama Karin. — Adoro conhecer novas bruxas.

Praw se levanta do banco.

— Tenho que ir para a aula de brixta. Vejo vocês mais tarde. Karin, você pode sentar no meu lugar.

— Obrigada!

— Tenho que ir também — diz Adam. — Falta um mês para o meu Sim e ainda não tenho ideia do que estou fazendo. Nos vemos mais tarde?

— Claro — digo. — Divirta-se!

Miri guincha um tchau.

Nós três observamos os garotos se afastando. Karin aperta nossas mãos.

— Então, vocês estão fazendo o curso de Samsorta também?

Festas e Poções ✳ 153

— Estamos — diz Miri, finalmente, recobrando o fôlego.

— Ótimo! — responde ela animada. — Quero saber tudo. Quem são seus pais? Eles também têm poderes? Quando os de vocês despertaram?

A sessão de Ps e Rs prossegue pelas duas horas seguintes. Karin faz uma parada rápida para devorar sua salada Caesar, mas assim que dá a última mordida retoma.

Começo a me perguntar se isso vai durar para sempre, mas as luzes começam a bruxulear.

E quando eu digo bruxulear, não quero dizer apagar e acender. Um arco-íris de jorros verdes, dourados, vermelhos e amarelos projeta-se sobre nossos rostos, como se houvesse uma disco ball no teto. Vai ver o refeitório vira uma boate à noite? Uma rave de bruxos? Uma bruave?

Uma voz grita do céu:

— Senhoritas, por favor, encaminhem-se para o auditório! A aula de Samsorta vai começar!

— Vamos! — diz Karin, puxando nossas mãos. — Quero pegar um lugar na frente. Tenho muitas perguntas!

Jura?

Deixamos Karin nos conduzir para fora do refeitório, de volta ao átrio e, então, junto com um bando de outras garotas — não, um bando de outras bruxas —, pelas portas duplas do auditório

As garotas do Sam

— O que vocês experimentaram este ano foi a mais impressionante transformação de suas vidas. Vocês passaram de nuxas para bruxas. Menos de um centésimo de um por cento da população mundial tem as habilidades que vocês têm.

— Eu devia ter trazido um suéter — cochicho para Miri. — Está congelando aqui. Que ar-condicionado mais insano.

— Psiu! — diz ela. — Estou tentando anotar.

É claro que ela está. Miri, a aluna modelo. Ela não sublinha. Usa um marca-texto. Ouve tudo com atenção. Assente ao que diz nossa professora em formato de tartaruga (corpo redondo, braços e pernas finos), *Kesselin* Fizguin. Não, *kesselin* não é o primeiro nome dela. Acho que significa *professora* em brixta.

Fizguin não disse muita coisa que valesse a pena até agora. Primeiro, fez a chamada; depois nos deu boas-vindas ao centro. Poucas de nós nunca haviam estado aqui. Ela nos disse que esperava que comparecêssemos a todas as aulas e que haveria 15 minutos de intervalo no meio de cada uma. Vaia para a primeira parte, mas aplauso para a segunda. Talvez possa usar o intervalo para pedir outra bebida quente para me aquecer.

— O Samsorta é como nós, bruxas, honramos este momento extraordinário. É a nossa maneira, uma maneira que existe há séculos, de apresentar vocês ao restante do mundo mágico.

— Você não está mesmo com frio? — cochicho. Como é possível? Parece fazer −28°C aqui dentro. Meus braços estão inteiramente arrepiados. Fora isso, a sala é muito aconchegante. É toda branca. Todas as cadeiras são cobertas por uma almofada branca e macia. O chão é de um carpete branco chiquérrimo. É como se estivesse dentro de uma loja da Apple. Ou de um marshmallow.

— Nas próximas sete semanas, conversarei com vocês sobre a história das bruxas, a ética da mágica, as responsabilidades de uma bruxa, mágica e vida em família, e mágica no mundo moderno. E, é claro, nós praticaremos os feitiços exigidos para a cerimônia do Samsorta.

Infelizmente, Fizguin de vez em quando cospe, quando pronuncia um "s", e Karin nos colocou na fila da frente. Há 15 garotas na sala, todas entre as idades de 10 e 15 anos.

Tenho certeza de que sou uma das mais velhas aqui — se não for a mais velha.

Miri está sentada à minha direita. À minha esquerda está Karin. Ao lado de Karin está Viviane. Karin nos apresentou. Viviane mora em Sunset Park, no Brooklyn. Ela tem uma franja legal, usa óculos quadrados super na moda e está vestindo uma túnica marrom *vintage* e legging cinza.

Festas e Poções ✳ 157

Quando Miri ouviu que ela também estava no oitavo ano, seus olhos brilharam.

Dou um apertão no braço da minha irmã.

— Vocês podem ser melhores amigas para sempre! — cochicho, que nem uma casamenteira oficial.

Ela faz "shh" para mim.

Sério, podiam, sim! E então a gente poderia chamá-la de Viv, que é o melhor apelido do mundo. Além disso, ela pode nos ensinar a comprar em brechós! Eu sempre quis, mas fico com medo de, sem perceber, levar para casa roupas infestadas de traças.

— Há três partes na cerimônia — diz Fizguin. — A primeira é a marcha de abertura, quando todas as bruxas do Samsorta entram, agrupadas por escola.

Eu me curvo para Miri e cochicho:

— Mas quantas bruxas pode haver em cada escola? A JFK tem somente duas e acho que já é muito.

Uma multidão, se você quer minha opinião.

— Ela quis dizer escolas de *bruxas* — cochicha Miri de volta. — Aqui. Lozacea.

Ah!

— Uma vez que a marcha de abertura termina — continua a professora—, sua *alimity* se posicionará diante de você no círculo. Sua *alimity* é uma parente do sexo feminino, geralmente a mãe de vocês, que já tenha feito o Samsorta. Quando chega a hora, cada *alimity* pergunta a cada Samsorta se ela tem vontade de se juntar ao círculo de magia. Uma vez que a aluna do Samsorta concorde, a *alimity* usa a faca dourada para cortar uma mecha de seu cabelo.

Sério? Parece brincadeira de criancinha!

158 ✳ Sarah Mlynowski

— Quando essa parte do ritual termina, sua *alimity* se aproximará do caldeirão central e fará uma oferenda. Nós prosseguiremos, no sentido horário, começando com a aluna mais velha.

Oh, Deus. Vou ser eu? Aposto que sim. É tão constrangedor. A professora aponta na minha direção.

— Srta. Weinstein?

Epa! Por que ela me chamou? Ela está tentando me dizer que *sou* a mais velha? É melhor não querer uma mecha do meu cabelo agora. Não posso dar! Preciso conversar com Este primeiro. E se, acidentalmente, cortar um pedaço importante?

— Sim? — pergunto.

— Não você, Rachel — diz Fizguin. — Sua irmã está com a mão levantada.

Ah! Esqueci que Miri é uma Srta. Weinstein também.

— E se — começa Miri — duas garotas tiverem a mesma *alimity*? É um problema?

— Se a *alimity* está orientando mais de uma de vocês — explica Fizguin —, ela reunirá todas as mechas antes de se aproximar do caldeirão. Depois que todas as *alimities* tiverem feito suas oferendas, retornarão aos seus assentos.

Imagino onde se sentarão? Não é um cemitério? Vão se aconchegar nos túmulos? Limpar a terra dos saltos nas lápides? Esquisiiiiito!

Fizguin dá alguns passos na frente do auditório e continua.

— A terceira parte da cerimônia é a Corrente de Luzes. Cada uma de vocês recita o feitiço da luz, em brixta, e faz com que a vela que está com vocês acenda.

Em brixta? O-oh. Espero que possamos escrever o feitiço foneticamente.

Festas e Poções ✳ 159

— Dessa vez, andaremos no sentido anti-horário. A última garota leva a vela para o caldeirão central e o incendeia.

Karin levanta a mão.

— Este ano quem fará isso será uma garota da Escola de Encantamentos de novo?

— Sim, é tradição que uma estudante de Charmori lance o feitiço do deslumbramento. A escola delas é a mais antiga e mais tradicional.

Todas resmungam.

— Mas vocês recitarão o feitiço do deslumbramento juntos, uma vez que o presente que o feitiço cria, o *giftoro*, deve vir de todos vocês. Alguém poderia citar alguns dos presentes para aqueles de nós que não estão familiarizados? Não tenham medo de voltar um pouco no tempo.

Karin levanta a mão.

— O canal do Panamá, as Cachoeiras de Niagara, o Empire State Building, jogar cartas, as pirâmides, a Grande Barreira de Corais, iPods, a torre inclinada de Pisa, a vacina contra a pólio, o monte Everest...

— Muito bem — parabeniza Fizguin, interrompendo-a.

Elas estão falando sério? Olho para as demais garotas. Ninguém está rindo, então aparentemente é sério, sim. Não acredito! Minhas irmãs bruxas criaram as pirâmides! E os iPods! Aposto que também inventamos a chapinha de cabelo. Tem que ser. É brilhante demais para ter sido inventada por meras mentes mortais. E talvez o *TiVo*?

Talvez este ano a gente possa trabalhar em algum aumentador de seios?

— Esses são alguns dos presentes de maior sucesso — continua Fizguin. — É claro que há outros de menos sucesso

160 ✳ Sarah Mlynowski

ou, pelo menos, menos atraentes. Como — ela franze o nariz com desdém — os sapatos Croc.

Acho que nem sempre as bruxas têm bom gosto.

— Infelizmente, enquanto Samsortas, vocês não podem controlar o que é dado. O *giftoro* de vocês é criado do fundo de sua consciência coletiva. — Ela bate nas têmporas para enfatizar. — E costuma levar algumas semanas, às vezes meses, para sua herança se tornar clara. E chegamos ao fim da cerimônia. A seguir, vêm o jantar e o baile. A mesa de vocês pode ser do tamanho que desejarem, de dois a trezentos assentos, mas precisamos saber o número final pelo menos 24 horas antes do Samsorta. Ah, e é claro que vocês são responsáveis por seus convidados. Alguma pergunta?

Karin levanta a mão.

— Podemos levar namorados?

— É claro. A primeira dança depois da cerimônia é para as Samsortas e seus namorados. Mas lembrem-se de contá-los como parte da mesa. Mais perguntas?

Sem namorado para mim. Lamento, mas não posso convidar Raf para esse show de bizarrices. Sem chance. Nem pensar. Bem, paciência. Não é como se Miri fosse levar alguém também. Vou ter que ficar na cadeira durante essa tal primeira dança.

Karin levanta a mão de novo.

— Qual é a banda?

— É surpresa. Alguma coisa mais?

Karin levanta a mão de novo.

— Alguém mais? — diz Fizguin.

Karin mantém a mão levantada.

— Sim, Srta. Hennedy?

Festas e Poções ✳ 161

— Quantas garotas farão o Samsorta este ano? De todas as escolas juntas, quero dizer.

— Oitenta e quatro. A próxima?

É melhor que eu não seja a mais velha das 84 garotas! Mais do que humilhante! Que nem um pai ou mãe num show de música pop.

— Isso é tudo? Deixem-me fazer uma pergunta, então. Quantas de vocês jamais cursaram Brixta 101 ou o equivalente?

Miri e eu somos as únicas estudantes que levantam as mãos. Obrigada de novo, mamãe.

— Bem, garotas, vocês vão adorar aprender. Brixta é uma das mais belas línguas já faladas. É muito melodiosa. Como música para os ouvidos.

Só que não estou nem um pouco ansiosa para começar a estudar essa tal música. Toda essa droga de Samsorta vai diminuir minhas horas em frente à TV.

Miri levanta a mão de novo.

— Como você sugere que a gente estude brixta a esta altura?

— É muito tarde para estudá-la agora — diz Fizguin. — Vamos arranjar uma poção de idiomas para vocês.

Isso sim foi música para meus ouvidos. Música tema de um programa de TV.

— Sabiam que na Escola de Encantamentos fazem as bruxas estudarem brixta por dois anos antes das aulas de Samsorta? — cochicha Heather, uma fila atrás de nós.

Heather está sentada entre Shari e Michy. E elas são — acreditem! — trigêmeas. Imaginem! Bruxas trigêmeas!

Se além de bruxas são trigêmeas, conseguiram o próprio programa de TV com certeza.

De acordo com Karin, são trigêmeas idênticas. Todas têm cabelos castanho-claros lisos, a pele pálida e feições miúdas como as de pássaros. No entanto, cada qual veste roupas diferentes. Heather é a trigêmea básica: está usando jeans desbotado e uma blusa de cânhamo largona. Shari é a trigêmea comportadinha: cordões bege, um suéter listrado, fivelas de cabelo. E Michy é a trigêmea de grife: está com um jeans de marca, uma blusa justa e sapatilhas de couro brilhantes.

Eu queria ser trigêmea. Ou pelo menos gêmea. Então poderia pedir a minha gêmea para experimentar roupas e ir lá fora para eu ver se ficavam bem. Muito mais eficiente que um espelho, pois o problema está sempre na luz externa.

Embora, pensando melhor, talvez fosse ainda mais divertido me vestir com roupas idênticas. Para pregar peças nas pessoas. Não seria muito engraçado? Poderíamos trocar de lugar e frequentar as aulas uma da outra, fazer compras com as amigas, uma da outra, ficar com os namorados uma da outra.

AimeuDeus. E se a outra Rachel tentasse beijar Raf? Ele não teria ideia de que não seria eu. Ela ia poder fazer o que quisesse com ele pelas minhas costas e depois tentaria afastá-lo de mim!

Vamos esquecer essa história de outra Rachel. É óbvio que ela não seria do bem. Eu fico com a Miri mesmo.

— Você acha que deveríamos nos vestir iguais?

Ela me faz "shh". De novo.

Depois de zapear um prato de nachos durante o intervalo, conserto a sandália e vou para um canto deserto para falar com Raf.

— Olá! — falo. — Bom sábado para você!
— Um bom sábado para você também. Tudo em cima?
— Só o telhado?
— Rá! Onde você está, na Grand Central? É bem barulhento.
— Eu? Ah. Hum... — Onde eu *estou*? — Estou num shopping. Isso! Estou fazendo compras!
— Onde?
— No H&M. — Hexes & Magic, é isto. — Décima Oitava Rua.
— Não diga! Eu estou na Union Square! Que tal se eu for aí dar um "oi".
— Não! Por favor, não! Estamos andando. E com pressa. Muita pressa. Imensa.
— Eu não me importo. Vai ser rapidinho. É só um quarteirão de distância.

Iiiic!

— Não, quer dizer, na verdade a gente já estava indo embora. Estamos entrando num táxi. Fica para outra vez! Mas vou ver você esta noite às 19h30, OK?
— Ah! OK — diz ele, parecendo desapontado.

Combinamos de ir ao T's Pies para comer pizza (sério, qualquer dia me transformo em uma) e então pegar um filme na locadora. Jantar fora e namorar Raf!

Perfeito. Contanto que ele não venha para cima de mim com mais perguntas sobre as compras de hoje.

164 ✳ Sarah Mlynowski

Quando a aula termina, Miri e eu seguimos as outras garotas até o átrio. Dou uma olhada no relógio do celular, que foi convenientemente ajustado para a hora do Arizona. Tão inteligente, meu brinquedinho! Aposto que o celular foi um presente do inconsciente coletivo do Samsorta. E aposto que o telefone fixo também foi. Talvez o Alexander Bell tenha sido um feiticeiro. Eu devia ter prestado mais atenção na aula de história da bruxaria. Bem, não importa, são 4h01 aqui, o que quer dizer 19h01 em Nova York. Hora de ir para casa e me arrumar para o encontro com Raf. Nós sete reunidas no átrio dizemos "tchau". Pelo que parece, agora sou parte de um grupo de bruxas. Uma panelinha. Uma bruxalinha?

Localizo Adam no átrio e aceno para ele.

Ele se aproxima correndo e nos dá um sorriso de lado.

— Vocês querem surfar conosco?

Surfar? Alô!! Estamos no Arizona.

— Quem vai? — pergunta Karin.

— Eu, Praw, Michael, Fitch e Rodge. — Enquanto ele faz a lista, outros quatro garotos juntam-se ao grupo. — Estamos celebrando o último dia de colégio do Fitch. O Sim dele é na sexta-feira. — Ele aponta para Miri e eu e diz: — Rachel e Miri, estes são Michael, Fitch e Rodge. E vocês já conhecem o Praw.

— Olá — digo.

Michael tem a pele escura, é alto e magricela. Fitch é baixinho, pálido e usa óculos grossos. Rodge é supermusculoso e tem o cabelo preto penteado para trás com gel. Acho que são todos do segundo ano ou calouros. Pelo menos não sou a pessoa mais velha do prédio — apenas a mais velha que não

Festas e Poções ✳ 165

faz depilação. No rosto, quero dizer. É claro que eu depilo as pernas. Minha mãe diz que eu não devia, pois os pelos vão crescer duas vezes mais grossos, mas isso não faz sentido porque, se fizesse, não seria bom os homens carecas rasparem todos os cabelos da cabeça? Se bem que, se eles são calvos, não têm nada para raspar. Qual o objetivo disso? Esqueci.

— Olá — digo.

Miri apenas guincha. O que deu nela, com esse guincho? AimeuDeus. Eu sei! Ela gosta de Praw. Miri gosta de um garoto! Uau!

— Então, vocês vão? — pergunta Adam. — Surfar.

— Eu vou — diz Karin.

— Estou um pouco cansada — diz a trigêmea de grife, botando os óculos escuros gigantes. — Mas vai ser ótimo descansar na praia e pegar um pouco de sol.

— Que praia? — pergunta Karin. — South Beach?

— Não — responde Michael. — Já são 7h15 na Costa Leste. Precisamos ir para o Oeste. Que tal Havaí?

Eles vão realmente dar um pulinho no Havaí, atrás de sol e surfe?

— Isso, vamos para a Praia Hanauma — diz Viv. — Tem uma boa *vibe*.

— Estou nessa, se todos forem — Praw diz.

— Eu também — diz Michael.

— Nós também — diz a trigêmea comportadinha.

— Legal — diz Rodge.

— Eu também — diz Karin.

— *On y va!* — diz Fitch. Hã? Ele é francês?

Areia, surfe, sol... diversão. E Miri pode conversar com a paixonite!

166 ✳ Sarah Mlynowski

— Nós também! — exclamo.

Adam irrompe num grande sorriso.

— Genial! Vamos.

Espere um segundo. O que estou fazendo? Olho para o relógio. Tenho que ir para casa! Raf vai me buscar em casa em 15 minutos. Não posso ir para a praia.

— Foi mal, foi mal — digo. — Eu não posso ir. Esqueci... tenho que ir para casa.

Para ver meu namorado. Mas eu não digo a última parte em voz alta.

Por que eu não disse a última parte em voz alta?

Porque ninguém se importa que eu tenha um namorado. Alguém perguntou se eu tinha um namorado? Não, não perguntou.

É uma droga não poder ir surfar. Quero dizer... adoro sair com Raf, mas nunca estive no Havaí! Até conheço o dialeto de lá, de quando meu pai e Jennifer estiveram no Havaí em lua de mel! E, se eu fosse para o Havaí com a bruxalinha, a gente poderia conversar sobre as aulas de Sam, a grande festa e tudo aquilo sobre o que não posso conversar com Raf.

— Que pena — diz a trigêmea de grife.

— Fica para a próxima, cara — diz a trigêmea básica.

Karin afofa o cabelo loiro.

— Miri, você vem?

Um cabelo loiro bem bonito. Eu me pergunto se ela também está preocupada com a tal história de cortar uma mecha.

Miri olha para Praw, fica vermelha brilhante e balança a cabeça.

— Miri, você devia ir — digo a ela, baixinho

Festas e Poções ✳ 167

E devia mesmo. Para começar, a principal razão de nos inscrevermos neste Samsorta foi que Miri queria encontrar pessoas como ela e não ficar presa em casa. E agora as pessoas a estão chamando para ir com elas. E mais, o garoto de quem ela, obviamente, gosta está indo. Ela pode namoricar enquanto fica bronzeada! A melhor das combinações!

Ela balança a cabeça de novo, olhando para o chão.

Vou matá-la.

— Miri. Vá.

Ela me lança um olhar de súplica. Um olhar que interpreto como "Dê uma desculpa por mim porque, por alguma razão, minha língua está colada no céu da boca."

— Nenhuma de nós pode — digo, de má vontade, estreitando os olhos para minha irmã bicho do mato. Mentira, mentira, nosso nariz vai crescer. — Temos um... compromisso familiar.

Viv gesticula para o grupo segui-la.

— Oh, quem quer vir, venha, e vamos embora! Ei, vocês otários já usaram o novo feitiço de deslocamento? É genial!

— Estava mesmo querendo experimentar — anuncia Michael.

— Tchau! — dizem as trigêmeas para nós. A maioria do grupo segue em direção à porta.

Adam fica para trás um instante.

— Que pena vocês não poderem vir — diz ele. Para mim.

Eu concordo.

— Fica para a próxima.

Parece que ele quer dizer alguma outra coisa, mas, em vez disso, segue o grupo e nós o seguimos, em direção à porta.

168 ✳ Sarah Mlynowski

Viv tira um saco de sua bolsa, escava um punhado de uma mistura que parece mingau, atira para o ar e entoa:

> *Pelo espaço circulamos.*
> *Praia Hanauma no Havaí*
> *Aí vamos!*

O grupo começa a desaparecer aos poucos. Primeiro uma perna, então um olho, o cabelo. Muito legal!

Finalmente, as únicas partes do corpo humano que ficam de fora da brincadeira pertencem a Miri e eu.

— Nada de baterias! — comenta Miri. — E funcionou no grupo todo. Nós precisamos preparar um pouco disso.

— Ah, olha quem encontrou a voz!

Ela fica vermelha.

Eu tiro as baterias da bolsa.

— Miri e Praw, sentados sob a árvore. B-E-I-J-A-N-D-O-S-E. Primeiro o amor, depois o casamento...

— Pare!

— Por que você não foi? Podia ter flertado com ele!

— Eu não conseguia nem conversar com ele, como ia flertar? Podemos ir para casa? — pede ela. — Por favor?

— Certo, vamos — digo. — Como punição por ter amarelado, você tem que ser o cavalo desta vez.

Ela faz careta, mas se agacha.

Eu subo nela.

Miri se volta para mim.

— Mas ele não é bonitinho?

Ela ri e partimos.

Doces sonhos

No segundo que nossos pés tocam o tapete do meu quarto, voo para o banheiro. Tenho que escovar os dentes antes de Raf chegar! Por que eu zapeei um prato de nachos, por que, oh, por quê?

— Rachel? Miri? Vocês estão em casa? — Ouço mamãe perguntar.

Não posso conversar! Escovando os dentes!

— Como foi? — Escuto. — Conte-nos tudo.

Que fofa. Está chamando a si própria e Lex de *nós*.

— Foi fascinante — ouço Miri dizer. — Durante a primeira metade da aula, nos explicaram tudo da cerimônia e durante a segunda, aprendemos um pouco de história da bruxaria.

Eu cuspo a pasta na pia.

— Miri se apaixonou — grito.

— Rachel! — berra Miri.

Eu sorrio e gargarejo simultaneamente.

— Querem jantar comida tailandesa conosco? — pergunta mamãe. O *nós* de novo. Duas vezes.

— Quero — diz Miri.

Jantar com mamãe e Lex... Surfar no Havaí... Jantar com mamãe e Lex... Surfar no Havaí... O que há de errado com essa garota?

Raf e eu alugamos o novo filme do James Bond, depois conseguimos uma mesa no T's Pies, um reservado no fundo. Ficamos de mãos dadas na maior parte do tempo. Não enquanto comemos, é óbvio. Seria estranho. Mas nós rimos muito um para o outro.

Até que suspeitei que eu estava com um pedaço de pepperoni preso entre os dentes e fui para o banheiro (lotado) de cabine única para tirá-lo.

O segundo furo foi quando Raf perguntou o que eu tinha comprado.

— Onde? — pergunto, cuidadosamente, mastigando minha deliciosa pizza. Esta pizza *está* uma delícia.

Ele toma um grande gole de Coca Diet.

— Você não foi fazer compras?

— Ah! Certo... Não comprei... nada.

Uau, sou a pior mentirosa do mundo. Mal posso me lembrar das histórias que inventei há menos de duas horas.

— Como assim?

Seguro a mão dele do outro lado da mesa.

— Sou uma garota muito exigente.

De volta ao meu apartamento, nos sentamos bem à vontade no sofá e assistimos ao filme.

Em cinco minutos, descubro uma coisa hilária sobre Raf. Ele conversa com a TV.

— O que você está fazendo? — pergunta ele para Jack, um personagem secundário do filme que está a ponto de levar uma surra dos vilões. — Não seja imbecil! Não sabe que vai ser morto se ficar aí?

Que gracinha, não é?

— Não, não, não! Vire-se! Ah, cara! — Raf cobre o rosto quando Jack leva um tiro no peito.

Beijo-o na bochecha.

— Ele não é uma pessoa de verdade — garanto a ele. — É só um filme.

Raf ri e se aconchega mais próximo.

O filme continua e Raf mantém a conversa com os personagens — isto é, os que ainda estão vivos. Eu, por outro lado, começo a bocejar. E bocejo de novo. Olhos. Ficando. Pesados. Muita excitação para um dia. Tenho que ficar acordada! Por que eu não tomo uma bebida cafeinada, enquanto ainda consigo?

Olhos. Muito. Pesados. Talvez, se eu fechá-los por um segundo, me sentirei melhor.

Sim. Fechá-los. Por um segundo...

O que escuto a seguir é Miri.

— Ela apagou?

— Como as vítimas do filme — diz Raf e então ri, sem graça. — Parece que sou muito chato.

172 ✳ Sarah Mlynowski

Eu dou um salto.

— Não! Você não é chato! Estou apenas cansada! Do dia de compras.

— Isso — diz Miri, caindo ao meu lado no sofá. — Fizemos muitas compras.

— Onde está mamãe? — pergunto, abafando um bocejo. Não quero que Raf pense que ele me entediou tanto que fiquei com sono!

— Ela e Lex foram dar uma volta. Estarão de volta em dez minutos. Onde vocês comeram?

— No T's — responde Raf. — É o melhor. A entrega é que é ruim. Só comendo lá. — Ele se espreguiça. — Tenho que ir. Está ficando tarde. — Ele se levanta primeiro, então me tira do sofá. — Vejo você na segunda-feira?

— Está bem. — Eu esperava que Miri fosse para o quarto dela para eu ter um momento sozinha com Raf e dar uns beijos de boa-noite, mas ela não sai do sofá. — Vou com você até lá fora — digo, exagerando no tom, mas, em vez de entender a insinuação, Miri me segue como uma sombra.

— Boa noite, Raf — digo.

— Boa noite, Raf! — fala Miri, toda alegre.

— Boa noite, senhoritas. — Ele me dá um beijo bem suave nos lábios.

Fecho a porta às costas dele. Então, ergo os braços.

— Miri! Você não poderia nos deixar sozinhos por dois segundos?

Ela parece confusa.

— Mas vocês estiveram sozinhos a noite toda.

— Eu queria dar um beijo de boa-noite decente nele — rosno, e então volto para a sala de jantar. Desisti de surfar no Havaí e nem mesmo aproveitei muito o nosso encontro. Culpa minha, por cair no sono, mas, ainda assim. Acho que eu queria dizer a ele um pouco do que estava na minha cabeça. Sabe como é, cabanas mágicas no Arizona, cerimônias de bruxa e tudo o mais.

— Viu! — exclama ela. — Esse é o meu problema!

— O quê?

Ela afunda no sofá e pressiona os joelhos contra o peito.

— Não sei como agir com garotos!

— Está falando do Praw?

Ela assente.

— Eu acho ele muito bonitinho.

— Hum, você gosta dele. Que ótimo!

— Não é ótimo se eu não consigo falar quando ele está por perto! Minha mente fica toda abafada, como o telefone, quando você está usando o micro-ondas.

— Hã?

— Você já percebeu que não dá para usar o telefone e o micro-ondas ao mesmo tempo?

— Hum! Não. Mas de volta ao garoto.

— Certo. Praw. Não sei o que há de errado comigo! O que eu faço?

— Flerte com ele!

— Mas como? — pergunta ela. — Não sei fazer isso. Me ensina.

— Não sei se é alguma coisa que posso ensinar. É algo que simplesmente faço. Como andar ou respirar.

174 ✳ Sarah Mlynowski

Ela ri.

— Como fez Raf gostar de você? Naturalmente, quero dizer. Eu quero que ele goste de mim por mim.

— Você está dizendo que eu não sou alguém de quem se possa gostar?

— Pare de ser chata e apenas me diga como você fez!

Hum.

— Vejamos. Eu entrei para o desfile de moda. Como Raf estava lá também, não somente pude passar mais tempo com ele, como lhe mostrei que a gente tinha interesses parecidos.

— Como desfilar com roupas muito caras?

— Nãããão! — Credo. — Bem, talvez. Isso e dançar. Então essas são as minhas duas recomendações. Chegar mais perto e se interessar pelo que ele se interessa.

— Mas como faço isso?

— Por exemplo, quando seus amigos a convidarem para surfar no Havaí, você tem que ir.

Ela assente.

— Estou entendendo. Mesmo assim, não quero parecer falsa.

— Um pouco de falsidade não vai magoar ninguém, eu acho. O que nós sabemos sobre ele?

— Ele é ruivo.

— Legal, mas não ajuda.

Ela salta do sofá.

— Já sei! Vou ver o perfil dele no Mywitchbook!

— Perfeito!

Nós corremos para o quarto dela e ligamos o computador. Miri acessa o site e eu dou uma olhada na página dela.

Festas e Poções ✳ 175

Perfil de Miri Weinstein no Mywitchbook.com
Cidade natal: Nova York, Nova York
Magicalidade: cinza
Atividades favoritas: Tae Kwon Do
Herói: Madre Teresa; Princesa Diana; minha irmã, Rachel
Relacionamento: solteira

— Você é uma fofa! — digo. — Me escolheu como heroína!
Ela fica vermelha e acessa o de Praw. Felizmente, o perfil dele está aberto a todos.

Perfil de Corey Praw no Mywitchbook.com
Cidade: Atlanta, Geórgia
Magicalidade: cinza
Atividades favoritas: karatê, salvar o mundo
Herói: Bono
Relacionamento: solteiro

Parece que ele está concorrendo a Miss América.
— Ele gosta de artes marciais! — Miri dá uma risada.
— Eu sei.
— E é solteiro!
— Eu sei — digo, rindo. — O que é magicalidade?
— É a opinião dele sobre o uso de mágica. Ele é cinza também! Temos os mesmos interesses! Não vou ter que ser falsa em nada!
— Claro, vocês dois são o par perfeito do mundo bruxo.
Miri assente animada.
— Por que não o adiciona como amigo? — pergunto.
Ela me olha, horrorizada.
— O quê? Não!

176 ✳ Sarah Mlynowski

— Por que não?

— Porque então ele vai saber que gosto dele!

— Então, não adicione *apenas* ele — sugiro. — Envie uma solicitação a todos os que conheceu em Lozacea.

Ela pensa sobre a ideia.

— OK. Mas eu deveria começar ou terminar por ele?

— Acho que tanto faz.

Ela clica no botão *Adicionar como Amigo*. E então clica no botão que mostra os amigos dele — todos os 52. Damos uma olhada neles, procurando rostos familiares.

Eu aponto.

— São as trigêmeas! Adicione-as!

Ela continua.

— E a Karin. — Ela a inclui como amiga também. — E Adam.

— Deixa eu ver o perfil dele — digo. Quando nós clicamos em Adam, uma foto dele com um grande sorriso aparece.

Sim. Sempre gatinho.

— AimeuDeus. Ele tem 375 amigos!

— É um bocado de amigos — diz Miri.

— Como ele conhece tantos bruxos? Eu mal conheço tantas pessoas.

Eu leio o resto do perfil.

Perfil de Adam Morren no Mywitchbook.com
Cidade natal: Salt Lake City
Magicalidade: rosa
Atividades favoritas: surfar, assistir futebol americano,
ficar com os amigos, viajar, feitiços
Herói: meu pai
Relacionamento: solteiro

Interessante. Muito interessante.

— O que é rosa? — pergunto. — Parece um pouco afeminado.

— Quer dizer que ele usa mágica para se divertir.

Bom saber. Eu sou *tão* rosa. Eu sou rosa brilhante. Cintilantemente brilhante.

— Ele é gatinho também, hein?

— Acho que talvez ele goste de você — diz ela e sinto-a me observando.

Não a encaro.

— Como amigo, talvez.

— Não sei, não — responde ela. — Ele ficou rindo para você.

Eu aponto para o retrato.

— Ele é o tipo de cara que sorri.

— Mesmo assim.

Será que ele gosta de mim? Não tenho certeza. Eu gosto dele? Ele é bonito. Não que isso importe. Eu toco o minúsculo coração que Raf me deu de aniversário.

Meu coração pertence a Raf.

— Ele aceitou! — diz Miri, saltando na minha cama.

— Ei, estou tentando dormir! — digo, puxando as cobertas. — Que horas são?

— Um pouco mais que meia-noite.

— Praticamente 1 hora da manhã e você me acordou porque...

— Porque Praw aceitou o convite para ser meu amigo! E ele escreveu uma mensagem! Perguntou sobre meu tae kwon do! Não é ótimo? Então escrevi de volta para ele contando sobre o tae kwon do. E adivinhe? Agora eu tenho mais cinquenta amigos!

Não digo nada. Porque estou dormindo. Ou tentando. Ela ainda está aqui?

— Será que eu não deveria ter respondido tão rápido? — continua ela. — Ele vai pensar que estou desesperada?

— Provavelmente.

— Oh, não! — grita ela. — Sério?

Abro os olhos e vejo que a testa dela está toda enrugada de preocupação.

— Estou brincando! Relaxe. Tenho certeza de que ele vai ficar louco de amor por você ser tão adorável e não estar desesperada. Na verdade, tenho certeza de que ele está dizendo para sua irmã mais velha: "Uau! Aquela Miri Weinstein não está nada desesperada."

— Como você sabe que ele tem uma irmã mais velha? — pergunta ela.

— Eu não sei. Estava sendo engraçada — Ha-ha?

— Mas ele tem uma irmã mais velha. Ela tem 16 anos e se chama Madison. Eu vi no Mywitchbook.

Fecho os olhos.

— Ótimo. Agora podemos voltar a dormir?

— Não! Ele ainda está on-line. Preciso pensar numa estratégia com você.

— Vai chatear a mamãe.

— Ela está dormindo.

Festas e Poções ✳ 179

— Vê? As pessoas normais estão dormindo — digo, zonza. — E eu quero ser normal.

— Tarde demais. Você é uma bruxa. Por definição, você é totalmente o oposto de normal.

Viro o travesseiro.

— Falando em ser diferente do normal, você quer ir ao shopping comigo e com Wendaline amanhã? — pergunto.

— É claro! Não que eu ache que ela precisa minimizar o *look*. Mas quero sair com ela.

— Que bom. Agora vai dormir! — Puxo as cobertas sobre a cabeça e cochilo.

Até que Miri mergulha sob os lençóis.

— Fitch nos convidou para seu Sim nesta sexta-feira — cochicha ela.

Eu abro um olho. Meu quarto está escuro como breu.

— Que horas são? E o que é um Fitch?

— São 2 horas e você se lembra do Fitch! Ele é o francês baixinho. Nós queremos ir?

— Eu quero dormir.

— Concentre-se, Rachel, concentre-se. Ele vai dar uma festa. Nesta sexta-feira à noite. E nos convidou.

— Onde é?

— Na torre Eiffel!

— Hã? Em Paris? — Agora os dois olhos estão abertos. Dá para distinguir o contorno do rosto dela no escuro.

— Não, em Oklahoma. Claro que é em Paris — diz ela em voz baixa. — A família dele é da França.

— Mesmo assim. Na torre Eiffel?

— Garotos fazem o Sim em lugares doidos.

180 ✳ Sarah Mlynowski

Como se um cemitério não fosse doido.

— Então, quer ir?

— Se você quiser.

Gosto da França. Gosto de acompanhamento à francesa. De unhas francesinhas. De beijos à francesa.

— Você acha que vai ter dança? A roupa será de festa? E se Praw estiver lá?

— Então você dança com ele — digo.

— Como eu vou dançar se mal consigo conversar com ele? Que bobinha.

— Você não precisa conversar enquanto estiver dançando.

— Mas nós vamos? Eu quero dar o RSVP.

— Você tem que perguntar para mamãe primeiro. — Fecho os olhos. — Espere! E o papai? O próximo fim de semana é com ele. O que vamos dizer a ele? Já temos que inventar uma desculpa para desaparecer por três horas no sábado, para a aula de Sam. Você acha que podemos fingir que estamos tirando uma soneca?

Podíamos colocar travesseiros debaixo dos cobertores, no caso de papai aparecer. Se bem que a Priss, provavelmente, levantaria os cobertores. Talvez a gente possa fazer nela um feitiço de soneca. Podemos fazer um feitiço de soneca na casa inteira! Será como na *Bela Adormecida*, só que por três horas, em vez de cem anos. É claro, também podíamos pausá-los, mas achariam estranho perder três horas. Hum...

— Acho que podíamos contar a verdade para ele — diz Miri.

— Sobre o Samsorta? Claro, só ia deixar ele um pouquinho confuso. *Com licença, papai, vamos dar um pulinho em Paris por algumas horas para ir a uma festa.*

— Não. Você não entendeu. Quero contar para ele a verdade. Sobre nós.

Eu me sento, o coração acelerado.

— O quê?

— Quero dizer ao papai a verdade.

— Sim, eu ouvi, obrigada. Só que não acredito no que ouvi. Por que quer fazer isto? Não podemos contar para ele. Não podemos.

— Por que não?

— Mamãe nunca disse a verdade para ele. Se ela não queria que ele soubesse, nós não podemos contar pelas costas dela. — As palavras saem de minha boca e me deixam sem fôlego.

— Os tempos mudaram. A bruxaria não sofre o mesmo estigma de antigamente. — Ela fala sobre bruxaria como se fosse uma torta de maçãs bem americana. — Seja como for, mamãe sempre disse que a gente poderia contar para papai, se quiséssemos. Eu queria esperar até terminar o treinamento e já estou quase no final. Agora, acho que ele devia saber. Isto é, nós ficamos com raiva da mamãe por ela não nos contar coisas importantes, certo? Você não acha que papai tem o direito de saber? Odeio mentir para ele.

— Você vem mentindo para ele há seis meses!

— Eu sei e isso me faz sentir culpada. Não quero mais mentir. E quero que ele vá ao nosso Samsorta. Você não? Não podemos fazer uma grande festa de debutantes e deixar de convidar nosso pai! Não é direito.

— Ele vai contar para Jennifer. Você quer que ela saiba também?

Ela franze a testa.

— Ele não *tem* que contar para ela.

— Tem, sim — digo. — Eles são casados. Pessoas casadas contam as coisas um para o outro. É a regra.

Ela enruga o nariz.

— Pediremos para que ele não conte. É nosso pai. Ele nos ama.

— Então estará mentindo para *ela*.

Há! Peguei.

Miri hesita, então diz.

— Deixa eu pensar sobre isso. Talvez seja melhor a gente conversar sobre esse assunto amanhã de manhã.

Assinto. Amanhã. Ou nunca.

— Mas e quanto ao Sim do Fitch?

— Se você quer ir, iremos — digo. — Mas você tem que pensar no que vamos dizer ao papai.

Seus olhos brilham.

— Tecnicamente, não temos que dizer nada. Paris tem seis horas a mais de fuso horário em relação a Nova York, assim a festa deve ter acabado às 18 horas.

— Ah, claro, *agora* você se lembra dos fusos horários.

Ela ignora minha alfinetada.

— Podemos estar na casa do papai na hora normal. Não pegaremos o trem, nos transportaremos direto da torre Eiffel para a estação de trem de Long Island. Inteligente, não?

Para alguém que é tão insistente em não mentir, minha irmã é, sem dúvida, muito boa em criar histórias.

Miri salta da minha cama e vai para seu quarto. Eu fecho os olhos, mas, infelizmente, dá para escutar Miri digitando do outro lado da parede.

Click, click, clack, click.

Abro os olhos e encaro o teto. Miri deve ser a digitadora mais barulhenta do mundo.

Não acredito que ela queira contar tudo para o papai. Não podemos contar para ele. Deito de bruços. Mas será que não quero mesmo dividir uma coisa tão importante assim com ele? Não quero que ele saiba quem eu sou de verdade? Ele não vai me amar mesmo assim? Ele *tem que*, certo? Ele é meu pai. Se você realmente ama alguém, não vai amá-lo não importa o que aconteça? E quando você realmente ama alguém, não o ama apesar de suas esquisitices, mas por causa delas? Preciso pensar nisso. Preciso dormir.

Clack, clack, click, clack.

Na verdade, preciso mesmo é de tampões de ouvidos. Eu me concentro e entoo:

> *É muito tarde.*
> *Preciso dormir.*
> *Por favor, me dê tampões*
> *Para o click-clack eu não mais ouvir.*

Não é a melhor rima do mundo, eu sei, mas me dê uma colher de chá. Está de madrugada.

De qualquer forma, funciona. Mais ou menos. Duas tampas de ralo idênticas se materializam em minha mesinha de cabeceira.

Cansada demais para fazer outro feitiço, enterro a cabeça debaixo do travesseiro e finalmente, *finalmente*, adormeço.

Loucura minimalista

Ao abrir os olhos na manhã seguinte, descubro que enquanto eu dormia, meu armário foi saqueado. Metade das minhas roupas estão espalhadas no tapete rosa, não mais em suas formas originais. Ou seja, minha blusa de volta às aulas é agora um minivestido; o vestido verde do baile do ano passado é agora azul; minhas sandálias são de salto alto com tiras e meus tênis de corrida estão com saltos. Minha irmã está sentada no olho do furacão só de calcinha e uma blusa de paetês. Acho que a blusa costumava ser um colar.

— Ei, Miri? O que você está fazendo?

— Não tenho nada para usar — reclama ela.

Espreguiço os braços para o alto e bocejo.

— Para quê?

— Como assim "para quê"? Para o Simsorta. Para ver Praw! Eu preciso ficar bonita! E não tenho nada bonito! Nada!

— Mamãe deixou a gente ir? — pergunto.

— Mais ou menos — confessa ela. — Ela disse que não podemos faltar à escola por causa de alguém que mal conhecemos, mas que podemos ir para a festa depois. Então, a gente vem para casa direto do colégio, se arruma e vai para Paris. Mas só se eu tiver alguma coisa para usar!

— Calma. Vamos achar alguma coisa bem bonita. Você vai ao shopping comigo e com Wendaline hoje. Vamos fazer você ficar bo-ni-ta.

— Você me assusta quando fala por sílabas.

Eu gosto do efeito.

Na mesma tarde, enquanto esperamos por Wendaline na Bloomie's, uma mulher de jaleco preto nos pergunta se gostaríamos que ela fizesse nossa maquiagem.

— Muito! Comece com ela — digo, empurrando Miri para a frente. — Ela realmente precisa de uma.

Miri balança a cabeça.

— Não quero usar maquiagem.

— Você quer ficar bonita ou não? — pergunto, de braços cruzados.

— Sente-se — diz a mulher de jaleco. — Prometo não mordê-la.

Miri hesita.

— Você pode fazer parecer bem natural?

— É claro.

Miri, relutante, sobe no banco.

Festas e Poções ✳ 187

— Vou começar pelos olhos. Sabe como é, temos que destacá-los. Realçar o verde. — Ela examina o rosto da minha irmã.

— Ela tem olhos castanhos — digo, rápido. — Como eu. Não permiti que uma artista daltônica faça a maquiagem de minha irmã, permiti?

— Não, não sou daltônica — diz a mulher de jaleco, pegando um pincel fino. — Os olhos da sua irmã são castanhos, é claro. Mas têm lindos pontos de cor esmeralda que vou destacar.

Quem diria? Avanço para um dos setecentos espelhos e me examino. Será que também tenho pontos esmeralda nos olhos?

É isso? Não.

Aquilo ali? Também não.

Parece que meus olhos não têm ponto nenhum.

A mulher de jaleco pega uma paleta, estuda Miri, olha de novo para as cores, estuda Miri de novo.

— Vou experimentar em você uma nova sombra chamada Perfeitamente Bonita.

Adoro esses nomes engraçados das sombras. Viro os potinhos para ler no fundo os nomes das outras cores. Mulher na Água, Lucidez, Uma Dúzia de Rosas — quem será que inventa esses nomes? Aposto que eu podia fazer isso. Seria um trabalho divertido. Quando crescer, quero ser a profissional que dá nome às sombras de olho. Vai ser divertido!

Eu me volto para Miri.

A mulher de jaleco aplica delineador e rímel e então vira o banco de Miri de frente para um dos setecentos espelhos.

188 ✳ Sarah Mlynowski

— Que tal?

— Não sei — diz ela, admirando-se. — Está muito maquiado.

— Ela vai comprar! — exclamo. Ficou muito legal. Os olhos ficaram superdestacados. — O que você tem de gloss para os lábios dela?

— Eu não preciso de gloss — protesta Miri.

— Precisa sim — respondo. — Você não quer ficar beijável? Ela fica visivelmente vermelha.

— Acho que ela não vai precisar de blush — digo.

Depois de Miri, eu subo no banco e deixo a mulher de jaleco fazer a sua mágica.

— Use tudo que tiver — digo. — Rímel, sombra, blush, delineador de lábios... serviço completo! — Sempre quis aprender como fazer maquiagem sem ficar com aquela aparência de olho que levou um soco.

Quando ela termina, eu admiro as minhas muitas imagens refletidas. Uau! Ela polvilhou meus olhos de malva e os delineou com cinza, e agora eles estão mais destacados! E antes eu achava que tinha maçãs do rosto? Ha! *Agora*, eu tenho maçãs do rosto. De um rosa ferrugem. E meus lábios! Lindos, brilhantes e beijáveis.

— Fantástico! — exclamo. — Vou levar tudo!

Miri balança a cabeça.

— Mamãe não disse que a gente só poderia gastar duzentos dólares?

Mamãe foi generosa e me emprestou o cartão de crédito dela com a instrução de que eu poderia gastar duzentos dólares num novo vestido para Miri. Mas tenho certeza de

Festas e Poções ✳ 189

que isso não incluía acessórios, então interrompo minha irmã com um gesto.

— Não se preocupe. Vai ficar tudo bem. Eu não preciso de um vestido. Já tenho aquele que usei no baile.

Miri levanta uma sobrancelha.

— O que foi? — digo, defensiva. — Não sou uma celebridade, sabe. Eu uso as roupas mais de uma vez.

Enquanto pago as aquisições, Wendaline chega. Ela veste outra roupa ridícula: saia vermelha de renda e uma blusa de veludo preto drapeada. Mas, pelo menos, chegou a pé.

— Vocês duas estão muito bonitas! — exclama ela.

Eu faço uma reverência, pego a maquiagem e então me encaminho para a escada rolante.

— OK, meninas, eis do que precisamos! — Esfrego as mãos. Eu me sinto como um treinador de futebol. — Estamos procurando um vestido novo para Miri. Algo que mostre como ela é bonita. Algo engraçado. Algo atraente. Algo...

— Que ressalte meus olhos verdes? — Ela pisca os cílios cobertos de rímel.

— Eles não são verdes, Miri, têm *pontos* verdes. Supostamente.

— Você quer dizer *esmeralda*! — teima ela, revirando os olhos.

— Tanto faz. Estamos procurando um jeans para Wendaline — digo. — Nem muito apertados, nem muito cheios de brilho. Com pernas tipo *boot cut*. Ela também precisa de algumas blusas.

— Não posso usar a blusa que visto agora com jeans? — pergunta ela, apontando para aquela coisa de veludo preto drapeada que cobre a parte superior do corpo.

190 ✳ Sarah Mlynowski

— Não — afirmo, irredutível. — Não pode, não. E para mim...

— Achei que você não ia comprar nada — interrompe Miri.

— Sempre mantenho a mente aberta.

— Para que vocês precisam de roupa? — pergunta Wendaline.

— Um cara chamado Fitch nos convidou para o Sim.

— Não acredito! Nesta sexta? Na torre Eiffel? Fui convidada também!

— U-hu! — comemora Miri. — Podemos ir juntas.

— Minha família toda está convidada — diz ela. — Minha mãe estudou na Escola de Encantamentos com a mãe dele.

— Sem tempo para conversa — digo. — Vamos nos mexer. A gente se encontra no provador em 15 minutos. Avante, tropa!

A tropa se dispersa.

Quinze minutos mais tarde, Wendaline volta com três pares de jeans obviamente errados. (Muito grande! Muito baixo! Eu falei em bocas de sino? Não, não falei.) Miri também errou feio. Os vestidos que escolheu são as peças mais horrorosas que já vi. Sério. São horríveis. Um tem um bordado de tulipas rosa-shocking e o outro tem crinolina laranja fluorescente. Sorte delas que eu tenho bom gosto e fiz escolhas mais apropriadas. Infelizmente, como demorei demais procurando roupas para elas, tive tempo apenas de pegar três blusas e calças jeans pretas para mim. Jeans pretos são avançados demais para Wendaline, mas já notei que muitos do grupo dos populares estão usando.

Festas e Poções ✳ 191

Por alguma razão, todas nos amontoamos numa mesma cabine.

As calças jeans que peguei para Wendaline são *perfeitas*. Alongam suas pernas e fazem seu bumbum parecer pequeno.

— Está apertado — diz ela. — Tem certeza de que é do tamanho certo?

— É, sim — digo, convencida. — É *stretch*.

— Espero que sim. Não está confortável. Há um botão pressionando meu estômago.

— Você tem que se acostumar. Agora, experimente esta blusa. — Eu passo para ela duas camisetas, uma de manga comprida e uma de manga curta. — Coloque uma sobre a outra — instruo.

Miri se enfia num vestido vermelho.

— O que a gente tem que usar em *nosso* Samsorta? Kesselin Fizguin vai falar alguma coisa sobre isso?

— Cor de heliotrópio — diz Wendaline.

Eu fecho o zíper de Miri.

— Cor de quê? — Parece o nome de um número de circo.

— É roxo — diz Wendaline. — Roxo rosado. Como a flor do heliotrópio. A cor tem propriedades mágicas, supostamente faz as garotas ficarem mais bonitas.

Se ao menos eu soubesse disso no mês passado. Teria sido a cor perfeita para a blusa de volta às aulas.

— Mas onde vamos arrumar vestidos assim? — pergunta Miri. — Vende em qualquer lugar?

— Não tenho certeza — diz Wendaline. — Vou ter que usar o da minha mãe. Ela o guardou por trinta anos, especialmente para o meu Sam.

— Você acha que nossa mãe ainda tem o vestido dela? — pergunta Miri.

— Duvido — respondo. — Embora possa estar no armário de produtos de limpeza. Mesmo assim, precisamos de alguma coisa nova. Nós duas não podemos usar a mesma roupa.

— Eu pedi primeiro! — grita Miri.

Para mim é ótimo que ela use o vestido da mamãe com cheiro de desinfetante, assim eu visto uma roupa novinha em folha.

— Por mim, tudo bem — digo e então admiro o reflexo dela. — Parece sexy.

Miri se coloca na frente do espelho e se vira de lado.

— É vermelho demais. Parece que estou me esforçando.

Eu reviro os olhos.

— Se você não quer o vestido, deixe eu experimentar.

Eu posso zapear para torná-lo maior, se ficar pequeno. Ou pedir um número maior. O que for mais fácil. Eu me viro para Wendaline para ver como ela está.

— Não, não, não. Você pôs errado. — reclamo. — A blusa de manga curta fica por cima da de manga comprida.

— Mas aí dá para ver as mangas por baixo! — diz ela. — Por que eu iria querer isso?

Eu reviro os olhos.

— Mas é para ver as mangas. Esse é o estilo. Troque.

Ela dá de ombros e tira as duas.

AimeuDeus!

— Wendaline, você tem peitos imensos! Eu não tinha ideia. Qual o seu tamanho de sutiã?

Ela mostra o sutiã no espelho.

— Eu sou C.

— Você precisa usar blusas mais apertadas — digo para ela enquanto mergulho no vestido vermelho. Lindo! Isso! Adorei! Por que usaria meu velho vestido de baile no Sim quando posso usar este? E se a fúria de bruxa de Miri contra meu armário o tiver estragado? Preciso de alguma coisa nova para ficar bem sexy. Vermelho é sexy.

Mas, eu quero parecer tão sexy? Por que eu quero parecer tão sexy?

Miri tira o das tulipas do cabide.

— Esse parece muito divertido — diz Wendaline para ela.

— Vocês estão cegas? — pergunto. — Sinceramente, vocês estão proibidas de experimentar esse modelo. — Eu o tiro da mão dela e o jogo para fora da cabine pela porta. — Ele não diz *bonita*. Diz *fiasco*! Se fosse uma sombra de olhos esse seria o nome: Fiasco! Tente este aqui. — Dou a ela um vestido de seda verde bem simples. — Este é lindo e simples.

Ela o veste, eu fecho o zíper e ambas olhamos para o espelho.

Miri sorri para o próprio reflexo.

— Nada mal — diz ela.

— Nada mal? — respondo, discordando. — Por favor. Está lindo. Se *esse* fosse uma sombra de olhos, poderia se chamar...

Wendaline pisca os olhos.

— Simplesmente estarrecedor.

Exato.

Meu plano estratégico é destruído no domingo à noite. Mamãe dá um ataque diante dos recibos da Blomie's e me faz prometer devolver o vestido e as calças jeans pretas.

— Eu disse duzentos dólares no total! — esbraveja ela.

— Por que Miri vai ficar com as coisas dela e eu tenho que devolver as minhas?

— Porque você já tem um vestido que pode usar. E gastou cem dólares em roupas de volta às aulas duas semanas atrás.

Ah! OK! Vestido do baile, então. Talvez com algumas modificações mágicas.

Na segunda-feira, Wendaline veste os jeans e a blusa novos para ir à escola... e Cassandra a ignora. Isso! Não tenho certeza se é porque Cassandra não a reconhece ou se apenas descobriu uma nova vítima para suas grosserias, mas nem ligo. Estou satisfeita por ter evitado outra situação difícil para Wendaline.

Tammy parece um pouco distraída.

— Como foi seu fim de semana? — pergunto durante a aula de francês. — Bosh não estava na cidade?

— Estava — responde ela. — Foi bom. — Ela suspira.

— O que houve, então?

— Podemos almoçar hoje, somente nós? Foi um fim de semana um pouco estranho e eu preciso conversar.

— Certo — respondo. — Podemos ir para a rua, no Cosi's?

Ela concorda, aliviada.

No almoço, ela vai direto ao assunto.

Festas e Poções ✳ 195

— E gosto muito dele. E sei que ele gosta muito de mim. Mas faz apenas algumas semanas que viajou e já está tão difícil.

— Como assim?

— Bem, para começar, minhas mães não me deixam visitá-lo. Elas dizem que eu sou muito nova para passar a noite lá, o que eu entendo.

Assinto.

— Então, só o vejo quando ele vem para a cidade. E não dá para ele vir muito. Ele não quer faltar às atividades da faculdade e eu também não quero que ele faça isso! Mas não sei o que fazer. Namorar a distância é muito difícil! E estamos em momentos tão diferentes agora. Ele tem todos os amigos da faculdade, as brincadeiras da faculdade, tudo da faculdade... e eu ainda aqui. E a diferença de idade é grande... sei lá, imagino se não deveríamos terminar.

Eu engasgo.

— Vocês não podem terminar! Vocês são o melhor casal do mundo.

Ela dá uma pequena mordida no sanduíche de peru.

— Mas não temos mais nada em comum. Nada. Vivemos em mundos diferentes. — Ela suspira de novo. — Não sei o que fazer.

— Você não pode esperar mais tempo? — pergunto. — Talvez até o dia de Ação de Graças ou algo assim?

Ela ri.

— Sabia que na faculdade o primeiro dia de aula depois do feriado de Ação de Graças é chamado de Segunda-feira Negra? É quando todos os calouros voltam para a faculdade depois de terem terminado com as namoradinhas do colégio.

196 ✳ Sarah Mlynowski

— Cruzes! — exclamo.

— É.

— Mas aposto que alguns relacionamentos funcionam. Não é todo mundo que termina com os namorados do colégio. Algumas pessoas devem acabar se casando.

Como Raf e eu. Nós vamos nos casar mesmo. Talvez. O que é uma pequena distância num relacionamento? Raf e eu não compartilhamos cada detalhe de nossas vidas. E estamos bem. Nós estamos ótimos.

— Só um em um milhão dos casais — diz Tammy. — Mas talvez você tenha razão. Eu posso esperar mais algumas semanas. Pelo menos um mês.

— Um mês parece razoável.

— Obrigada, Rachel — diz ela. — Você é ótima.

— Eu sei — digo, sorrindo. Sou uma boa amiga, a escola vai indo bem, eu vou para Paris... a vida é boa.

Na quarta-feira, Wendaline estraga tudo.

Tammy e eu estamos indo para a aula de química, que fica próxima aos armários dos veteranos. Wendaline está indo para a aula de biologia. Ela acena para nós. Acenamos para ela. Nós três vemos Cassandra em sua roupa toda preta (jeans pretos novos, última moda, como aqueles que fui obrigada a devolver, tênis preto, suéter preto, faixa de cabeça preta). Escoltada pelo grupinho, ela fecha o armário e então põe um chiclete na boca. E joga o papel no chão.

É quando Wendaline age. Ao passar pelo armário de Cassandra, ela pega o papel descartado, oferece para a líder popular e diz:

— Você deixou cair isto.

Festas e Poções ✳ 197

Nãoooooooooooooooooo!

É óbvio que Wendaline é masoquista.

Cassandra olha para Wendaline como se ela tivesse três cabeças, quatro olhos e um rabo. Ou como se ela estivesse usando uma capa e sentada numa vassoura.

Estou assustada demais para me mexer. É como se eu estivesse pausada.

— Ah, obrigada, *Wendaline* — diz Cassandra, falsamente, enfatizando o nome para fazê-lo soar ridículo. Ela arranca o papel da mão de Wendaline.

— De nada — responde ela, rindo conscientemente, e continua a andar.

Cassandra, suavemente, diz para Wendaline após uma passada.

— Seu cabelo é tão comprido — diz ela, acariciando a cabeça de Wendaline como se fosse uma criança. — Parece que nunca o cortou. Tão fora do comum.

As amigas dela sorriem e a panelinha passa pelo corredor como um cardume de tubarões.

Wendaline atravessa o corredor na nossa direção.

— Viram? Ela não parece tão má.

É quando eu vejo... um pedaço de chiclete mastigado no cabelo dela.

Tammy e eu engasgamos.

Wendaline pergunta:

— O que foi agora?

Outra situação desagradável, cortesia de Wendaline.

Como se diz *festa* em francês?

Bonjour! Vive la France!
— Nós estamos aqui! Nós estamos aqui!
Paris. A terra do romance. Da moda. Do queijo.

São 22 horas em Paris, seis horas a mais e mais escuro que em casa. E cheira diferente também. Cheira melhor. A perfume. Nova York cheira a rolinhos primavera e amaciantes de lençóis.

Imagine se, em vez de lavanda ou flores de jardim, a gente pudesse comprar perfumes com os cheiros de Paris e Nova York. Talvez eu devesse me tornar perfumista.

— Olhe como é grande! — exclama Miri, olhando a torre Eiffel. Ela desliza das minhas costas. — Você está com ambos os pés dos sapatos, desta vez?

Eu enfio as baterias na bolsinha prateada (também conhecida como minha mochila escolar magicamente alterada).
— Sim! E você?

200 ✳ Sarah Mlynowski

— Sim! Vamos! — Ela cambaleia nos sapatos da mamãe, desacostumada a andar de saltos altos.

— Eu acho que aquela ali é uma leão de chácara — cochicho, referindo-me a uma mulher de capa preta em frente à porta. — Estamos na lista de convidados, certo?

Miri assente.

— Espero que sim. Soube que eles encantam o lugar todo para que nuxas e neiticeiros não possam nem ver a festa. Não é legal?

— Mas e se alguns turistas tentarem entrar?

— A leão de chácara dirá que está fechado para uma festa particular.

— Mas e a pessoa que administra a torre Eiffel? Alguém tem que saber o que está acontecendo!

Miri dá de ombros.

— Talvez pausem ele, ou algo assim.

— *Votre nom*? — pergunta a leão de chácara.

— Miri Weinstein — responde minha irmã.

A leão de chácara examina a lista.

— Ah, aqui está você. — Ela se volta para mim. — E você é Rachel?

— Ah, *oui*. — Leões de chácara mágicos são os melhores que já vi. Não que eu já tenha estado em algum lugar com um leão de chácara não mágico antes. Seja como for, ela parece muito eficiente.

— Deem-me suas mãos — rosna ela.

Hã?

— Você precisa de ajuda? Precisa de ajuda com alguma coisa? — Talvez ela não seja tão boa como eu pensei.

Festas e Poções ✳ 201

— Suas mãos. — Ela pega minha mão e carimba as costas com um holograma da torre Eiffel. Depois faz o mesmo com a de Miri.

— Toquem! — instrui ela.

Miri e eu trocamos um olhar, damos de ombros e então, simultaneamente, tocamos nossos carimbos. *Vrooom!* Somos transportadas para um restaurante no topo da torre. Depois de aterrissar, eu tento me agarrar em alguma coisa para firmar o corpo trêmulo, e, acidentalmente, puxo a ponta da toalha de mesa preta. Ô-Ô! Observo os copos de cima da toalha de mesa caírem todos em câmera lenta. Fecho os olhos com força e espero pelo som de vidro quebrando.

Em vez disso, ouço:

— Você sabe mesmo como fazer uma entrada marcante, hein?

Abro os olhos e dou com Wendaline remexendo os dedos. Os copos, magicamente, ficam em pé.

— Obrigada — digo, agradecida.

Ela sorri.

— Tudo bem.

Pelo menos não acabamos com o jantar de ninguém. Ninguém está sentado à mesa. Todos os convidados (acho que há pelo menos cem) estão dançando ao som de uma banda.

— Você está ótima! — digo para ela. E está. Usa um vestido preto com contas de pérolas pretas faiscantes. — Seu cabelo está perfeito! — Está curtinho. Depois do trauma do chiclete, ligamos para o salão de Este e imploramos a ela para encaixar Wendaline na mesma tarde. Ela com certeza não parece mais a Rapunzel. Está mais para Branca de Neve.

202 ✳ Sarah Mlynowski

Além do mais, eu a convenci a se livrar do esmalte preto e usar um rosa bebê.

Estamos bem ao lado da pista de dança lotada. Todos usam roupas de festa. Os adultos estão de terno escuro ou vestidos longos. Os jovens também parecem todos bem vestidos. As garotas usam vestidos de comprimento mídi e os garotos, ternos.

— Onde colocamos o presente? — pergunta Miri.

Wendaline nos conduz a uma pilha de presentes perto do bar. Pensamos muito sobre o que dar. O que se compra para alguém que pode zapear qualquer coisa? Wendaline nos disse que é tradicional levar frascos de especiarias raras para um Sim. Talvez seja para o garoto criar novos feitiços? Não sabíamos o quanto se gasta normalmente, então fomos a uma loja de especiarias exóticas mais chique chamada Penzeys e compramos uma caixa de presente com oito frascos de ingredientes para poção. Botamos junto um cartão agradecendo por ter nos convidado. Espero que ele não leia o "De Rachel e Miri Weinstein" e se vire para a família perguntando "Quem?" ou "*Qui?*"

— Minha mãe está me chamando — diz Wendaline com um suspiro. — Ela quer me apresentar aos amigos dela de Charmori. Volto logo.

— Eu estou bem? — pergunta Miri, tímida, quando ficamos a sós.

— Ainda sensacional — digo pela quinta vez. O vestido verde está lindo. E ela fez um bom trabalho com a sombra no olho. Usamos apenas meio vidro de demaquilante.

Eu também estou bonita, modéstia à parte. Miri insistiu para que eu mudasse a cor do vestido de verde para prata, porque o vestido dela é verde e ela não queria que parecêssemos gêmeas. Eu, é claro, queria que parecêssemos gêmeas (divertido!), mas ela foi radicalmente contra. Tentei transformar meu vestido no roxo heliotrópio, mas a cor em que pensei me fez ficar igual a uma uva. Espero que os cosmetólogos do Samsorta saibam o que estão fazendo.

Também passei chapinha no cabelo e está superglamouroso.

— Espero que Praw tenha vindo — diz Miri.

Depois de todo esse esforço, é melhor que ele esteja aqui.

— Ele não disse a você que vinha?

— Disse, mas e se não vier? E me arrumei toda e ele nem aparece! — Ela fica pálida. — Estou vendo ele! Está aqui, sim! Está dançando! Não olhe!

Eu olho.

Realmente, Praw está na pista de dança, balançando-se, mais bonito e sardento que nunca, vestindo um terno cinza-escuro.

— Eu disse para você não olhar! — grita Miri. Ela mordisca os dedos. — E se eu ficar congelada de novo?

— Calma — digo, com minha voz mais tranquila. Tiro os dedos de Miri da boca. Eu devia ter marcado para ela uma manicure depois da aula de maquiagem.

— Por que você está tão nervosa? Trocou mensagens pelo Mywitchbook com ele a semana toda. Vão ter muito o que conversar.

— Mywitchbook não é a mesma coisa que conversar cara a cara. Me ajuda! O que eu faço?

— Contato visual! Sorria. E relaxe — instruo.

Justamente naquele instante, Praw nos vê, sorri e vem até nós.

— Vocês vieram!

— É — diz Miri, olhando para o chão. — Oi.

— Olá, Praw — digo, e cutuco Miri. — Contato visual — cochicho.

Ela olha para cima.

— Vocês estão bonitas — diz ele, mas seus olhos fixam somente em Miri.

Oooh.

— Você também está muito bem — comento.

Ele fica vermelho.

— Como foi o teste de francês? — pergunta ele para Miri.

— Não fui mal — responde ela. — E o seu de espanhol?

— Não tão mal.

Silêncio.

Mais silêncio. O-oh. Miri me lança um olhar desesperado.

— Você já tinha estado em Paris? — pergunto a ele.

— Já — responde ele. — Estive aqui no domingo passado para um *brunch* com meus pais. Quero dizer, minha mãe e meu padrasto. Meus pais são divorciados. Eu já contei isso? — Ele fica vermelho.

Ele está balbuciando! Conversar com Miri faz ele ficar nervoso! Que lindo! Dou um apertão no braço de Miri.

— Ah — exclama Miri, roendo os dedos. — Legal. Não, quero dizer, nada legal que seus pais sejam divorciados. Legal porque... — Ela hesita e olha, desolada, de volta para o chão.

Porque os meus também são? Ela está se esforçando de verdade. Devo causar uma distração? Puxar outra toalha de mesa?

— Praw — diz Miri, decidida —, vamos dançar.

AimeuDeus! Miri! Por essa eu não esperava! Mas... parabéns! Agora ela não vai mesmo ter que conversar. Mas vai ter de chegar à pista de dança. Miri se equilibra nos saltos e acho que ela vai cair de cara, mas Praw pega sua mão e a ampara. Oooh!

Procuro no salão por alguém para conversar. Adam, onde está você? A pista de dança está cheia demais para eu conseguir distinguir as pessoas. Humm. Bem que eu podia ficar aqui sozinha como uma vassoura ou... Sair para aproveitar a vista. Tão bonita! As luzes da cidade piscam.

— Você não quer dançar? — Ouço uma voz atrás de mim.

Sorrio ao ver Adam. Ele está lindo de terno.

— Aqui está você.

— Procurando por mim, é?

Eu coro. Não quero que ele me entenda mal!

— Eu... bem...

— Só estou implicando — diz ele. — Você fica bem quando se arruma.

— Ora, obrigada. Você também.

Ele aponta para o salão.

— Quer dançar?

Será que Raf vai se importar se eu dançar com Adam? Como amigo, é claro.

— Eu gostaria — digo eu —, mas sou a pior dançarina do mundo.

206 ✳ Sarah Mlynowski

— Eu não ganharia um *Dancing with the stars* — brinca ele.

— Tem um feitiço de dança, sabe?

— Ainda não experimentei. Você já?

— Ah, já — respondo. — Mas você não quer ouvir essa história.

— Tenho certeza que quero — diz ele, apertando os olhos.

— Está bem, você pediu. — Ponho as mãos nos quadris.

— Meu colégio fez um desfile de moda e eu queria muito, muito, participar. — Dou um sorriso. — Não acredito que estou contando essa história ridícula. — Nunca tive alguém para contá-la. Ou, na verdade, nunca tive alguém para quem *pudesse* contar.

— Deixa eu adivinhar — diz ele. — Você foi a estrela do show.

— Nem tanto — digo, rindo de novo. — Sabe o que é, minha mãe reverteu o feitiço um minuto antes do desfile.

— Não!

— Sim! Foi um desastre. Decapitei a torre Eiffel do cenário.

Ele pressiona o indicador contra os meus lábios.

— Shh, não grite isso aqui. Podem expulsar você.

Um cara está me tocando. Tocando meus lábios. Um cara que não é Raf está tocando meus lábios.

Dou um passo para trás e me apoio no parapeito atrás de mim. Acho que Raf não ia querer que outro garoto tocasse meus lábios. Acho que não quero outro garoto tocando meus lábios.

— É melhor eu me segurar bem, então. — Dou outra risada, desta vez por estar pouco à vontade. — Mas e você? — pergunto, ansiosa para manter o assunto. — Já fez algum feitiço maluco?

Festas e Poções ✳ 207

Ele encosta no parapeito ao meu lado.

— Quando meus poderes apareceram, eu queria entrar no time de futebol americano.

— Quem não iria querer?

— Exatamente! Então descobri um feitiço para criar músculos nos braços e fiz o teste para quarterback.

— Funcionou?

— Atirei a bola a quase um quilômetro. — Ele faz o movimento de atirar a bola em câmera lenta, o que inclui expressões faciais engraçadas. — Acharam que eu era biônico.

— Então, você entrou para o time — digo, rindo.

— Foi. E já comecei como quarterback.

— Parabéns!

— Não tanto. Eu tinha força, mas nada de pontaria. Meu primeiro arremesso, acidentalmente, atingiu o treinador. Quebrou o nariz dele. — Ele faz o movimento em câmera lenta do treinador levando as mãos ao rosto.

Eu estremeço e então dou uma risada. Adam *entende* o que acontece comigo. Meu sofrimento. Ele *me* entende.

A banda faz um intervalo e uma multidão de pessoas sai para tomar ar.

Karin, Viv, Michael e as trigêmeas juntam-se a nós, Wendaline e suas amigas da Escola de Encantamentos: Imogen (que é inglesa) e Ann (que é escocesa) também se aproximam e, mais uma vez, somos um grupo.

— Olá, já experimentou o feitiço de deslocamento? — pergunta Karin.

— Não — digo. — Devia?

— É o melhor — diz a trigêmea de grife.

208 ✳ Sarah Mlynowski

O resto do grupo murmura concordando.

— É o feitiço que vocês usaram para ir ao Havaí, não é? — pergunto.

— Isso mesmo — responde Michael. — É feito com açúcar mascavo, talco de bebê e mais algumas outras coisas.

— Você quer que eu anote o feitiço para você? — pergunta Karin.

— Quero — digo. — Obrigada.

Ela zapeia um papel e uma caneta e, magicamente, encanta a última para escrever o feitiço.

— Temos um pouco da mistura sobrando — diz a trigêmea comportadinha. — Posso dar um pouco se vocês quiserem experimentar para ir para casa esta noite.

— Obrigada! — Meu novos amigos bruxos não são demais? Tão demais! — Foi um de vocês que inventou? Vocês trocam feitiços? — Será que se reúnem e os compartilham, como receitas?

— Esse apareceu no livro de feitiços na semana passada — diz Adam.

— Os feitiços aparecem no livro?

— Bem, vive acontecendo — diz Viv.

— Você nunca notou? — pergunta Karin.

— Ah, sim, com certeza — digo, mordendo o lábio. Não.

— Você nunca percebeu — diz Adam, me provocando.

— É por isso que a numeração das páginas vive bagunçada. As pessoas acrescentam feitiços. É assim que continuam em dia com as novidades.

— É como a Wikipédia — explica Michael.

Festas e Poções ✳ 209

— Eu já pus alguns feitiços lá — diz Viv. Ela está usando um vestido preto muito legal estilo anos 1920. — Eu criei o feitiço de limpar a pele no ano passado.

— Sério? Eu usei esse feitiço! — cumprimento-a, batendo com a mão espalmada na dela. — Como se acrescenta feitiços? Não sabia que podia fazer isso.

— Bem, você sabe aquela última página em branco? É só escrever o feitiço nela. Se funcionar, o livro a absorve.

— Legal! — Será que vão aceitar meu feitiço de tampão de ralo? Não, provavelmente não é o melhor que já inventei. Mas o feitiço de mudar a cor das roupas merece totalmente um lugar no cânone.

Na hora da sobremesa, encho o prato com biscoitos fresquinhos, deliciosos docinhos franceses e frutas. Hum. Agora, onde sentar? Onde está Miri? Eu a localizo na pista de dança, ainda com Praw. Aqueles dois não deram uma parada até agora. Como os pés dela aguentam? Os meus estão todos cheios de bolhas e ainda nem dancei. Olho para os pés dela e percebo que Miri está descalça. Arrá! Garota esperta.

— Rachel, venha sentar aqui. — Adam puxa uma cadeira ao lado dele.

Não é uma graça de garoto? Eu me sento e chuto longe *meus* sapatos. Coloco o prato entre nós.

— Pode cair dentro.

— Está se divertindo? — pergunta ele, servindo-se de um biscoito.

— E como! — digo. — Sims são fantásticos e muito malucos.

Ele se encosta na cadeira.

210 ✳ Sarah Mlynowski

— Você tem que vir no meu, hein?

Oba! Um convite!

— Eu ficaria feliz. Há quanto tempo tem seu poderes mesmo?

— Desde setembro — responde ele, pegando outro biscoito. — Os seus apareceram no verão, não é mesmo?

— Foi. Mas ouça isso. — Gesticulo para ele se aproximar. — Minha irmã sortuda recebeu os poderes quatro meses antes de mim.

— Ai! — exclama ele. Está com hálito de chocolate.

— Você tem irmãos?

— Dois irmãos mais novos. Mas ao menos fui o primeiro a ter poderes. Como meus pais são bruxos, passei praticamente a vida inteira esperando por isso.

— Pelo menos você sabia pelo que esperar. Minha mãe nunca nos contou que éramos bruxas. Ela era uma bruxa não praticante! Eu não sabia nada sobre — gesticulo com os braços para o salão — isso!

— Sério?

— Sério — respondo.

Ele chega a cadeira para perto de mim.

— Então você cresceu como uma nuxa?

— Foi. — Estamos a apenas poucos centímetros um do outro e o joelho dele roça no meu embaixo da mesa. Ele está fazendo de propósito? Não. Tenho certeza que não. Mesmo assim, eu me afasto. — Ei. No colégio não sabem que você é um bruxo, sabem?

— Nem pensar — diz ele. — Mantenho minhas vidas separadas. Vida mágica, vida comum. Amigos bruxos, amigos do colégio.

Festas e Poções ✳ 211

— Todos fazem isso? Porque, se dependesse de Wendaline, ela teria contado ao colégio inteiro sobre nós.

Ele ri.

— Acho que isso depende da família. E de onde você mora. A cidade de Nova York é bastante liberal.

— Prefiro manter minha bruxaria em segredo. Alguma dica? Sou novata.

— Ajuda dizer a seus amigos que você tem uma casa de veraneio. Isso explica por que você nunca está na cidade nos fins de semana.

— Muito bom — digo. — Mas não tenho certeza se meu pai acreditaria que comprei uma casa de veraneio.

— Seu pai não sabe? Complicado. — Nossos olhos se encontram. Ele toca meu ombro.

Eu fico paralisada.

Pode chamar de intuição de bruxa, mas agora seria a hora ideal para contar a ele que tenho um namorado. Não precisa ser dramático. Posso citar casualmente na conversa.

Como: "Meu pai não sabe. E nem meu namorado."

Ou "Com licença por um segundo? Tenho que ligar para meu namorado".

Ou talvez "Já contei que tenho um namorado?".

Agora.

OK, agora.

Agora.

A mão dele ainda está no meu ombro. Eu tenho que tirá-la.

Como posso fazer isso sem falar que tenho um namorado?

Olho para o relógio. São quase 18 horas em Nova York.

212 ✳ Sarah Mlynowski

— Nossa, está tarde! — deixo escapar. — Tenho que ir!
A mão dele cai no colo.

Eu empurro a cadeira para trás, calço os sapatos (ai!), fico
de pé e pego minha bolsinha da mesa.

— Tenho que voltar para a casa do meu pai. Você viu a
Miri?

A banda começa a tocar uma música lenta.

Ele coloca a mão de volta no meu ombro.

— Uma dança antes de você ir.

— Mas... — Eu tenho um namorado! Eu devia ir embora.
Neste segundo.

Só que, se eu sair agora, Miri não vai poder dançar agar-
radinha com o Praw.

Antes que eu perceba o que está acontecendo, minha mão
direita está na dele, meu braço está ao redor do pescoço dele e
nós estamos dançando. Eu estou dançando com alguém que
não é Raf. Estou dançando uma música *lenta* com alguém
que não é Raf.

E me sinto bem. À vontade. Segura.

É apenas uma dança.

A mão dele é quente. Ele se aproxima um pouco mais.
Seu cheiro é bom. Almíscar e campestre. E os músculos dos
braços parecem...

Aiii! Não! O que há comigo? Fecho os olhos e visualizo
Raf.

Meu namorado Raf. Ele pode não ser um bruxo, mas é doce,
inteligente, criativo e faz meu coração derreter. Quando a
música termina, eu recuo imediatamente.

Outra música lenta começa e ele murmura:

Festas e Poções ✳ 213

— Mais uma?

— Não posso — balbucio. — Preciso mesmo ir. Boa noite! — Sorrisinho, sorrisinho. — Obrigada pela dança! — Vou direto para Miri e Praw. — Com licença! Lamento interromper. Temos que ir!

Miri e Praw levam um susto e se soltam do abraço. Ambos têm aquela expressão abobalhada nos rostos.

— Já? — Ela olha o relógio. — Está tarde!

Praw, relutantemente, a deixa ir.

— Você vai estar em Lozacea amanhã, não vai?

— Vou. — Eles estão olhando como se tivessem ligado a TV e descoberto um novo programa favorito.

— Tchau — murmura ela.

— Tchau, Miri — diz ele suavemente.

— Podíamos fazer o transporte no terraço — digo. — Não há razão para irmos até lá embaixo.

Atravessamos a multidão dançando. Eles são tão sortudos por não precisarem ir para casa! Por não terem que mentir para ninguém.

Os lábios de Miri estão cerrados, formando uma linha estreita e comprida.

— O que foi?

— Você ficou com raiva de mim quando fiquei por perto enquanto você dava boa-noite para Raf. Achei que entenderia que eu queria dar boa-noite direito para Corey.

— Quem é Corey?

— Praw! Ele tem um primeiro nome, sabia?

— Oh! — AimeuDeus! Ela queria beijar o cara. — Desculpe, Mir — digo, sorrindo.

214 ❋ Sarah Mlynowski

Ela está com uma expressão preocupada no rosto.

— Você acha que ele gosta de mim?

— Miri! Vocês dançaram a noite inteira. Ele não conversou com ninguém a não ser com você. Ele gosta de você. Podemos conversar sobre isso mais tarde? Temos que fingir que vamos chegar no trem. Papai espera que cheguemos às 18h20.

Eu pego a mistura de transporte e as anotações de Karin na bolsa.

— Olhe o que consegui. É chamado de feitiço de deslocamento.

— É aquele que vimos eles usarem na semana passada?

— Isso mesmo. Pronta?

— Tchau, Paris! Tchau, cidade do amor!

Quem é esta turista apaixonada e onde ela escondeu minha irmã rabugenta?

Eu lanço a mistura para o ar e entoo:

Pelo espaço circulamos.
Port Washington, estação de trem de Long Island
Aí vamos!

Sinto o fluxo familiar de frio e então *vush*! Somos sugadas para o ar e a seguir estamos no banheiro da estação de trem.

— Eca — digo. Um pedaço de papel higiênico está preso no meu salto.

— Podia ter sido pior — diz Miri. — Podia ter sido no banheiro dos homens.

— Mir, ainda tem um pouco de mistura no seu cabelo.

Festas e Poções ✳ 215

Tiro as partículas que parecem caspa. Nota mental: não usar esse feitiço se estiver vestindo preto.

— Tem algo em mim?

Depois de catar tudo, damos uma checada no visual no espelho do banheiro e estamos prontas.

Os olhos dela se arregalam.

— Rachel!

— Miri!

— Por que estamos nesses vestidos?

Será que o feitiço apagou a memória dela?

— Porque fomos ao Sim?

Ela puxa meu braço.

— Quero dizer, o que vamos falar para papai? A menos que você queira contar a verdade.

Meu coração acelera.

— Agora? Não! De jeito nenhum. Deixa eu pensar.

— Nós devíamos contar para ele! Ele vai adorar! Confie em mim, sei que vai. — Seus olhos estão brilhando de tanta esperança e tanto amor que me faz ficar nervosa. Miri sempre conservou papai numa espécie de pedestal. Nada é culpa dele; é sempre de Jennifer. Mas se contarmos e ele não reagir do jeito que Miri pensa? O que vai acontecer com Miri?

— Miri — digo, com cuidado —, nós não podemos contar para ele agora. É loucura. Seria muito impulsivo. Precisamos pensar nisso direito.

Ela suspira.

— Então diremos a ele que fomos a uma festa.

— E nós, elegantes deste jeito, fomos para uma festa que termina às 18 horas? Não tem lógica. Vamos usar o feitiço

216 ✳ Sarah Mlynowski

da transformação para zapear estas roupas em alguma coisa mais casual.

Ela acaricia a roupa nova.

— Nem pensar! Não vou zapear este vestido!

Ah, que ótimo! Fazer uma dança das cadeiras mágica no meu armário, tudo bem, mas o vestido é precioso demais para isso.

— Então vamos para casa e mudamos de roupa.

— Com mágica?

— Não, de trem. É claro que com mágica! E então voltamos direto. — Checo a hora no celular. — Temos sete minutos. É melhor correr.

Eu lanço a mistura para o ar e entoo:

> *Pelo espaço viajamos.*
> *Para o nosso apartamento em Nova York*
> *Aí vamos!*

Vruum! Sinto como se estivesse numa corrida de carros com esse feitiço.

— Essa droga me faz ficar tonta — diz Miri, quando seus pés tocam o chão do nosso banheiro.

— Ajuda se você fechar os olhos — digo, abrindo os meus. — Mas por que você acha que a gente só aparece em banheiros?

— Talvez porque seja reservado? Ninguém nos vê assim? Como as cabines de telefone do Super-Homem?

— Ah! Mas e se alguém estiver usando o banheiro? O Lex, por exemplo?

Que nojo!

— Ei, é sexta-feira à noite. E se ele estiver aqui agora? E se eles... — Ela ergue as sobrancelhas.

Nojo ao quadrado.

— Não temos tempo para vomitar. Temos que nos trocar. Mãe! — grito. — Você está em casa? Nós estamos aqui!

Nenhuma resposta. É melhor isso querer dizer que eles estão fora e não fazendo aquelas outras coisas.

Escancaro a porta. Todas as luzes estão apagadas e a porta do quarto da minha mãe está aberta.

— Tudo limpo.

Miri se vira de costas.

— Abre o meu zíper!

Tiro a roupa, ela tira a dela e então corremos para nossos quartos, botamos jeans e camisetas e nos encontramos no corredor.

— Pronta? — pergunto, e tomo fôlego.

— Pronta.

Lanço a mistura de novo.

Pelo espaço viajamos.
Port Washington, estação de trem de Long Island
Aí...

— Espere! — grita Miri.

— O quê?

— Tente especificar um lugar que não seja um banheiro!

— Mas eu não me importo de ir parar no banheiro. Não queremos surgir num lugar público ou em cima do trilho de trem e sermos esmagadas.

218 ✳ Sarah Mlynowski

— Como uvas — diz ela, rindo.

— Como o quê? — pergunto.

— É uma referência a *Karate Kid*. Corey entenderia.

Começar a revirar os olhos. Tento novamente.

> *Pelo espaço viajamos.*
> *Port Washington, estação de trem de Long Island*
> *Aí vamos!*

Com um solavanco, voltamos para o banheiro na estação. A porta range quando abro e uma mulher põe batom em frente ao espelho.

— Olá — digo, naturalmente.

Ela nos ignora.

Eu me apresso, deixo a porta do banheiro aberta, corro para a plataforma acima e me escondo atrás de uma pilastra enquanto esperamos o trem chegar. Verifico o celular.

— Com um minuto de sobra! Parabéns para nós. Somos mestres!

— Somos muito boas mesmo — concorda ela. — Então — diz ela —, o que há com você e Adam?

Meu coração se acelera, mas tento ignorá-lo.

— Nada. Por que pergunta?

— Vi você dançando com ele. Uma música *lenta*.

— Era só uma dança — digo, prestando muita atenção nos trilhos.

— Ele sabe que você tem namorado? — insiste Miri.

Eu dou de ombros.

— Não surgiu o assunto.

Festas e Poções ✳ 219

Eu sinto os olhos dela em mim.

— Não surgiu ou você não mencionou para ele?

O trem para, e então não tenho que responder.

Os passageiros enfileiram-se e nós nos juntamos a eles para descer as escadas até o estacionamento. Avistamos papai, Jennifer e Prissy, esperando perto do carro. Esse plano poderia ter dado mais certo? Talvez nunca mais precisemos pegar esse trem. Para quê? Podemos sempre fingir ter viajado nele.

Acenamos e nos apressamos.

— Olá, garotas — diz ele.

— Olá, papai! — respondemos alegremente.

Jennifer nos olha e então à nossa volta.

— Onde estão suas malas?

Miri e eu olhamos para nossas mãos vazias e então uma para outra. Epaa!

Estávamos tão ocupadas nos arrumando para a festa que nos esquecemos de fazer as malas. Bem, temos escovas de dentes e pijamas na casa do papai, mas nunca roupas *boas*. (Por que precisaríamos de roupas boas em Long Island? Se gostássemos delas, íamos querer usá-las no colégio.)

— Vocês esqueceram suas malas no trem? — pergunta papai, se preparando para correr.

— Não — digo. — Esquecemos elas em casa.

Tanto Jennifer quanto meu pai nos olham como se fôssemos totais idiotas.

— Os trabalhos de casa também? — pergunta papai.

— Também — respondo.

Papai balança a cabeça.

— Isso foi idiota.

220 ✳ Sarah Mlynowski

— É, foi — admitimos.

— Vocês podem pegar emprestado qualquer coisa de que precisarem — oferece Jennifer.

— De mim também! — fala Prissy, contente. — Peçam a mim! Para mim! Tenho um vestido de princesa, é rosa e vai ficar lindo em vocês.

Maravilhoso. Miri e eu dividiremos um vestido de princesa para as aulas do Samsorta. Muito sexy.

Não que eu queira ficar sexy.

Não quero.

Papai destrava as portas com um clique.

— Vou dar a vocês algumas vitaminas novas. A B12 é boa para memória.

— Talvez devêssemos comprar roupas novas também — diz Jennifer. — Roupas que vocês possam deixar aqui.

Iupii! Jennifer é tão atenciosa. E nós podíamos esquecer nossas coisas com mais frequência.

— Sabem? — digo, ajeitando-me no assento de trás. — Bem que ando precisando de jeans pretos.

Beijo, beijo

Depois do jantar, Jennifer coloca Prissy na cama e nós todos vamos para a sala de estar.

— Então, quais são as novidades ? — pergunta Jennifer. — Contem tudo.

Miri me dá um sorriso esperançoso.

Ela está de brincadeira? Agora? Balanço a cabeça negativamente. Não podemos contar a eles nosso segredo num impulso. Precisamos pensar sobre isso. Fazer um plano. Avisar mamãe.

— Nada — apresso-me em dizer. — Nada importante. Na verdade, estamos muito ocupadas com o colégio.

Jennifer levanta uma sobrancelha perfeitamente delineada.

— Tão ocupadas que não trouxeram o trabalho de casa?

— Nós *esquecemos* nosso dever de casa — digo. O que não deixa de ser um problema. Eu deveria estudar a diferença entre *imparfait* e *passe composé* para uma prova de francês na segunda de manhã e terminar de ler *A revolução dos bichos*. Como vou fazer isso? Talvez devesse me zapear para a biblioteca ou de volta a Paris para arranjar um professor particular. E ainda nem pensei em como Miri e eu vamos sair de fininho durante três horas amanhã... Espere um segundo. Problema resolvido! Eu sou um gênio. — Pai, pode nos deixar na biblioteca amanhã por algumas horas? Aposto que eles têm alguns de nossos livros.

— Claro — diz meu pai. — Boa ideia. À tarde?

— Digamos das 16 às 19 horas? Depois das compras, é claro — acrescento.

Miri sorri.

Papai assente.

— A biblioteca é perto do restaurante onde vamos jantar. Pegaremos vocês quando estiverem prontas e depois iremos direto.

— Ótimo! — digo. Não vai ser necessário nenhum feitiço de soneca. Se bem que *fingir* que estou na biblioteca não vai exatamente me ajudar com as conjugações em francês nem com a leitura de *A revolução dos bichos*. Um problema de cada vez, eu imagino.

Depois de muita conversa fiada sobre trabalho de casa, o tempo e enjoo matinal (momentos divertidos), vamos dormir. A música ainda está ressoando nos meus ouvidos, mas fecho os olhos, pronta para dormir.

— Tenho uma pergunta para você — diz Miri.

— Se estou cansada? Estou, sim.

Ela ri.

Festas e Poções ✳ 223

— Não. Você pode me dizer como beijar?

Eu me sento. Que gracinha!

O rosto dela fica vermelho.

— Para ser sincera, ainda que eu tenha ficado enfurecida com você por não ter nos deixado sozinhos esta noite para nos despedirmos, até fiquei aliviada. Não sei o que fazer se ele me beijar. Como vou saber o que fazer com a língua?

— Miri, Miri, Miri. — Gracinha, gracinha, gracinha. — Na hora você vai saber.

— Você abre a boca logo? Ou espera?

— Não abra a boca logo. Se você ataca o garoto, perde pontos nos beijos.

— Que pontos? Tem contagem de pontos?

— Estou brincando. Não se preocupe. Vem naturalmente.

— E se, naturalmente, eu quiser abrir a boca logo?

— Mantenha a boca fechada. Mas separe os lábios um pouco. — Eu separo os dedos pouco mais de um centímetro. — Assim.

Ela assente, parecendo muito séria.

— E as línguas? É verdade que se tocam?

— Tocam, sim. De verdade.

— Acho que ficaria menos nervosa se pudesse praticar.

— Pratique no seu travesseiro. — Eu pego o meu. — Ah, Corey — digo, fingindo sensualidade, então enfio o rosto nele.

— Não beije meu namorado! — diz ela. — Você já tem dois!

Pego meu travesseiro/falso namorado e (gentilmente) bato nela com ele.

E, claro, depois de nossa pequena discussão, Miri cai direto no sono. Ela está sorrindo, também, e fazendo barulhinhos de beijo, então não é difícil imaginar com o que está sonhando.

Mas e eu? Volto a olhar para o teto. O quarto está muito quente. Minha cama é muito dura. Meu travesseiro é muito macio.

E eu me pergunto se beijar um garoto normal e beijar um feiticeiro seria diferente.

Depois do café, na manhã seguinte, vestimos as roupas de ontem e vamos às compras. Meu pai concorda que é ridículo não termos roupas na casa dele.

— Comprem o que precisarem para o inverno — diz ele. — Usando bom-senso, é claro

Meu pai adora falar "usando bom-senso". Não sei direito o que ele acha que eu e Miri poderíamos fazer. Será que a gente não tem bom-senso?

Não responda.

Jennifer nos leva para escolher algumas calcinhas, sutiãs e meias de reserva, e nos encontramos para procurar os jeans pretos e algumas blusas. O único problema é que as blusas que escolho são suéteres, que é perfeito para o inverno, mas nunca ideal para a aula de Samsorta, no Arizona.

Se bem que estava bastante frio na sala de aula. Deixa para lá. Talvez eu os vista em camadas.

— Miri! — grito do alto das escadas. — Vamos! Estamos atrasadas!

— Como podem estar atrasadas para ir à biblioteca? — pergunta meu pai, pegando as chaves no vestíbulo.

Ops!

— Tarde para *estudar*. Temos muito o que ler.

Poucos minutos depois, ela desce as escadas. As pálpebras cintilando. Percebo que ela mergulhou no estojo de maquiagem de Jennifer.

— Ficou toda bonita para o namorado? — provoco.

Ela me sopra um beijo.

— E você ficou toda bonita para o seu?

Não tem graça! Bem, talvez eu também tenha feito uma expedição ao estojo de maquiagem de Jennifer. Mas não é porque me importo com a aparência. Só queria experimentar outras cores. Nota mental: sombra marrom não é uma boa ideia. Prissy disse que eu parecia um guaxinim.

— Pego vocês às 19h15 — diz papai, parando o carro em frente à biblioteca. — Temos uma reserva para jantar às 19h30 no Al Dente.

— Obrigada! — respondemos.

Depois que ele vai embora, entramos, encontramos um canto deserto e usamos o resto do pó de feitiço de transporte, para nos zapear para o banheiro das meninas em Lozacea.

Diante do espelho, tiramos os restos do pó dos cabelos.

— Acho que prefiro o feitiço da bateria — digo para Miri. — Pelo menos não vaza em mim.

— Pronta? — pergunta ela. — Vamos encontrar os garotos.

Belisco-a na lateral do corpo.

— Não são garotos no plural. Vamos encontrar Corey.
— Certo, se é assim que você quer.

Mas, logo que saímos do banheiro, as luzes começam a bruxulear, então seguimos direto para a aula.

Kesselin Fizguin está desenhando um pentágono no quadro. E quando digo desenhando, quero dizer com giz. E não apontando o dedo para o quadro e agitando-o, que é o que eu sempre faria se fosse uma professora bruxa.

— Quem pode me dizer o que isto representa? — pergunta ela.

Metade das mais ou menos trinta garotas levanta o braço, incluindo minha irmã.

Ela aponta para Miri.

— Favorita da professora — murmuro eu.

— Os cinco pilares da bruxaria — diz minha irmã, me lançando um olhar irritado.

Fizguin aprova.

— Muito bem. E pode me dizer quais são os cinco pilares da bruxaria?

— Verdade, confiança, coragem, amor, carma — cita Miri.

Como ela sabe tudo isso?

— Em brixta, por favor — pede a professora.

Miri enrubesce.

— Eu não... não sei.

Acho que ela não sabe *tudo*.

Festas e Poções ✷ 227

A professora franze o cenho.

— Você ainda não tomou a poção Babel?

Miri balança a cabeça.

— Não. Já devia ter tomado?

— Pegue um pouco no Pocionário, durante o intervalo — diz Fizguin. E aponta para a trigêmea comportadinha. — Shari, quais são os cinco pilares da bruxaria?

— *Mouli, misui, mustrom, mantis, macaney*.

Os dentes da trigêmea comportadinha são muito brancos. Olho para as bocas das outras duas trigêmeas para ver se os dentes também são perolados. Nossa! Elas vão ao dentista juntas? Será que uma delas consegue ter uma cárie sozinha, ou as regras se aplicam ao grupo.

— Vamos começar com o primeiro — diz Fizguin. — *Mouli*. Verdade. Digam-me. Com quem uma bruxa deve ser verdadeira?

— A mãe e o pai? — diz alguém, e todos dão risadas. Todos, menos Miri e eu.

— Sim, uma bruxa deve ser verdadeira com seus pais. Mas quem é ainda mais importante que os pais?

O namorado?

Viv levanta a mão.

— Ela mesma.

— Exato. Você nunca deve mentir para si mesma. Prestem atenção agora que eu vou contar a história de Briana, uma de nossas mais importantes matriarcas ancestrais...

É sábado! Não quero prestar atenção! Eu quero ver TV e me desconcentrar.

— E *misui*? — pergunta Fizguin.

228 ✳ Sarah Mlynowski

Hum? Nenhuma ideia do que ela está falando. O bom é que Miri está tomando notas.

A trigêmea básica levanta a mão.

— Significa *confiança* — diz ela.

— Excelente. — Fizguin se vira para escrever alguma coisa no quadro, mas continua falando.

Ring! Ring!

O celular de alguém está tocando! Que constrangedor.

Ring! Ring!

Ai, droga. É o meu. Não está alto o suficiente para Fizguin ouvir, mas ela até escutaria, se parasse de falar um segundo. Enfio a mão na bolsa e remexo dentro dela tentando desligá-lo. Como faço ele parar de tocar? Tem um botão para deixar no mudo em algum lugar. Onde está? Na verdade, eu devia ter lido o manual de instruções... Olho para o identificador. Raf. *Raf!* Eu sei que não devia, mas o que mais posso fazer?

— Alô? — cochicho, afundando no assento.

— Olá! — diz ele, a voz sexy como sempre. — O que está fazendo?

— Hum... nada. Você?

— Por que está sussurrando?

Porque eu não devia estar no celular!

— Porque estou... — Onde poderia estar? Ah! — ... no dentista.

Miri ri. Dou uma cotovelada nela.

— Num sábado?

— É um dentista de fim de semana. É, hum... hobby.

— Você não tem permissão para conversar quando está no dentista? — provoca ele.

— Minha boca dói. Estou com cárie. Simplesmente brilhante. — Posso ligar mais tarde? — Fizguin vai se virar a qualquer segundo!

— OK! Vou ao parque, mas estou com o celular. Boa sorte.

— Obrigada — sussurro e desligo o telefone.

Por que não disse a ele que eu estava na biblioteca? Faria muito mais sentido. Eu estou na biblioteca lendo *A revolução dos bichos*, conjugação de verbos, confiança e verdade.

E, para ser sincera, estou tendo alguns problemas com essa última.

No intervalo, nos espalhamos pelo átrio.

Corey está sentado na ponta da janela, obviamente esperando por Miri.

— Lá está ele! — guincha minha irmã. — O que eu devo fazer?

— Rir!

— Por quê?

— Vai parecer que está se divertindo! — explico. — Garotos gostam de garotas que se divertem!

— Mas eu não tenho razão para rir.

— Finja que eu disse alguma coisa engraçada! Ha-ha-ha!

— Você é tão estranha — diz ela e dá uma risada.

— Isso mesmo! Muito bem!

— Não estou fingindo — diz ela. — Estou rindo de você.

Enquanto isso, Corey sorri para ela. Que gato! Ele está puxando um fio da camisa, tentando não parecer ansioso demais. Ele gosta dela! Gosta dela de verdade!

230 ❋ Sarah Mlynowski

Sorrimos para ele também e nos reunimos ali na ponta.

— Vocês chegaram bem em casa? — pergunta ele.

— Chegamos, sim. Sem problemas. — Olho ao redor da sala e avisto Adam do outro lado. Devo acenar? Não quero que pense que estou gostando dele. E não quero que pense que não gosto dele. Por que estou tão confusa? Mando para ele um meio aceno para cobrir todas as possibilidades.

Adam nos vê e se aproxima.

— Tudo bem?

— Tudo — digo, corando. — Você pode me mostrar onde fica o Pocionário? Precisamos de uma poção Babel.

— Claro — responde Adam, e seguimos os dois garotos pelo longo corredor amarelo. Numa parede roxa, ele bate quatro vezes e diz, *Gazolio*! A parede se transforma num balcão.

Um homem de rabo de cavalo com um avental de laboratório aparece lá dentro.

— Em que posso ajudá-los?

Adam faz um gesto para eu me aproximar.

— *Kesselin* Fizguin pediu que minha irmã e eu tomássemos a poção Babel? — O balcão cheira a uma mistura de loja de doces e sala de aula de química. A parede atrás dele tem prateleiras com pequenos frascos de vidro com líquidos multicoloridos.

— Tudo bem — diz ele, pegando uma caneta. — Apenas preciso que vocês duas assinem aqui.

Como não vejo nenhum caderno, pergunto:

— Mas onde devemos assinar?

— Ah, no ar está bom.

Festas e Poções ✳ 231

Miri e eu trocamos um olhar, mas fazemos o que nos foi pedido.

— Babel, certo?

— Isso — diz Miri. — Para a gente poder falar brixta.

— Entendi... — diz ele. — B, onde está a B?

— Depois de A e antes de C — diz Corey.

Ei, o namorado de Miri é um futuro comediante.

O homem — um pocionista? — tira um frasco da prateleira e imediatamente aparece outro no lugar. Ele tira esse também.

— Aqui está. Um para cada uma. Vai durar três meses.

Seguro o frasco contra a luz. É verde amarelado. Eu tiro a tampa e ergo meu frasco para Miri.

— Saúde.

— Saúde — diz ela.

Brindamos e então bebemos. Não é ruim. É doce e picante, como mel, limão e maçã verde. Minha língua começa a formigar.

Espero um instante.

— Leva dez minutos para fazer efeito — avisa o pocionista.

— Algum de vocês dois já tomou? — pergunto para os garotos.

Eles balançam as cabeças negativamente.

— Tive que aprender brixta da maneira chata e tradicional — diz Adam.

— Isso vai manchar meus dentes? — pergunto ao pocionista.

— Não deveria — diz ele.

232 ✳ Sarah Mlynowski

— Obrigada pela ajuda — respondo e então vou com o grupo para o átrio. — Vocês já notaram que o feitiço do transporte deixa um resíduo no cabelo? — pergunto a eles.

— Já — diz Adam. — E o feitiço da corrida? É pior ainda. Os dedos dos pés ficam grudados por uma semana.

Solto uma risada.

— Você tentou entrar para a equipe de corrida do colégio, hein?

Ele me dá uma piscadela.

— E o feitiço de cantar? — lembra Corey. — Faz os dentes coçarem.

— Para que você experimentou esse feitiço? — pergunta Miri.

Ele fica vermelho.

— Estou no coral da escola.

Uau, ele é tão nerd quanto ela.

— Eu devia tentar esse feitiço de virar cantor — digo. — Sempre quis ter voz bonita. A voz fica boa mesmo? Como a de uma estrela do rock?

— A-hã — murmura ele.

— Epa! Sabe o que devíamos fazer? — arrisco. — Pedir ao pocionista o feitiço de cantar e fazer teste para o *American Idol*!

Os três resmungam alguma coisa.

— Acho que não estão fazendo testes agora — diz Adam. — Mas podemos praticar num karaokê esta noite.

— Isso mesmo — diz Corey. — O melhor lugar para ir é Tóquio. Todas as músicas são em inglês.

Japão. Por que não?

Festas e Poções * 233

— Vocês podem ir? — pergunta Corey, ansioso.

Diga-me, quem vai para Tóquio para um karaokê? Além de jovens japoneses, é claro.

— Nós não podemos — digo, arrastando a voz. — Temos que jantar com nosso pai.

Miri fica desolada. E eu, desapontada por um lado... Tóquio! Que legal! Sushi com amigos bruxos! Mas por outro, fico aliviada. Se não formos, não terei que contar a Adam sobre Raf. Se não formos, não estarei fazendo nada de errado.

Corey fica arrasado também.

— Saco. Quem sabe numa outra vez.

— Talvez pudéssemos fazer alguma coisa esta semana — acrescento. Por que eu disse isso? Não devia ter dito.

As luzes começaram a bruxulear.

— Me avise pelo Mywitchbook! — grita Miri para Corey enquanto voltamos para a aula.

Talvez eu devesse entrar para o Mywitchbook. Talvez não devesse combinar de sair com garotos que não são meu namorado.

— Agora — diz Fizguin quando estamos todas reunidas —, vamos falar de *mustrom*. Quem pode me dizer o que é isso?

Espere um segundo! Eu sei o que ela acaba de dizer! Eu entendo!

— Coragem! — berro. Eeepa! Está em um lugar fechado, Rachel.

— Muito bom! — diz Fizguin. — Vejo que você tomou a Babel. Alguém pode me dizer o que nós, bruxas, temos que ter coragem para fazer?

234 ✳ Sarah Mlynowski

— Assumir nossa magia? — diz uma garota atrás.

— Sim!

— Seguir nossas convicções?

— Sim!

Miri rabisca o caderno e então passa para eu ler. *Contar ao pai que você é uma bruxa?*

Eu pego minha caneta e escrevo de volta: *Gut giken vy!* Que se traduz como *Pare de me encher.*

Mas soa mais musical em brixta.

Urla (em brixta significa que você não está falando sério)

Estamos a ponto de pedir os pratos no Al Dente quando Jennifer pergunta a meu pai se ele sabe o que *polpetti* quer dizer.

— Almôndegas — digo, olhando o menu.

— E *pesci*?

Miri toma um gole d'água.

— Peixe.

— Vocês estão estudando italiano este ano? — pergunta meu pai.

— Não — respondemos.

Miri me dá um pontapé debaixo da mesa.

— Então como conhecemos essas palavras? — cochicha ela.

— Não tenho ideia. — Mas não é legal? Eu falo italiano!

— Estou impressionada! — comenta Jennifer. — E o que isto aqui quer dizer? — Ela aponta para um prato do menu.

236 ✳ Sarah Mlynowski

Miri puxa minha cadeira.

— Rachel, venha comigo ao banheiro por um segundo?

— *Certamente* — respondo em italiano.

Prissy bate com os dedos minúsculos na mesa.

— Eu também quero! Passeio de pônei até o banheiro!

— Nada de pôneis no restaurante — reclama Jennifer. — Vocês poderiam levá-la?

— Tá — diz Miri, revirando os olhos.

Jennifer morde um pedaço do pão.

— Como se diz *obrigada*?

— *Grazie* — respondemos, e trocamos imediatamente um olhar. Estou pensando que talvez a gente devesse parar com as traduções antes que Jennifer comece a estranhar.

Prissy agarra nossas mãos e nos arrasta para o banheiro.

— Como se diz *bonita*?

— *Carina* — diz Miri.

— Miri — aviso.

— Diz para mim que sou bonita! — pede Prissy — Diz para mim que sou bonita!

Eu abro a porta.

— Você é bonita.

— Nãooooooooo, diz que sou bonita em italiano.

— Que coisa maluca! — exclamo. — Achei que o feitiço só funcionasse para o brixta.

— Será que funciona para todas as línguas? — Miri empurra Prissy para uma cabine vazia. — Xixi. Agora.

Espero que funcione para o francês também. Com certeza ficaria bem mais fácil estudar para o teste.

— Você tem que botar papel no assento para mim — ordena Prissy. — Mamãe sempre faz isso.

Miri forra o assento enquanto murmura:

— *Rompicoglioni*.

Eu poderia traduzir isso, mas não vou.

Não é muito gentil.

De volta à casa do papai, decidimos ligar para Wendaline e ver o que ela pode nos dizer sobre a poção Babel. Dou força a Miri para ligar para Corey, mas ela fica envergonhada. É óbvio que não vou ligar para Adam.

A caixa postal de Wendaline soa no outro lado da linha.

— Sem resposta. Deveríamos mandar uma mensagem de texto? Ou falar com ela pelo Mywitchbook?

— Deixe o recado mesmo — diz Miri. — São quase 22 horas. Deve ter saído para fazer alguma coisa mágica divertida.

— Olá, Wendaline, é Rachel Weinstein. Pode me ligar de volta quando conseguir...

Buuum!

Sentimos uma rajada de frio e Wendaline *aparece* no meio do quarto.

— Olá, meninas!

Miri e eu damos um berro.

— Vocês ligaram? — pergunta Wendaline.

— Você me assustou! — diz Miri.

— Wendaline — digo —, o que eu falei para você sobre aparecer?

238 ✳ Sarah Mlynowski

Ela sorri, um sorriso bobo.

— Achei que já que não estamos no colégio, não teria problema?

— Tem, sim! Garotas normais não aparecem nos quartos de outras garotas. É assim que funciona: eu ligo para você. Você me liga de volta. Nós combinamos alguma coisa. Você não aparece simplesmente!

Ela cavuca o carpete com o salto.

— Desculpe.

— Mantenha a voz baixa — mando. — Meu pai está do outro lado da parede.

Wendaline senta na ponta da cama de Miri.

— Gostaria de conhecê-lo.

— Não vai acontecer — respondo, áspera. — Mas nós temos uma pergunta. Você já usou a poção Babel?

— Ah, adoro a poção dos idiomas!

— Mas já a usou antes? — pergunto.

— A-hã. Passei um fim de semana no Rio durante o sexto ano. Preferia ter aprendido o português mais organicamente, mas....

— Quando você tomou a poção, entendeu todas as línguas ou somente o português? — pergunto, cortando-a.

— Apenas português, mas já ouvi falar que o feitiço evoluiu. Posso perguntar para minha amiga Imogen. Ela deve saber.

Wendaline estala os dedos.

— Imogen?

A garota magricela aparece junto de Wendaline.

— Olá — diz ela com um forte sotaque britânico.

Festas e Poções ✳ 239

E agora, estamos dando uma festa? Será que essa turma nunca ouviu falar de telefone?

— Você está acordada! — diz Wendaline, admirada. -— Não são 3 horas da manhã em Londres?

— Sim, isso mesmo. Estava me divertindo naquele Mywitchbook terrível. Você já usou o aplicativo iSpell? Estou obcecada! Olá de novo — diz Imogen para mim, então vira-se para Miri. — Foi ótimo conhecer vocês. Em que posso ajudar? — pergunta ela a Wendaline.

— Você sabe se a poção Babel funciona para múltiplas línguas?

Ela se senta ao lado de Wendaline.

— Humm... Já verificou no livro? — Ela estala os dedos e seu exemplar do livro de feitiços se materializa no meio da sala. A capa é enfeitada com purpurina rosa e prata. Fico com inveja! Quero a minha capa toda brilhante!

— Miri? Rachel? — Ouvimos lá de fora. Meu pai bate à porta. — Posso entrar?

— Desapareçam! — digo para Wendaline e Imogen.

Elas olham para mim confusas. Sem pensar, abro o armário e mando entrarem.

Elas me obedecem, intrigadas.

— Tem uma passagem secreta aqui atrás? — pergunta Wendaline.

— Isso mesmo! Veja se conseguem encontrar Nárnia — digo, antes de fechar com força o armário.

— Entre! — digo, tentando manter a voz calma.

Meu pai abre a porta.

240 ✳ Sarah Mlynowski

— Está tudo bem por aqui? Parecia que alguém estava gritando.

— Eu estava apenas mostrando a Rachel um novo golpe de tae kwon do — diz Miri.

Pensou rápido, Miri! Ou 잘 했어요! Significa *bom trabalho* em coreano.

— Vocês vão dormir logo? — Ele olha para Miri e eu e vê o intrigante exemplar do A^2 de Imogen.

Ô-Ô!

A testa do papai se enruga.

— O que é isso?

— Hã? — murmuro, enrolando.

— Esse livro — diz ele, atônito.

Miri me lança um olhar significativo.

Ela quer contar a ele. E bem agora. Com Wendaline e Imogen no armário.

Eu balanço a cabeça. Não, não, não!

— Papai, tem uma coisa que estávamos querendo contar a você — começa ela.

Ela vai dizer! E se ele der um ataque? E se ele ficar com medo de nós? E se nos vir de forma diferente?

E se não nos amar mais?

Ele parou de amar mamãe, uma voz dentro de mim me diz. *Por que não faria o mesmo conosco?*

Miri limpa a garganta.

— Em fevereiro, mamãe nos contou que...

Não! Não posso deixar.

— Que precisávamos fazer um livro de recortes.

Os olhos do papai voam de mim para Miri.

Festas e Poções ✳ 241

— Isso mesmo — continuo. — Mamãe disse que precisávamos registrar melhor nossas vidas. Então estamos juntando lembranças: fotos, poemas, desenhos, e reunindo tudo nesse livro.

— Parece um projeto divertido — comenta papai.

— É mesmo — digo. — Muito. Nos aproximamos mais. Será que você... hã... guardou a conta do jantar desta noite? Acho que podíamos colocar no livro.

Ele coça a cabeça.

— Claro, vou separar para vocês.

— Obrigada, papai. Você é ótimo! — Eu forço um sorriso.

— Boa noite, garotas. Amo vocês. — Ele fecha a porta.

— Amo você — fala Miri.

— Amo você — digo, então cochicho com raiva para minha irmã: — Estou com tanta raiva de você.

— *Você* está com raiva de *mim*? — Ela ergue os braços. — Eu é que estou com raiva de você! Era uma oportunidade perfeita para contar tudo a ele!

— A decisão não é só sua — digo e saio do quarto. Estou cheia de falar sobre isso. Vou tomar banho e depois dormir. Miri me segue, escovamos os dentes, passamos fio dental e lavamos os rostos. Não podemos contar para ele. Não sabemos como ele reagiria. Quero dizer, sei que ele, de fato, não deixaria de nos amar, como parou de amar mamãe. Ele é nosso pai. E ele não parou de amar mamãe por ter descoberto a coisa de ser bruxa. Ele nunca nem mesmo soube de nada.

Espere um segundo. É possível que tenha parado de amar mamãe... porque ele nunca soube? Porque ela estava escondendo um segredo tão grande dele? Penso nisso enquanto volto para o quarto, deixo as roupas amontoadas no chão e pego um novo pijama da gaveta. Estou quase indo deitar quando me lembro de Wendaline e Imogen. Provavelmente, já se zapearam para casa. Não podem ainda estar no armário.

— Wendaline? — cochicho. — Imogen? Vocês ainda estão aí?

Nenhuma resposta.

Miri abre a porta do armário e perde o fôlego de espanto. O armário agora está imenso. Elas o transformaram numa sala de estar. Estão descansando num grande sofá de formato em L.

— O que vocês fizeram? — grito, pulando da cama.

— Estava muito apertado aqui — diz Imogen.

— Podemos transformar tudo de volta — diz Wendaline.

Eu me aproximo. Elas zapearam uma TV de tela plana! Legal!

— Não é Nárnia — digo, me estirando ao lado delas. — Mas não está mal.

No domingo à noite, fico até muito tarde conversando com Tammy.

Ela me conta que as coisas ainda estão estranhas com ela e Bosh. Eles estão ficando sem assunto cada vez mais rápido.

Digo a ela que não importa, que ela ficará bem.

— E quem sabe? — acrescento. — Mesmo se vocês terminarem agora, ainda podem voltar a ficar juntos um dia. Talvez quando você for para a faculdade.

— Talvez. Eu não sei. Se quer saber a verdade, acho que vamos terminar para sempre.

— Isso é triste.

— Não é? — Ela suspira. — Vamos conversar sobre outra coisa. Como foi seu fim de semana?

Queria poder lhe contar sobre a torre Eiffel, ou as aulas no Arizona, ou sobre minha falsa sala de estar, ou sobre ter me tornado poliglota. Queria contar tudo isso para ela. Meu coração se aperta um pouco. Será que poderia? Ela adora coisas de mágica! Não acharia que sou uma aberração. Ela brinca com tubarões! Não ficaria com medo de mim!

Talvez eu *possa* contar para ela. Talvez eu devesse. Ela é a minha melhor amiga para sempre. Para que elas servem? Para serem amigas, não importa o problema.

Mas... bem, Jewel foi minha melhor amiga para sempre também. E olha como deu certo.

E se a Tammy for pelo mesmo caminho? E se ela for somente uma melhor amiga por agora?

Eu poderia contar tudo para ela e lhe lançar um feitiço de esquecimento se deixássemos de ser amigas. Não, não vai funcionar. Feitiços em pessoas somente duram alguns meses. Se eu lhe lançar alguma coisa para esquecer a verdade, passaria logo. Eu teria que ficar renovando a dose, de novo e de novo e de novo...

— Rachel? Ainda está aí?

— Estou! Desculpe! O que eu estava dizendo? Esqueci.

244 ✳ Sarah Mlynowski

Acerto tudo na prova de francês na segunda de manhã. *Quelle surprise!* Chequei o livro de feitiços e parece que vou poder falar todas as línguas do mundo pelos próximos meses! Tenho certeza que vou tirar A em francês neste semestre. U-hu!! Será que também posso falar as linguagens de informática? Eu aposto que se tirasse um C++, conseguiria um A++.

No almoço, Raf e eu nos sentamos juntos para comer macarrão com queijo.

— Como está a boca? — pergunta ele.

— Você quer dizer por causa do queijo derretido?

— Não. — Ele ri. — Por causa da ida ao dentista. Não estava lá no sábado?

Claaaro! Na verdade, o dentista não foi a melhor mentira que já contei. Gostaria que Raf pensasse em minha boca dominada por bactérias enquanto me beija? Não. Mas o que mais eu poderia dizer?

A verdade?

Isso mesmo.

Ele poderia achar que eu sou louca, ou fugiria correndo e gritando. A maioria das pessoas faria isso. Veja como as pessoas reagiram a Wendaline, e eles achavam que ela estava brincando!

Ninguém quer namorar uma maluca.

— Então, vamos sair depois da escola? — pergunto.

Ele olha para mim estranho.

— Você viajou totalmente e não respondeu à pergunta. E o dentista?

Festas e Poções ✳ 245

— Ah! Foi tudo bem. — Faço um gesto para mudar de assunto. — De volta aos planos. O que você quer fazer?

Ele rasga o saco de mostarda e espreme na comida.

— Um grupo de pessoas vai para o Washington Square Park. Nós podíamos ir também

— O que você está fazendo? — pergunto, apontando para o prato dele.

— Botando mostarda.

— No macarrão?

Ele ri sem jeito.

— Que nojo! Não se deve botar condimentos no macarrão com queijo. Ketchup, ainda vai, mas mesmo assim é um pouco nojento.

Estou implicando com ele, mas, por alguma razão, vê-lo comendo essa mistura esquisita de queijo, macarrão e mostarda me enche de esperança. Por quê? Porque é estranho. Raf faz coisas estranhas também! Como eu! Ele gosta de ver TV! Eu gosto menos dele porque tem manias? Definitivamente, não! Gosto dele mais ainda!

Será que gostaria mais de mim se descobrisse minha única e pequena esquisitice?

— Quer experimentar? — provoca ele. — Você sabe que quer provar. — Ele espeta um pouco com o garfo e o agita diante de mim. — Finja que é um aviãozinho.

Abro a boca e ele enfia o garfo dentro. Está vendo, Raf? Estou aberta a novidades. A *novidade* quase me faz engasgar.

— Não é ruim — minto, engolindo com suco para fazer a novidade descer.

246 ✳ Sarah Mlynowski

— Vai ser um prazer dividir o resto da minha mostarda — diz ele, me oferecendo o resto do saquinho.

— Pode me dar, gato — digo, com uma piscadela para ele.

Wendaline aproxima-se de nossa mesa.

— Olá, Rachel. Olá, Raf.

— Olá — digo. Não tínhamos decidido que ela não se sentaria comigo? Pelo menos parece quase normal agora com os jeans novos.

Eu também estou usando uma roupa nova hoje: os jeans pretos e o suéter novos. Bem, sabia que devia tê-los deixado na casa de papai, mas qual é! Teria sido um grande desperdício.

— Tenho uma pergunta — diz ela, sentando-se.

— Diga — convida Raf.

— Por que Cassandra é popular se ninguém gosta dela?

Raf ri.

— Não, sério — diz ela. — *Popular* não quer dizer alguém de quem *todos gostam*?

— Não — digo. — Significa que as pessoas querem ficar ao lado dela. Quer dizer que você é convidada para muitas festas.

— Mas por que alguém iria querê-la numa festa se ela é malvada?

Nessa, me pegou. Eu olho para Raf e dou de ombros.

— Sei lá. Mas é assim.

— Ela é popular agora porque tem poder — diz Raf. — Os testes para o desfile de moda acontecerão na quinta, depois das aulas, e ela decide quem entra.

Meu coração se contorce com a menção ao desfile de moda. Vi os pôsteres pela escola, mas tenho fingido que não.

Porque se Raf fizer o teste, vai passar. Não apenas porque participou no ano passado, mas porque foi surpreendente. Ele dança bem, é muito bonito e todos gostam de ficar perto dele. Sem dúvida entrará. É claro que preferiria que não participasse, pois os ensaios do desfile de moda roubam muito tempo, tempo que ele passará com Melissa, que, eu tenho certeza, entrará no desfile.

Talvez eu devesse lançar nele um feitiço antidança? Talvez pudesse fazê-lo ouvir uma música enquanto outra está tocando, para ele sair do ritmo.

Não! Que coisa terrível de se pensar! Eu gosto dele e quero que ele seja feliz! É claro, eu podia lançar esse em Melissa...

— Então, quando isso terminar, ela vai deixar de ser popular? — pergunta Wendaline.

— Provavelmente não — admite Raf.

— Mas ela é tão implicante! — diz Wendaline.

Fico nervosa.

— O que ela fez com você hoje?

Ela cruza os braços.

— É a forma como diz meu nome. Fico maluca. Prolonga tudo como se fosse um insulto.

— Diga a ela para parar — diz Raf.

— Não! — digo, lançando para Raf um olhar de advertência. — Apenas a ignore.

— Não entendo essas pessoas — murmura ela. — Vejo vocês mais tarde. — Ela sai.

— Então — digo a Raf, brincando com a comida. — Você vai fazer o teste para o desfile de moda este ano?

— Não exatamente — diz ele.

248 ✳ Sarah Mlynowski

— Ah, bom — digo, aliviada.

— Não, não vou fazer o teste porque não preciso. Cassandra disse que não preciso. Estou automaticamente dentro.

— Ah. Então você *quer* estar no desfile.

— Bem... não tenho certeza. Não estou morrendo de vontade, ainda mais porque você não vai participar. Mas, veja, fica complicado. Por alguma razão ela quer muito que eu esteja no desfile...

— Porque você é um ótimo dançarino — digo.

Ele enrubesce.

— Não sei se é isso. Mas ela disse que eu fui bem no ano passado e que ela quer pessoas do segundo ano experientes no desfile. E disse que se eu participasse, a Kosa Coats poderia vestir todos os que participassem da apresentação masculina.

No ano passado, metade dos garotos da escola apareceu com paletós Hugo Boss do mesmo modelo que os garotos populares vestiram no desfile.

— Ótima maneira de conseguir que seus produtos sejam reconhecidos. Você poderia usar um dos seus modelos?

— Se eu quiser, acho que sim. Se forem bons o suficiente. O que você acha? Devo tentar?

Não!

— Sim.

Ele concorda.

— Você podia participar também.

— Sem chance — digo, rapidamente.

Ele dá outra mordida em sua mistura.

— Por que não? Nós nos divertimos no ano passado.

— Nos divertimos no ensaio. O desfile foi um desastre.
— Desta vez, o desfile será ótimo.
— Não, obrigada — digo. — Estou fora. — Mesmo se quisesse estar no desfile, não teria tempo. Eu misturo o macarrão com mostarda e queijo.

O prato já está cheio demais.

Na mesma tarde, a caminho da aula de inglês, Tammy está conversando sobre *As bruxas de Salém*, o livro que indicaram para lermos agora, eu tento mudar de assunto. Ainda não o li, mas o Sr. Jonhson disse que é sobre os julgamentos das bruxas de Salém.

Não posso pensar em alguma coisa que eu queira menos do que discutir os julgamentos das bruxas de Salém na aula de inglês. Sério. Preferia que cutucassem meu olho com um fio de piaçaba. Então, tento trazer a conversa de volta para *A revolução dos bichos*. O velho e bom *A revolução dos bichos*.

— Eu esqueci *A revolução dos bichos* na casa da minha mãe — digo a Tammy. — *Ib dul brink io mysine!*

Ela olha para mim com um jeito estranho.

— O que você disse?

— *Ib dul brink io mysine*. Espere. Isso não soa certo. Eu estava tentando dizer: *Tive que ficar acordada a noite toda para terminar de ler.*

— O que é *ib dul brink io mysine*? — pergunta ela.

— *Intis ghero tu jiggernaur?* — Isso deveria ter sido: *Por que você não me entende?*

250 ✳ Sarah Mlynowski

— Rachel, você está falando latim ou algo do gênero?

— *Dortyu!* — Ah! Isso era para ser: *Desculpe.* Não estou conseguindo falar inglês! O que aconteceu? Acho que eu estava falando... brixta? Como isso aconteceu? E agora?

Ela examina meu rosto.

— Engasgou com alguma coisa?

Balanço a cabeça negativamente.

— Tem certeza? Diga alguma coisa.

— *Guity oj.* — Eu estou bem. Isso é mau. Aponto para a garganta e levanto um dedo, tentando sinalizar que volto logo e então corro para o banheiro. Lá dentro, dou um soco no peito e tento tossir fora o brixta.

Eu me viro para uma garota que não conheço, que lava as mãos ao meu lado. Talvez eu devesse ver se funcionou e tentar dizer olá. Respiro fundo e berro:

— *Cul!*

Os olhos dela se arregalam e ela murmura uma palavra nada simpática. (Pista: rima com *fruta*.)

Cul? *Cul* é como se diz *olá* em brixta? Não posso andar pelo colégio dizendo *Cul!* para as pessoas! Argh! O que há de errado comigo? Preciso de Wendaline. Corro pelo corredor, perto da fileira de armários dos calouros, esperando localizá-la. Por que é que na única vez em que estou procurando por ela, não a encontro? Tento o celular, mas sem resposta. Da última vez, ela apareceu quando chamei. Apareça, Wendaline, apareça!

Avisto Tammy na outra ponta do corredor, com a testa enrugada de preocupação. Eu aceno. O que eu faço? Não posso ir para a aula assim!

Eu me viro para escapar pelas escadas, mas vejo Raf. Nem pensar, muito menos com ele posso falar assim!

Hi ho, hi ho, para a aula de matemática eu vou.

Evito falar o resto da tarde, com a desculpa de que estou com laringite. Não em voz alta exatamente, uma vez que não posso falar, mas aponto para a garganta e assinto enfaticamente quando Tammy pergunta:

— É laringite?

Infelizmente, minha habilidade para escrever também está comprometida, então cada vez que Tammy me passa um bilhete, tenho que responder com um rabisco.

Eu me zapeio para casa entre as aulas para olhar no A^2, mas não consigo compreender o que está acontecendo. Preciso de ajuda! Finalmente, encontro Wendaline mexendo no armário depois do sinal de encerramento. Ela está com suas duas novas amigas. Olho para ela acanhada.

— *Jeffle.*

— Qual é o problema?

— *To froma* — digo, pegando seu braço e levando-a para o banheiro. Em particular.

Já passei tempo demais em banheiros. Quem sabe Wendaline possa arrumar uma Nárnia para nós na escola, para termos um lugar mais confortável para conversar?

Os reservados parecem vazios, então digo:

— *Hot jeou sofy, ki frot Kirt doozy.* — O que significa: *Por alguma razão, não consigo falar inglês.*

Ela me encara.

— Desde quando?

— *Umpa ooble.* — *Depois do almoço.*

— Você comeu alguma coisa estranha? Quero dizer, além de macarrão. Aquela coisa é nojenta. Por isso que é melhor aprender as línguas da forma tradicional. Menos complicações.

— *Ki biz com hindo ut ficci. Diut! Raf fir bitard bi ry. Dout sak vu tre ry?* — *A mostarda! A mostarda do Raf!*

— Não vejo como qualquer dessas coisas afetaria a poção Babel. — Ela brinca com a ponta do cabelo curto. — Será que foi outra coisa? Uma bruxa, em tese, fala de coração, sabia? E a linguagem é um instrumento para falar do coração, para comunicar o que ocorre no nosso íntimo. Se você esconde o que está no seu interior, a linguagem fica confusa, e se você está confusa, as palavras ficam confusas, especialmente se tem alguma coisa a ver com mágica. Está entendendo?

Eu faço que sim com a cabeça.

— Você precisa ser honesta e verdadeira!

Bato com a palma da mão na testa.

— *Ahhh!* — Aparentemente, *ahhh* é assim mesmo em brixta. — *Ig bin Ig dkhy nor!* — *Sou tão honesta quanto posso ser!*

Ela me olha com uma expressão desconfiada.

— É mesmo?

— Sou! Não estou contando nada a ninguém — bufo em brixta. — Você sabe me consertar?

— Posso ver alguma coisa se você vier comigo depois do colégio. Espero ser uma pocionista, um dia, sabe.

Por que não estou surpresa?

— *Bur that yitten Raf.* — *Mas eu combinei de sair com o Raf.*
— *Isht ik faten igo?* — *O que eu vou dizer a ele?*

— Que tal a verdade?

Não! Prefiro a cura potencialmente não destruidora de vida, obrigada.

— *Kip kifel, fo tribe* — digo a ela, imitando o ato de escrever. *Eu falo, você escreve.*

Ela zapeia uma caneta e um papel. Normalmente, chamaria sua atenção por estar usando mágica no colégio, mas acho que a esta altura, não faz sentido nenhum. Ela traduz meu brixta como pedi:

> *Querido Raf: Emergência dental! Preciso*
> *passar no dentista. Lamento muito! Ligo*
> *mais tarde! Vamos nos encontrar amanhã*
> *depois da escola!!*

Eu a instruo a usar muitos pontos de exclamação.

— Como eu assino? — pergunta ela.

Argh! Não tenho tempo para tomar uma decisão tão potencialmente alteradora de relacionamento neste momento. ABS + BJS? Abraços & até! Não. Amor? Ele escreveu *amor*; eu posso escrever *amor*, certo?

Mas aquilo foi num cartão de aniversário e este é no colégio! Um bilhete no colégio não deveria mostrar tanta afeição como um cartão de aniversário. Um bilhete no colégio pode ser jogado fora; um cartão de aniversário pode ser guardado. *Am.*, talvez?

Sim. *Am.*

254 ✳ Sarah Mlynowski

Eu, de alguma forma, consigo encontrar as palavras em brixta para explicar para Wendaline a diferença entre *amor* e *am*.

— Você vai dar isso a ele? — pergunta ela.

— *Ooga!* — digo, que significa *não*. O que me faz rir. *Ooga!* Parece musical! Talvez tocada por um grupo de gorilas.

Digo a Wendaline, em brixta, para colocar no armário de Raf, e vamos embora.

Pedras adiante

— Ah, que bom, Rachel, você finalmente está em casa — exclama minha mãe, no fim da tarde. Ela e Miri estão sentadas na mesa da cozinha, com uma pilha de papéis diante delas. — Onde você estava?

— Dificuldades de comunicação — digo.

Miri ergue uma sobrancelha.

— Você está bem?

— Nada que azeite e cebolas cortadas não pudessem curar — respondo, com um suspiro. Wendaline reverteu o efeito e, agora, sou poliglota novamente. — Mas não chegaria muito perto de mim se fosse vocês. Estou com um bafo horroroso. O que estão fazendo?

— A lista de convidados para o Samsorta! — guincha Miri.

Hã?

256 ✳ Sarah Mlynowski

— Mas não temos ninguém para convidar!

Miri aponta para uma lista de 30 nomes.

— Não é verdade! Mamãe tem muitos parentes que se sentiriam insultados se não fossem convidados.

Eu dou uma olhada nos nomes. Regina e Stephen Kelp. Moira Dalven. Jan e Josh Morgenstein. Quem são estas pessoas?

— Mãe, isso é loucura. Você se excomungou da comunidade de bruxos. Não conversa com nenhuma destas pessoas há pelo menos vinte anos. Eu nunca ouvi falar deles.

Mamãe dá de ombros.

— São parentes distantes. Se vamos fazer o Samsorta, temos que fazer direito.

— Por quê? Pensei que você nem mesmo quisesse fazer isso!

— Rachel — protesta Miri —, é uma grande oportunidade para nos aproximarmos de nossas raízes.

— Pode ser. — Vejo Liana e Sasha Graff na lista e meus punhos se fecham. — Por que está convidando elas?

— Eu preciso. Sasha é minha irmã — diz mamãe.

— Sua irmã *diabólica*! E, seja como for, Liana não nos convidou para o dela.

— Sim, mas dois erros não equivalem a um acerto. Além disso, nós não nos falávamos na época.

— Mas você mal fala com ela agora!

— Rachel, por favor, não dificulte as coisas.

— Por que não? Minha vida é difícil! Tenho que ir à escola seis dias por semana em vez de cinco e estou cheirando a cebola!

Festas e Poções ✳ 257

Ela me encara.

— Não aja como se eu não a tivesse avisado que fazer o Samsorta era um grande compromisso.

Humpf! Odeio esses "eu avisei". Quero dizer, se tinha alguma coisa importante para falar, então ela devia ter dito antes o quanto era importante! É... Deixa para lá.

— Vou fazer o dever de casa.

— Está bem, mas sente aqui por um segundo — pede mamãe. — Miri está certa. O Samsorta é uma grande oportunidade para nós três criarmos uma boa convivência familiar.

Sabia que esse Samsorta ia dar problemas. De má vontade, puxo uma cadeira.

— Ah e não marque nada para amanhã depois da escola — acrescenta mamãe.

— Tarde demais — digo. — Já combinei de sair com Raf. — Mais ou menos. Está sujeito a confirmação.

— Pode cancelar! — exclama Miri. — Nós vamos a *Georgina's Paperie*!

— O que é isso?

— Você quer dizer "quem" — observa mamãe. — Ela é dona de uma papelaria. Ouvi dizer que é a melhor do ramo. E para nossa sorte fica aqui em Nova York. Foi difícil conseguir um horário. Ela é muito ocupada, sabe.

— Você ouviu dizer? De quem *ouviu*? — A única pessoa com quem ela conversa é Lex. — Você não entrou para o Mywitchbook também, entrou? — Ela fez um perfil antes de mim? Ai, isso é constrangedor.

258 ✳ Sarah Mlynowski

— Não, querida, finalmente comecei a ler a newsletter.
— Ela mexe nos papéis à sua frente. — Precisamos de você,
Rachel. Você tem um bom olho.

Bajulação leva a gente a fazer qualquer coisa.

— OK, eu vou. — Não sei por que a gente simplesmente
não zapeia os convites, mas talvez seja como um corte de
cabelo. Às vezes é preciso confiar num profissional.

— E também não combine nada para domingo de manhã
— diz ela. — Tenho uma surpresa especial para vocês duas.

Eu me animo.

— O que é?

— Se eu lhe disser, deixa de ser surpresa.

Depois de 15 minutos de convivência familiar, me permi-
tem ir para meu quarto fazer o trabalho de casa e falar com
Raf. Grande surpresa: decido falar com Raf primeiro.

— Como está o dente? — pergunta ele. — Sua boca ainda
está congelada?

— Está — respondo, então percebo que devo fazer a boca
parecer congelada. — Éééé... — Como faço para soar congelada? Ponho os dedos entre os lábios para que não fechem
totalmente.

— Então, vamos nos ver amanhã?

— Oh, uh... manhã nã...ah! — Ai! Acabei de morder um
dedo. Deixa para lá. Não vou conseguir manter esse fingi-
mento por toda a conversa. Vou falar normalmente e esperar
que ele não note. Não desconfiaria que *inventei* uma cárie.
Quem faz isto? — Esqueci que tinha prometido ajudar Miri
com uma coisa. — Não é uma desculpa ruim. Vaga e menos
nojenta que obturações. Nenhum congelamento de boca é
necessário. Agito o dedo mordido até que ele pare de doer.

Festas e Poções ✳ 259

— Posso ajudar também, se você quiser — diz ele. — Não me importo.

— Ah! Obrigada! É tão legal da sua parte.... mas são coisas de garota.

— Oh, OK. — Pausa.

— Então, tudo o mais está bem? — pergunto.

— Hum, no sábado, meus pais querem convidar você para jantar. É o aniversário do meu pai e ele quer nos levar para jantar fora.

Desconcertante. Da última vez que jantei com os Kosravis, era namorada de Will. E Raf levou Melissa.

Foi um jantar horrível.

— Ótimo — digo. Vai ser melhor desta vez, pois estou indo como namorada de Raf. E gosto bastante da namorada de Will, Kat. Mal a vi desde que as aulas começaram. Ela deve estar muito ocupada com o conselho estudantil. É a presidente, afinal de contas. Talvez eu devesse me candidatar a presidente do conselho estudantil quando for veterana. Ou talvez eu devesse concorrer a presidente dos Estados Unidos! A primeira presidente bruxa!

A menos que já tenha havido presidentes feiticeiros.

— A que horas é o jantar? — pergunto.

— Às 19h30 no Kim Shing, em Midtown. Eu vou buscá-la e nós vamos juntos.

— Meu fim de semana será atribulado — digo, soltando um suspiro profundo. — É melhor eu encontrar você lá.

260 ✳ Sarah Mlynowski

No dia seguinte, depois da escola, vamos ao apartamento de Georgina, no Upper East Side, para ver os modelos de convites.

Georgina é uma figura. Tem o cabelo preto e comprido, brilhante e poderia facilmente ser modelo, se quisesse desistir da papelaria. E faz mais do que Samsortas também. Faz convites para Simsorta, convites de casamento e convites para desejantes.

— O que é um desejante? — pergunta Miri.

— Ah, você sabe — responde Georgina, agitando a mão no ar. — Quando se tem um bebê, todas as bruxas da família são convidadas para que possam oferecer a ele um desejo. Inteligência, beleza, compaixão, uma voz bonita de cantora, habilidades para pintar, habilidades para dançar... tenho certeza de que vocês, garotas, tiveram um também. — Ela ri, com expressão sábia.

Uau. Como *A Bela Adormecida*. O que será que eu recebi? Hum... não foram habilidades para dançar... nem beleza...

Minha mãe ri nervosa.

— Foi há tanto tempo, quem se lembra? — diz ela.

— Acho que isso significa que não tivemos um desejante — diz Miri.

— Obrigada, mãe. Como se inteligência e beleza não fossem necessários.

— Vocês são perfeitas do jeito que são — diz mamãe. — E ambas têm habilidades fantásticas próprias. Como suas habilidades matemáticas e suas habilidades para o tae kwon do... Vamos tentar nos concentrar no presente.

Resmungo.

Os convites de Georgina não estão em uma pasta de portfólio. Eles não caberiam, pois os convites de Georgina não são convites típicos. Alguns exemplos:

Um girassol com data, hora e lugar inscritos nas pétalas.

Velas que, quando acesas, escrevem a informação com fumaça.

Ímãs de geladeira que, magicamente, formam o texto.

— Alguma coisa de que gostam? — pergunta ela.

— Gosto de todos eles! — Quem quer convites de papel chatos? Estes são em 3-D.

— Já têm um tema em mente? — pergunta ela.

Um baile de bruxas não é o suficiente como tema?

— Já que vamos fazer juntas — diz Miri —, talvez pudesse ter um tema de irmãs?

— Irmãs. Gosto disso. Deixe-me pensar. — Georgina coça as têmporas. — Vejo bonecas de papel. Duas!

Adoro bonecas de papel!

— Tipo aquelas unidas? — indago.

— Sim! Fabuloso! — diz Georgina, as mãos dançando. — Ao abrir o envelope, elas começarão a cantar a informação pertinente! Eu farei as bonecas parecidas com vocês duas! E cantarão como vocês! E dançarão como vocês!

Minha mãe morde a unha do polegar.

— Hum, melhor não. Elas não são exatamente as melhores dançarinas do mundo. Nem as melhores cantoras.

— De quem é a culpa? — acuso, revoltada. — Você nos privou do desejante!

— Achei que éramos perfeitas do jeito que somos — diz Miri.

262 ✳ Sarah Mlynowski

Ela nos ignora.

— Georgina, podemos ver os convites de girassol novamente?

Uma hora depois, decidimos por um tema nova-iorquino: uma réplica da Times Square em um globo de neve. O letreiro eletrônico dará as informações da festa. Muito legal, não?

Quando chego em casa, vou para o quarto fazer um pouco do dever de casa e Miri vai para o computador verificar — espere só! — o Mywitchbook. Acho que ela pode estar ficando viciada.

Poucos minutos mais tarde, ela dispara pelo apartamento.

— Mãe? — Ouço o grito pelas paredes. — Corey e os amigos foram esquiar! Posso me encontrar com eles?

— Já são 19 horas! Está ficando escuro!

— Não é aqui. É nas Montanhas Rochosas, no Canadá! Em Whistler! São só 16 horas lá. Posso ir? Por favor? Só um pouquinho!

— Ainda é setembro em Vancouver! Não pode ter neve!

— Eles fazem neve! — diz Miri. — E é bem no alto. Por favor?

— Rachel vai? — pergunta mamãe.

— Não! — grito pela parede.

— Vai — diz Miri.

Mamãe ri.

— Você é muito nova para sair com garotos sozinha. Pode ir se Rachel for.

Puxa, obrigada, mãe. Sem pressão.

— E já que amanhã tem aula, vocês têm que estar de volta às 21 horas, fuso de Nova York. E têm que usar capacetes. E uma de vocês tem que me ligar assim que chegarem lá.

Festas e Poções ✳ 263

Miri irrompe em meu quarto.

— Vista-se!

Eu olho para meus jeans e minha camiseta.

— Estou nua?

— Para esquiar.

— Miri, eu não quero esquiar. Preciso fazer o trabalho de casa.

— Mas todo mundo está esquiando! Não é só o Corey! É todo mundo! Adam está lá. — Ela dá um sorriso malicioso.

Meu coração dá um pequeno salto. Não tenho tempo para Raf, mas tenho para Adam?

— Eu não sei, Mir...

— Mamãe não vai me deixar ir sem você. Por favor? Não seria perfeito se meu primeiro beijo fosse num teleférico? É tão romântico! Por favor!

Eu gosto de esquiar... e não faço isso desde as viagens para Stowe...

A vista da montanha é de cartão-postal. Azuis, verdes e brancos giram à minha volta como se eu tivesse feito algum tipo de feitiço de movimento. Respiro fundo. Ah! Assim que zapeamos para a montanha (nós aparecemos no banheiro do chalé, lá em cima), transformo meus sapatos normais em botas para esquiar, um gloss de lábios em bastões, e pedaços de Trident de hortelã em esquis. Meus bastões são rosa e meus esquis são verde menta. Realmente, uma combinação chocante, mas tive que trabalhar com o que tinha na bolsa.

264 ✳ Sarah Mlynowski

Miri e Corey estão fazendo snowboard, mas eu prefiro esqui à moda antiga. Ligo para minha mãe para avisar que chegamos inteiras.

— Tomem cuidado — pede ela. — Fiquem só nas montanhas pequenas. Vocês não esquiam há muito tempo.

— Pode deixar, mamãe.

— Onde está Miri?

— Conversando com Corey. — Aceno para minha irmã e ela acena de volta. Faço um biquinho de beijo. Ela fica roxo beterraba. Ha-ha!

— Mal posso esperar para conhecer o famoso Corey — diz mamãe. — Divirtam-se. Não cheguem tarde em casa. Não esquiem à noite.

— OK, mamãe.

— Amo vocês — diz ela.

— Amo você também.

Quando vou guardar o celular no bolso do casaco ele toca de novo. É Raf.

— Oi! — digo.

— Tudo bem?

Admiro a vista da montanha. Se ao menos pudesse dizer a ele!

— Sem novidades. E você?

— Terminando o dever de casa. Já ajudou sua irmã? Quer me encontrar em uma hora?

— Ah! Eu não posso. Ainda não terminamos.

— O quê? Desculpe, mas não consigo ouvir você. Tem muita estática.

Acha mesmo? Como se eu estivesse em outro país e no topo de uma montanha ou alguma coisa assim? Chego um pouco para a direita, para ver se isso ajuda, e então grito:

— Eu disse que nós não terminamos ainda!

— Com matemática?

Certo, por que não?

— É, matemática.

— Ainda tem... tática. Posso ligar para você... para o telefone de casa?

Não!

— Eu não posso falar agora! Eu ligo para você mais tarde!

— O quê?

— Vou ligar para você quando chegar em casa! Quero dizer, quando chegar ao fim. Isso, fim.

— Tá bom. Divirta-se.

— Você também. Amo você! — digo.

E então percebo.

Acabei de dizer aquilo? Eu não disse aquilo. Não disse a Raf Kosravi que o amo. Não quis dizer isso. E agora?

Eu aperto End, no celular.

AimeuDeus. Desliguei o telefone na cara do meu namorado. E logo depois de dizer que o amava.

Droga!

Aaaah!

O que eu faço agora?

Talvez ele não tenha escutado. O sinal estava horrível; ele mesmo disse. Mas, e se ele tiver escutado? Eu quis dizer aquilo? Eu *amo* ele? Eu sei que sempre brinco que o *amo*, mas seria verdade?

266　✳　Sarah Mlynowski

Ora, ele é meigo, engraçado, fofo! E faz meu coração bater rápido.

Por que minha mãe teve que me dizer que me amava no telefone? Fiquei com amor no cérebro.

Talvez eu devesse ligar de volta. E fazer o quê? Dizer a ele que foi um engano? É um engano? Seja como for, foi culpa de Raf. Ele começou com aquela coisa de amor no cartão.

Aaah!

— Rachel!

Tropeço ao escutar meu nome e deixo o celular cair na neve. Que ótimo.

Viro-me e vejo Adam se aproximando.

— Pronta para conquistar as encostas?

Cato o celular e o enfio no bolso. Vou ter que pensar nisso mais tarde.

— Olá! Sim, pronta! — Ponho os óculos de proteção (também conhecidos como óculos de sol transformados).

— Então, vamos! — Ele se dirige para o topo da montanha. — Quem chega primeiro?

Eu me volto e vejo Miri concentrada na conversa com Corey. Acho que ela pode tomar conta de si mesma. As trigêmeas e outras garotas já estão voando pela montanha. Não voando, obviamente. Esquiando muito rápido. OK, certo... a trigêmea de grife pode estar voando.

Eu hesito bem no topo.

— O que houve? — pergunta ele.

Parece uma descida um bocado íngreme.

— Eu não esquio há muito tempo.

Ele ri.

Festas e Poções ✳ 267

— Vai se lembrar. É como voar numa vassoura.

— Ha-ha. Certo. Estou pronta.

Avanço e, embora ainda esteja insegura, vou muito bem. Faço desvios! Faço curvas! Eu...

Caplof!

... caio de bunda.

Me levanto. Ai. Vai doer muito amanhã.

— Você está bem? — pergunta Adam, zunindo atrás de mim.

— Só enferrujada. Pronto para a corrida? Apontar, preparar, vai!

Decolo. Sou um pássaro! Sou um avião! Sou Rachel, a bruxa esquiadora! Ele está logo atrás de mim, depois aparece ao meu lado, então fico à frente dele de novo. Chegamos juntos no pé da montanha.

— Que corrida — exclamo. — De novo! Que tal usarmos o feitiço de deslocamento para voltar ao topo?

— Não, estou cansado de aparecer em banheiros — responde ele.

Eu dou uma risada.

— Acontece com você também?

— Claro. Vamos pegar o teleférico como pessoas normais. Vai ser engraçado.

Seguramos os bastões e olhamos para trás para pegar um banco que se aproxima.

— Não faço isso faz tempo.

— Vai dar tudo certo. Aqui vamos nós — diz ele, e então, *uush!*, estamos sentados!

Enquanto subimos a montanha, avisto as trigêmeas esquiando abaixo de nós. Aceno, mas elas não nos veem. Depois da pista de corrida, nossas cadeiras deslizam por um caminho da floresta que separa duas trilhas.

Fico estonteada com a vista. O céu é azul, o ar é revigorante... é tudo tão bonito.

Crek. O teleférico para.

Nós balançamos para trás e para a frente.

— Espero que esta coisa seja firme!

— Eu protejo você — diz ele, colocando o braço casualmente sobre meus ombros.

Ô-Ô!

Ele se inclina para me beijar.

É um mundo pequeno

Eu devia? Faço? Não!

Eu o empurro meio segundo antes que seus lábios toquem os meus.

— Adam — falo. — Tenho namorado.

Quase beijo um garoto menos de dez minutos após ter dito a outro que o amo! Qual é o meu problema?

— Desculpe — diz Adam. — Eu achei... eu achei que você sentia a mesma coisa. Não sabia que tinha um namorado. Eu... eu acho você muito legal, Rachel. — Ele cobre o rosto com as luvas. — Desculpe.

— Eu... — Não sei o que dizer. — É minha culpa. Eu devia ter contado para você. — Não sei por que não contei. OK, eu sei. Porque não queria que ele soubesse. Porque talvez eu goste dele.

— Quem é o seu namorado? — pergunta ele. — Eu o conheço?

— Não. Ele não é um feiticeiro. Ele nem mesmo sabe sobre — faço um movimento indicando o meu redor — ... isso tudo.

— Então não é sério?

— Não... é.

— Não parece sério — murmura ele.

Ei!

— Eu escutei isso.

— Bem, ele não sabe nada sobre você!

— Sabe, sim.

— Não a parte mais importante. Você não quer namorar alguém com quem tenha mais coisas em comum? Alguém que saiba pelo que está passando?

— Eu... — Minha voz falha.

Como se o momento não fosse suficientemente constrangedor, meu celular começa a tocar.

Eu sei que é Raf sem mesmo olhar. Intuição idiota. Eu deixo tocar. E tocar.

Adam não comenta nada. Nem eu.

Tenho que sair daqui. Por que esse teleférico idiota não começa a funcionar?

Teleférico, ponha-se em movimento!
Pois este constrangimento eu não aguento!

O teleférico estremece e começa a funcionar.

Festas e Poções ✳ 271

Chego em casa me sentindo péssima. Em parte pelo inciden-te com Adam, em parte porque Raf me ligou três vezes e eu não atendi, em parte porque minha bunda dói por causa do tombo na montanha. Além disso, estou quase sem feitiço de deslocamento. Preciso fazer mais dessa mistura.

Miri, por outro lado, está nas nuvens.

— Nós pegamos o teleférico juntos! — diz ela enquanto nos arrumamos para dormir. — Ele colocou o braço em torno de mim! Você o viu esquiando? Ele é ainda pior que eu! Bem-feito! Tive que ensinar a ele como fazer curvas! Foi tão bom! Ele é tão bonito! E então ele...

Eu paro de prestar atenção, há um buraco crescendo no meu estômago. Adam não disse uma palavra depois que o teleférico chegou. Nos reunimos ao grupo o mais rápido que pudemos e passamos a nos ignorar.

Espero até estar na cama para ligar para Raf. Tomara que ele não tenha ouvido o que eu disse antes. A palavra com a letra A, sabe? Espero muito mesmo que ele não tenha escu-tado. Havia tanta estática! Estática demais. Tenho certeza que ele não ouviu.

— Oi — digo, o coração batendo acelerado.

— Oi — diz ele.

Ele não escutou. Tenho certeza que não escutou.

— Desculpe ter demorado para ligar para você.

Silêncio.

Ele escutou, não sente o mesmo por mim e agora vai terminar comigo. Ele escutou e, de alguma maneira, sabe que eu quase deixei outro cara me beijar e agora me odeia.

— Sobre o que você disse antes.... — começa ele.

272 ✳ Sarah Mlynowski

Eu prendo a respiração.

— Eu amo você também — diz ele.

Deixo o telefone cair, mas então, rapidamente, pego-o de volta.

— Verdade?

— É.

Outro silêncio.

Ele disse que me ama. O cara por quem sou apaixonada desde o primeiro ano de caloura disse que me ama.

Raf Kosravi me ama. Oficialmente.

Eu devia estar emocionada. Devia estar dançando pelo quarto. Bem, talvez dançando, não. Não quero assustar os vizinhos. Mas eu devia pelo menos agitar os braços na maior alegria e dar estrelas.

Em vez disso, meus olhos se enchem de lágrimas.

— Legal. — É tudo que eu consigo soltar.

— E estou muito feliz por você ter dito isso. Você tem agido um pouco estranha ultimamente e eu estava preocupado, pensando... Sei lá. Que você não, você sabe, gostasse mais de mim.

— Que loucura! — exclamo. — Como você pôde pensar isso?

— Bem, você não quis encontrar comigo quando estava fazendo compras e caiu no sono quando eu estava aí e me deu um bolo ontem...

Meu coração afunda.

— Lamento muito. Sinceramente. É que há muitas coisas acontecendo. Você sabe. Família e tal. A minha esquisitice não teve nada a ver com você. Nada. Verdade. Nada me faz mais feliz do que ter você como namorado.

Festas e Poções ✳ 273

— Que bom — diz ele.
— Bom.
Conversamos sobre aulas e colégio, e seus casacos, e quando finalmente desligamos o telefone, eu abraço o travesseiro com lágrimas nos olhos.

Porque eu amo Raf. De verdade. E sim, ele disse *eu amo você* e pode até acreditar que é verdade, mas isso não significa muito se ele não ama quem eu sou de *verdade*. Não é melhor, quero dizer, não é mais *real* que ele ser caidinho por mim por causa de um feitiço do amor.

Suspiro. E, da próxima vez que sentir que estou distante... o que acontece então?

— E aí? — digo ao me sentar na sala do primeiro tempo. — Como foi o fim de semana?

Tammy se vira para mim, os lábios tremendo.

E eu adivinho.

— AimeuDeus, vocês terminaram!

Ela confirma.

Eu salto da cadeira e a abraço.

— Foi duro, mas sei que foi o certo — diz ela.

— Você terminou com ele?

— Mais ou menos. Acho que foi mútuo. Sei que as pessoas sempre dizem isso, mas dessa vez foi verdade. A gente gosta um do outro, mas estamos em momentos diferentes. Mas ainda seremos amigos.

— Quando aconteceu? — pergunto.

— Ontem à noite.

— Você devia ter me ligado!

— E teria, mas desligamos o telefone às 3 horas da manhã e eu imaginei que era tarde demais.

— Nunca é tarde quando é tão importante!

— Eu ia mandar uma mensagem, mas estava muito abalada. — Os olhos dela se enchem de lágrimas. — Mas, obrigada, Rachel. Sei que posso contar com você. — Então, Tammy diz que está cheia de conversar sobre ela e Bosh. — Sua vez de me contar o que tem te perturbado tanto ultimamente.

— O quê? Eu? Nada está me perturbando. Por que você acha isso?

Ela dá de ombros.

— Eu sei quando tem algo te perturbando.

Engasgo. Agora ela vai se aborrecer comigo também?

— São só coisas demais acontecendo ao mesmo tempo.

Ela me estuda.

— Algo ruim?

— Não — respondo rápido.

— Se precisar de alguém para conversar, sabe que estou sempre aqui para ouvir.

— Obrigada — digo e minha cabeça fica latejando.

Por que tudo tem que ser tão complicado?

Ler *As bruxas de Salém* não melhorou meu humor.

Sabe o que acontece em *As bruxas de Salém*? O que fazem com as supostas bruxas no livro — não, na história de terror? As condenam. Ao enforcamento!

Eu esfrego o pescoço ao ler o livro.

É exatamente por isso que não posso contar a ninguém meu segredo. E se esse alguém contar a outro alguém que contar a outro alguém até as pessoas tentarem me matar?

Bem, provavelmente, não me mandariam para a forca, pois Nova York não tem pena de morte.

Mas ainda poderiam fazer coisas ruins! Conheço bem as panelinhas do colégio e costumam ser diabólicas.

Caso exemplar:

No dia seguinte, Tammy e eu estamos a caminho da aula de química quando encontramos Wendaline.

— Olá, Wendaline — cumprimentamos.

Infelizmente, nosso cumprimento é seguido por "Weeeendaliiiine. Weeeeennnnnndaliiiine. Weeeeeeeeennnnnnndaliiiiine".

Soa como o lamento de um fantasma, mas até onde sei, a JFK não é mal-assombrada. Na verdade, é Cassandra e sua panelinha cantarolando o nome da minha amiga.

Com as bochechas vermelhas, Wendaline encara Cassandra. Ela coloca uma mecha do cabelo preto curto para trás do ouvido e brinca nervosamente com a blusa que comprei com ela.

— Weeeeeeeeennnnnnndaliiiiiine... Weeeeeeeeennnnnnndaliiiiiine... Weeeeennnnnndaliiiiine.

— Por que estão fazendo isso com ela? — pergunta Tammy, os dedos cerrados em torno do caderno. — Eu vou dizer a elas para pararem.

Eu agarro o braço dela.

— Não! — Não quero Cassandra perseguindo Tammy também! Já fui alvo dos populares e não é engraçado. — Ela pode cuidar disso.

276 ✳ Sarah Mlynowski

— A propósito, que tipo de nome é Wendaline? — provoca Cassandra. — Para mim, parece inventado. Como sua história de ser uma bruxa, *Weeeeendaliiiine*.

— Isso é ridículo — murmura Tammy.

Eu só fico balançando a cabeça. Quero impedir Cassandra também, mas não consigo. Simplesmente não consigo. Eu não posso ser muito óbvia! Não posso aguentar todos me olhando.

— Você sabe o que eles costumavam fazer com bruxas? — continua Cassandra. — Costumavam atirá-las no mar para ver se usavam a mágica para flutuar. Talvez a gente devesse levar você para nadar no Hudson.

Acho que vou vomitar. É *As bruxas de Salém* se tornando real!

— Chega! — Tammy se solta e avança pelo corredor em direção a Cassandra. — É melhor calar a boca — ordena ela.

Cassandra ri.

— Ou o quê?

— Ou eu vou reclamar de você com a Sra. Konch por ameaçar a vida de uma aluna.

— Ah, verdade? — responde Cassandra, cruzando os braços. Seus cabelos anelados formam ângulos pontudos como armas. Ela está igual à Medusa.

Agora Tammy cruza os braços.

— Verdade. E você será expulsa.

O que a Tammy está fazendo? Agora é *ela* quem vai ser atirada no Hudson. E essa piscina de água poluída nem ela gostaria de explorar. Eu pressiono as costas contra o armário e tento ficar invisível. Não realmente invisível, é óbvio, porque assim me trairia. Ou não. Ai. Estou tão confusa.

Festas e Poções ✳ 277

— E por que alguém acreditaria em você? — diz Cassandra, asperamente.

Tammy projeta o queixo.

— Em quem você acha que vão acreditar? Numa garota do segundo ano com um coeficiente de rendimento máximo ou numa convencida de desfile de moda irritante?

Ai.

Cassandra estreita os olhos.

— É melhor tomar cuidado.

— Você não me mete medo — diz Tammy, agarrando o braço de Wendaline e conduzindo minha amiga espantada para o banheiro.

A música recomeça, imediatamente:

— Weeeeennnnnndaliiiiiine. Weeeeennnnnndaliiiiiine. Weeeeennnnnndaliiiiiine.

Mantenho a cabeça baixa e corro para o banheiro atrás delas. Não tinha ideia de que Tammy fosse tão corajosa. Uau. Estou ao mesmo tempo inacreditavelmente impressionada e aterrorizada. Tammy e Wendaline estão se apoiando nas pias.

— Ficou maluca? — pergunto para Tammy. — Agora você também está na lista negra dela.

— Não tenho medo dela — diz Tammy, mas suas pernas trêmulas a traem. Ela se vira para Wendaline. — Você está bem?

Uma Wendaline de olhos arregalados assente.

— Preciso me sentar — diz Tammy, sem respirar. — Vamos, Rachel?

— Vá em frente — digo. — Chegarei em dois segundos.

Wendaline se mexe para segui-la pela porta, mas eu a seguro.

278 ✳ Sarah Mlynowski

— Você tem que ficar longe de Cassandra — digo. — Ou vamos encontrar sapos em nossos armários. É o que você quer?

— Claro que não! — grita Wendaline. — Estou tentando. O que mais posso fazer?

— De agora em diante, ficaremos longe do armário dela — ordeno. — Entendeu?

Wendaline ergue os braços.

— Mas como vou fazer isso sem aparecer ou desaparecer no colégio? Você me disse para não fazer isto!

— Sem mágica! Pegue as escadas dos fundos para a aula de biologia, longe do covil do diabo. Você consegue?

Ela assente.

— E tem mais uma coisa.

— O quê?

— Seu nome é mesmo muito de bruxa. Cassandra está certa. De agora em diante, diga a todos — respiro fundo — para chamarem você de Wendy.

Seus ombros se curvam em derrota.

— Wendy — repete ela.

Eu assinto. Talvez ajude. Elas não podem fazer graça de um nome normal e simpático como Wendy, podem?

Adam estava certo. Você tem que manter o mundo de bruxa e o mundo da escola separados. É muito perigoso agir de outra forma.

Embora ele também tenha dito que eu deveria namorar um bruxo. Ele está certo sobre isso também?

Não. Não pode estar! Como posso namorar um bruxo quando sou apaixonada por um neiticeiro?

Abro a porta do banheiro e examino os arredores para ter certeza de que não há perigo à vista.

Wendaline, quero dizer, Wendy, me segue pelo corredor. Eu engulo o bolo que se acumulou na minha garganta e espero que a esteja levando na direção certa. Simbolicamente, quero dizer. (Eu sei andar pelo colégio, sabe. Só fiquei perdida daquela vez.)

Receber meu primeiro convite Sim à noite me fez ficar animada.

O pacote chega logo antes de eu ir deitar. Aparece de estalo no meio da sala de estar. É uma grande caixa vermelha envolvida com um laço preto. Em purpurina prateada está escrito *Para Rachel e Miri Weinstein*.

— Mãe, é seu? — grito.

— Meu o quê? — responde ela do quarto.

É, acho que não. Dou dois tapinhas no pacote para ver se explode. Nada. Provavelmente não é uma bomba, então.

— Miri, venha ver. Ganhamos uma coisa.

Dentro da caixa há uma estatueta do Oscar dourada e brilhante de 60 centímetros.

— Hum... você fez teste escondida para alguma peça no colégio ou algo assim? — pergunto.

Zap! De repente, a caixa desaparece e um tapete vermelho se desenrola. Só que em vez de rolar direto, escreve uma mensagem em letras cursivas no chão da sala de estar.

Por favor, junte-se a mim
No dia em que me torno um Simsorta
Sexta-feira, 13 de outubro
Às 19h30
No Kodak Theatre
6801 Hollywood Boulevard
Los Angeles, Califórnia

Michael Davis

— É onde acontece a festa do Oscar — digo.

— Legal — diz Miri. — Mal posso esperar. Com quem estaremos nesse fim de semana?

— Com papai — respondo.

Ela brinca com os dedos.

— Talvez seja uma boa oportunidade para contar a ele.

— *Não* — digo, enfaticamente. — Por que você está tão obcecada com isso? Mamãe nunca contou a ele.

— Mas ela contou a Lex — diz Miri. — Além do mais, não contar ao papai foi diferente. Ela não queria ser uma bruxa na época. Agora, estamos tornando a bruxaria parte de nossas vidas. Por que deveríamos esconder quem somos?

— Não podemos sair por aí dizendo a todo mundo quem somos! Nem todos vão achar o máximo sermos bruxas, OK? Tem gente que vai achar estranho. Algumas pessoas vão ficar com medo. Algumas pessoas vão querer nos enviar para a forca!

Miri revira os olhos.

— Você está sendo insanamente paranoica.

Eu aponto o dedo na direção do peito dela.

Festas e Poções ✳ 281

— Leia você *As bruxas de Salém* e depois converse comigo sobre ser paranoica.

— Nós não vivemos em 1692 — diz ela, agitando as mãos no ar. — Estamos no século XXI! E nosso pai não vai nos mandar para a forca.

— Óbvio que não, mas eu ainda não acho uma boa ideia. Ele vai contar para a Jennifer e eles ficariam aterrorizados e com medo de nós.

— Bem, vamos ter que dizer a ele *alguma coisa* — insiste ela.

— Não, não vamos — digo. — É às 19h30, 22h30 no nosso fuso. Vamos somente dizer a ele que queremos ir para a cama cedo e daí a gente escapa.

Ela suspira.

— Preferiria contar a verdade.

— Bem, eu não — replico, grosseira. Já tenho coisa demais na cabeça sem ter ainda que me preocupar em contar tudo ao nosso pai: Adam e Raf e quase ter sido descoberta no colégio. Balanço a cabeça e então tento mudar de assunto. — Onde estão seus amigos bruxos hoje?

Ela franze as sobrancelhas.

— Todos foram convidados para o Simsorta de um garoto no Bellagio, em Vegas.

— Um cara de Lozacea?

— É. Mas não é nenhum dos nossos amigos. Quero dizer, ele está no meu Mywitchbook, só isso.

— Quer dar uma de penetra de festa? — pergunto.

— Não, prefiro ser convidada. — Ela suspira e se senta no meio das letras vermelhas. — Você acha que ainda estamos convidadas para o do Adam ou ambas fomos cortadas?

282 ✳ Sarah Mlynowski

— Você percebeu, né? — Sento-me ao lado dela e ponho a cabeça no seu colo. — Ele tentou me beijar no teleférico.

Ela geme.

— Como pode seu não namorado tentar beijá-la no teleférico e o meu quase namorado, não?

— Porque Adam tem 16 e Corey tem somente 14. Garotos ficam mais espertos com a idade.

Ela ri.

— Então, o que você fez?

— Eu me afastei! O que mais podia fazer? — Eu paro. — E contei a ele que tenho um namorado.

— Mas você gosta dele? Do Adam?

Tento explicar para mim mesma o que sinto antes de responder.

— Gosto. Ele me *entende*. Mas Raf faz meu coração bater mais rápido. Sabe?

— Ah, eu sei — diz ela. — Corey tem as duas qualidades. Exibida.

Sem par em Lozacea

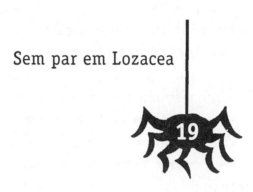

Na manhã seguinte, na aula de Samsorta, bem segura, na fila de trás, longe da saliva de Fizguin, as garotas estão todas agitadas conversando sobre quem vão levar ao Samsorta.

— Você vai com Praw? — cochicha Karin para minha irmã.

Miri fica muito vermelha, mas continua a tomar notas da aula.

— Talvez. Ainda não perguntei a ele. Com quem você vai?

— Com meu namorado, Harvey. Ele fez o Sim no ano passado.

Que ótimo. Todo mundo tem com quem ir, menos eu.

— Você vai com alguém também? — pergunto para Viv.

Ela assente.

— Zach. Meu namorado.

— Ele também já fez o Sim?

— Não. Ele é neiticeiro.

Meu queixo bate na cadeira.

— É? Sério?

Ela me encara em reprovação.

— E daí? Você tem algum problema com isso?

— O quê? Não! Eu apenas não sabia que a gente podia levar um neiticeiro para o Sam! — Meu coração acelera.

— É claro que pode. Pode levar quem você quiser.

Cutuco Miri.

— Escutou? Viv vai levar o namorado! O namorado neiticeiro!

— É, eu ouvi.

— Você acha que eu poderia levar Raf?

— Poderia. Mas provavelmente vai precisar inteirá-lo sobre essa coisa toda de bruxaria. Senão, ele pode ficar um pouco confuso em meio a centenas de pessoas com capas recitando feitiços num cemitério romeno.

Eu me volto para Viv.

— Zach sabe que você é uma bruxa? — cochicho.

— É óbvio — diz ela, passando os dedos entre os cachos.

— Muitas pessoas sabem? Quero dizer, as pessoas do seu colégio?

— Claro. Não tenho vergonha do que sou.

— Nem eu! Mas achei... bem, achei que as pessoas mantivessem os mundos separados, sabe?

Ela ajusta os óculos.

— Eu não. Sou quem sou. É pegar ou largar.

— E ninguém acha você estranha?

Ela dá de ombros.

— Na verdade, eu não me importo com o que as pessoas pensam.

Certo. Aí está o problema.

Eu me importo.

Pelo espaço viajamos,
Kim Shing, Nova York
Aí vamos!

Zap!
A aula terminou e é hora de eu encontrar Raf e a família para o jantar de aniversário do pai dele.

Apareço no banheiro.

Tento tirar os restos do feitiço do cabelo. Será que dá para reutilizar? Provavelmente não. Estou ficando sem nada. Acho que tenho o suficiente para só mais uma viagem.

Miri não ficou feliz quando eu lhe disse que não iria acompanhá-la junto com a turma ao Epcot para ver os fogos de artifício.

— Você sabe que eu não posso — disse. — Tenho aquele jantar com a família do Raf. — Não que não quisesse ir, embora adore comida chinesa. Nham. Minha favorita é General Tso. Por ser um jantar de família, será que posso pedir o que quero ou devo ser educada e comer o mesmo que eles pedirem? Por favor, por favor, por favor, que eles peçam General Tso.

Pelo menos Miri convenceu mamãe a deixá-la ir ao Epcot sem mim. Ela usou a frase "não é um encontro, é apenas uma turma de amigos saindo".

286 ✳ Sarah Mlynowski

Adam pareceu não se importar que eu não fosse. Na verdade, ele nem mesmo me disse olá. É óbvio que está me evitando.

Eu abro a porta.

O cheiro de cebola frita e dos temperos flutuam pelo salão principal de jantar. Procuro nas várias mesas, mas não vejo o grupo dos Kosravi em lugar nenhum. Será que cheguei cedo?

Eu me aproximo do *maître* e digo com minha voz mais adulta:

— Vim para a festa dos Kosravi. Sou a primeira a chegar?

Ele olha no livro.

— Lamento, mas não temos reservas para os Kosravi. Talvez possa ter sido registrado com outro nome?

— Hum. — Talvez pelo primeiro nome do pai de Raf? É... Eu sei o nome dele! Sei, sim! Quando a gente fica doida por um garoto, lembra de cada detalhe sobre ele, como a cor do seu par favorito de meias: marrom-claro. Para combinar com os lindos olhos. Agora, por que não consigo me lembrar do nome do pai dele? Estou apenas nervosa. É alguma coisa com D. Doug... David... Dorian... — É uma mesa para oito pessoas. Às 19h30?

— Não temos uma mesa com esse número de pessoas a essa hora — diz ele. — Tem certeza de que está no lugar certo?

Oh, não!

— Existe mais de um restaurante com esse nome? — Raf não me disse nada sobre isso. Só que era em Midtown!

— Sim, alguns. Temos um em South Beverly e outro em Ventura Boulevard.

Nunca ouvi falar nessas ruas.

— Onde estamos agora?

— Em Sunset Boulevard.

Mas já ouvi falar de uma Sunset Boulevard. Na *Califórnia*.

— Hum, não é uma rua... hum... em Los Angeles?

Ele empina o nariz.

— Na verdade, no bairro West Hollywood.

Eu engasgo. Forte. Isso não é bom.

— Eu estou em Hollywood?

— Em *West* Hollywood. West.

Eu não especifiquei a cidade para aonde queria ir? Acho que não! E o feitiço me levou do Arizona para o restaurante Kim Shing mais próximo... que fica na Califórnia. Ai!

— Preciso ir!

Corro para o banheiro e me tranco num reservado. Cato o que sobrou da mistura de feitiço do deslocamento de dentro do saco plástico e coloco as migalhas na palma da mão. É melhor funcionar, pois depois dessa viagem, acabou a mistura.

> *Pelo espaço viajamos.*
> *Kim Shing, na cidade de Nova York*
> *Aí vamos!*

Zap!

Tenho certeza agora que disse "cidade de Nova York". Cem por cento. Quando abro os olhos, estou numa cabine. Pelo menos, acho que é um banheiro. Tem uma pia aqui, mas, em vez da privada, há um pequeno buraco de porcelana no chão. Talvez a privada tenha quebrado e a levaram para consertar? Ou... acho que estou no banheiro masculino!

Sim, deve ser isso.

Abro a porta e examino lá fora. Será que estou no lugar certo? Por favor, por favor, por favor? As luzes do teto estão

288 ✳ Sarah Mlynowski

apagadas. A única luz do salão brilha sem força pelas duas janelas. Mas, sim, estou num restaurante. Só que sou a única pessoa no restaurante. Ninguém servindo, nem cozinheiros nem ninguém. As letras na parede estão em chinês, o que tem lógica, é um restaurante chinês. Mas onde está todo mundo?

Talvez tenha sido fechado por alguma razão? Infestação de ratos?

O relógio no alto marca 8h25. Ora... Ou perdi uma hora ou não estou mesmo no lugar certo. Onde eu poderia estar que tem o fuso horário de uma hora a mais?

Bermudas? Canadá? Talvez eu esteja num restaurante chinês num desses lugares? Mas como aconteceu? Eu com certeza disse Nova York desta vez. O que pode ter dado errado? Algo com certeza deu errado, porque não é a hora certa.

Abro as venezianas. O sol da manhã atinge meus olhos. Eu observo as pessoas passarem pela janela. Pessoas chinesas.

Os anúncios estão todos em chinês.

A bandeira da China se agita ao vento.

Estou em Chinatown? Ou...

Talvez sejam 8 horas da manhã, não da noite. Talvez aquela cabine sem privada seja um banheiro chinês para se usar acocorado.

Eu tiro o saquinho plástico vazio da bolsa. Estou presa. E não estou presa em Chinatown, estou presa na China.

Que ótimo. Muito bom. Deixo cair as venezianas e ando para lá e para cá no restaurante.

Pense, Rachel, pense. Sim, você está presa num restaurante chinês sem feitiço, sem baterias, sem seu exemplar do A^2.

E sim, você vai chegar atrasada para o jantar com Raf e a família, o que vai pegar muito, muito mal.

Festas e Poções ✳ 289

Mas nada de pânico. Você é uma bruxa! Pode encontrar um jeito de sair dessa confusão!

Talvez eu deva criar um feitiço de ida para casa. Isso! As pessoas sempre precisam de um feitiço de ida para casa. Até mesmo a Dorothy precisou de um. Ei, talvez os versos de *O mágico de Oz* possam funcionar.

Eu fecho os olhos e bato os calcanhares três vezes repetindo:

— Não há lugar como o lar, não há lugar como o lar, não há lugar como o lar.

Abro os olhos. Ainda estou no restaurante chinês. O restaurante chinês na *China*.

Talvez não seja uma boa hora para novos feitiços.

Eu devia fazer outra fornada de feitiço de deslocamento. Isso! Tem uma cozinha cheia aqui à minha disposição. Tudo que o preciso fazer é lembrar dos ingredientes. Agora, quais eram? Tinha açúcar mascavo. Tinha... O que mais? Esfrego os dedos na cabeça. Isso! Ainda está lá, como se fosse caspa. Ou piolhos. Eca. Cheiro e depois examino a textura entre os dedos.

Talco de bebê. E o que são esses pedaços mais duros? Ah, certo... pimenta!

Hi ho, hi ho, para a cozinha eu vou. Atravesso o salão de jantar e abro as portas vaivém. Desta vez, tapo o nariz. Peixe! Tem peixe em tudo o que é lugar! Enguias! Salmão. Fede como a seção de frutos do mar de um armazém num dia quente de julho.

Tammy se sentiria em casa, mas acho que vou manter meu nariz tapado.

Freneticamente, procuro por pimenta, que afinal encontro, e depois por açúcar mascavo, que encontro também. Ajuda eu

290 ✳ Sarah Mlynowski

conseguir ler em chinês no momento. Mas minha sorte acaba no talco de bebê. Não há nenhum talco de bebê na cozinha. E por que haveria? Quem guarda talco de bebê na cozinha?

E agora?

Argh! Preciso falar com Miri.

Abro a aba do celular e rezo para que funcione. Funciona. Nem quero pensar quanto este telefonema vai custar. Ligo para o número da minha irmã, completo com o código do país. Ela responde na quinta vez que chama.

— Olá, Rachel! Você não vai acreditar como aqui é legal... O quê? Sim, eu sei! Rachel, espere um segundo!

— Não, Miri! — grito, mas em vez de ouvir a mim e aos meus problemas, ela está dizendo a Corey ou a quem quer que seja:

— Bolo de funil? Adoraria, muito obrigada!

— Miri, não há tempo para bolo de funil numa hora dessa!

— Tive que mandar ele embora, assim eu posso lhe contar as novidades! Adivinhe! — grita ela. — Perguntei a Corey se ele queria ser o meu par no Samsorta! E ele disse sim!

Ah, maravilha! Agora não somente estou a ponto de faltar à festa do pai do meu namorado, mas minha irmã tem um par e eu não.

Absolutamente perfeito.

— Legal, Miri, estou feliz por você, mas...

— Ele está tão animado. Vai até zapear um smoking! E me perguntou que tipo de buquê eu queria, mas ainda não tenho certeza. Apesar de tudo, ele ainda não me beijou. Você acha que eu devia beijá-lo? Ou devia...

— Miri! Pare de falar! Preciso de ajuda!

Ela para.

Festas e Poções ✳ 291

— O que houve?

— Eu estou presa na China.

— O quê?

— Eu estou na China!

— Por quê?

— Queria conhecer a Grande Muralha. O que você acha? O feitiço do deslocamento deu errado!

— É mesmo? Que estranho. Funciona perfeitamente para mim.

— Que ótimo. Estou tão feliz por você. Agora, podemos voltar para o meu problema, pois sou a única aqui que está perdida do outro lado do mundo?

— Talvez não seja o feitiço de deslocamento o problema. Talvez seja o seu *mouli*.

— Eu nem sei o que significa isso.

— Você não presta atenção na aula? *Mouli*? Olá! Significa sua *sinceridade*.

— Sim, obrigada, eu falo brixta também. Mas o que isso tem a ver comigo?

— Você insiste em esconder seu verdadeiro eu do papai e do Raf, então sua mágica está pirando.

Por que todo mundo é tão obcecado com minha falta de sinceridade? Honestamente, está ficando irritante.

— Mas eu sempre disfarcei meu verdadeiro eu! E minha mágica geralmente funciona!

— Bem, sua mágica tem estado esquisita. Então, talvez a mágica possa sentir que você se sente culpada... Sei lá. Acho que depende de quantos dos seus M estão bloqueados e da dificuldade dos feitiços que você utiliza.

Impressionante.

292 ✳ Sarah Mlynowski

— Então, o que devo fazer?

— Veja se consegue encontrar uma vassoura.

— Não é engraçado — digo, contendo as lágrimas. — Ia levar um mês para voltar para casa.

— Não chore, Rachel.

— Vou chorar se não descobrir como sair daqui!

— Onde você está mesmo?

Ela está sendo irritante de propósito?

— Já disse a você! Estou presa! Num restaurante na China!

— Qual deles?

— Qual é a diferença? — grito. — Apenas me ajude!

— Estou tentando, mas preciso saber onde você está!

— Por quê? — grito.

— Para eu ir aí me encontrar com você! — grita ela de volta.

Ah.

— É o Kim Shing. Na China.

Ela desliga. Poucos segundos depois, aparece ao meu lado, determinada.

— Obrigada — guincho.

— De nada — resmunga ela, lançando o feitiço do deslocamento no ar.

Pelo espaço viajamos,
Nosso apartamento na cidade de Nova York...

— Na verdade, Mir, estou com muita pressa. Você pode me deixar no Kim Shing, em Midtown?

— Posso — responde ela, lançando-me um olhar de impaciência. — Mas você vai ter que pegar um táxi para casa.

É assim que o biscoito da sorte quebra

Entro no restaurante apressada e encontro a mesa dos Kosravi.

— Lamento muito! — Estou 45 minutos atrasada. Sou a pior namorada do mundo. — Tive problemas com o transporte.

Raf se levanta para me cumprimentar.

— Não se preocupe. Sente-se.

Constrangida, mas aliviada por poder me sentar (minhas pernas estão um pouco trêmulas por causa da viagem), me acomodo entre Raf e Kat numa mesa circular. Ao lado de Kat está Will; e ao lado dele está Mitch (o irmão mais velho dos Kosravi); logo ao lado está Janice (a nova namorada); ao lado dela está a Sra. Kosravi (ou Isabel, mas ela nunca me disse para chamá-la assim); e ao lado dela está o Sr. Kosravi. (É Don! Isso, *agora* eu me lembro.) Os três irmãos Kosravi têm o mesmo

294 ✳ Sarah Mlynowski

cabelo escuro sexy, olhos escuros e corpos atléticos. O cabelo de Mitch é o mais comprido e seu rosto é o mais anguloso. O cabelo de Will é o mais curto e ele é o mais alto. Raf tem o sorriso mais largo e é, definitivamente, o mais bonito, se querem minha opinião. Os três parecem com o pai, tirando as têmporas grisalhas.

Falando de têmporas, todo esse feitiço de deslocamento me deixou com uma dor de cabeça horrível.

Há pratos de pasteizinhos chineses fritos, bolinhos de farinha de trigo e rolinhos primavera no centro da mesa. Compreensivelmente, eles se cansaram de esperar e já pediram. Tomara que tenham pedido o General Tso.

— Tudo bem? — pergunta Kat, tirando um grão de arroz do meu cabelo.

Maravilha! Restos de arroz.

— Estou bem — murmuro. — Você parece ótima. — Ela está usando um vestido vermelho de mangas compridas que destaca sua pele de porcelana e o cabelo preto liso brilhante.

— Obrigada — diz ela, com um sorriso aberto e genuíno. Kat está sempre sorrindo, o que dá para entender. Não só é a presidente do conselho estudantil, mas depois de anos de uma paixão secreta por Will Kosravi, ele é finalmente dela. E também porque não tem uma vida secreta. Que eu saiba.

Depois de falar *oi* para todos, sento no meu lugar. Como todos já estão comendo, me sirvo de um rolinho primavera.

— Pedi General Tso para você — cochicha Raf. — Sei que é o seu favorito.

Que gracinha.

— Kat estava nos contando sobre o Baile de Outono que está organizando para a JFK — diz Will.

Festas e Poções ✳ 295

— Mal posso esperar — digo. — Quando vai ser? —
Desde o ano passado, meu desejo número um é ir a algum
evento social do colégio com Raf, e talvez agora aconteça.
Não vai ser o Samsorta, mas já é alguma coisa.

— No Halloween.

Eu cuspo a água.

— Rachel, você está bem? — pergunta Raf, batendo nas
minhas costas.

Cof, cof.

Limpo o queixo com o guardanapo.

— Desceu pelo lugar errado. — Como isso pôde acontecer
comigo? Como isso pôde acontecer comigo novamente?

— Então, vai ser com tema Halloween? — pergunta Raf
a Kat.

Ela sorri.

— Não vai ser divertido? Vamos decorar o ginásio como
uma casa mal-assombrada. E vocês têm que se fantasiar a
caráter.

— Estaremos lá — diz Raf.

Furiosamente, corto o rolinho primavera. No ano passado,
o casamento do meu pai foi na mesma noite da Festa da
Primavera. Tive que mentir para Raf e acabei não indo ao
baile. Não posso acreditar que isso vai acontecer novamente.

Talvez desta vez eu deva ser uma boa namorada e faltar
ao Samsorta.

Não.

Não posso faltar ao Sam. E não porque minha mãe e minha irmã ficariam enlouquecidas, mas porque eu não *quero*
faltar. Estou animada. Com os convites, o feitiço da vela, a
coisa toda. Quando isso aconteceu?

Não, vou ter que mentir para Raf.

De novo.

A não ser que, bem, se Zach sabe a verdade... por que Raf não pode saber?

Não. Sim. Não.

Talvez?

— Hora de acordar, garotas! Acordem, acordem, acordem!

É a manhã seguinte e minha mãe está de pé no corredor, batendo em ambas as portas simultaneamente.

Ela ficou maluca? Dou uma olhada no despertador. São 5h30. Dormi menos de cinco horas! Houve muitos beijos no Raf depois do jantar! Eu cubro o rosto com o travesseiro.

— O apartamento está pegando fogo?

— Não, queridas! Mas é o nosso dia especial! É domingo!

— Mal começou o domingo — resmungo.

— Por que nosso dia especial tem que começar tão cedo? — grita Miri.

— Temos um compromisso às 14 horas!

— Onde? — pergunta Miri.

— Vou dar uma dica a vocês... é próximo ao Duomo di Milano! — exclama mamãe.

Miri engasga.

— Jura?

— DUMBO? — digo, sem me mexer. O que é isso? Ah, acho que é no Brooklyn. — Por que temos que nos levantar tão cedo para ir ao Brooklyn? Não é *tão* longe.

— Ela disse *Duomo* — grita Miri. — É uma catedral gótica em Milão. Fantástica! Eu posso praticar meu italiano. Ouvi dizer que se a gente praticar uma língua enquanto está sob o feitiço de Babel, ela fica para sempre.

— Vamos para a Itália para ver uma catedral? — grito. — A catedral de St. Patrick é na Quinta Avenida e nós nunca estivemos lá.

Mamãe escancara minha porta.

— Vamos, vamos.

— Mas você não usa o feitiço do deslocamento! — lembro a ela.

— Você não sabe tudo sobre mim, senhorita. — Ela me lança uma de suas piscadelas assustadoras.

Ela tem dois fins de semana livres de nós por mês. Sempre achei que minha mãe empregava esse tempo vendo TV, mas agora me pergunto se ela não vai se divertir na Europa. É uma agente de viagem. Provavelmente consegue ótimos descontos em hotéis.

— O que preciso levar? — pergunto, tirando as cobertas.

— Sua câmera — diz ela e então me dá um sorriso metido a esperto. — E um par de sapatos de saltos.

— Vamos a uma festa? — pergunto. Talvez o Duomo não seja uma total perda de tempo.

— Não — diz ela —, vamos comprar vestidos. Nosso encontro é com a melhor designer de Samsorta. Ela fez meu vestido há trinta anos e agora vai fazer o de vocês.

Fantástico!

298 ✳ Sarah Mlynowski

Uma hora depois, nós batemos numa porta decorada no Quadrilátero d'Oro, que é o distrito das compras.

Há montanhas de gente por toda parte. Muito atraentes e bem-vestidas. Sempre achei que os manhattanenses eram as pessoas mais estilosas do mundo, mas esse pessoal parece saído da página dupla de uma grande revista de moda. Todos têm 1,82m, corpos esculturais e usam scarpins extremamente pontudos e imensos óculos de sol.

Suspiro. Como saímos insanamente cedo, deixei meus óculos em algum lugar do chão. (Dentro do estojo, é claro. Assim espero!) Miri se ofereceu para fazer um feitiço de duplicação temporária nos óculos dela (um feitiço permanente seria roubo, mas o temporário é mais como um empréstimo), mas eu a mandei se calar. Isso porque espero fazer com que mamãe me compre um dos óculos maravilhosos que vemos ao passar pelas vitrines, e ela não vai fazer isso se eu já estiver usando óculos de sol. Aliás, ganhar outros seria ótimo. Os meus estão um pouco estranhos desde que os transformei de volta de óculos de esqui. Infelizmente, mamãe não parece interessada em fazer qualquer compra a não ser o vestido para o Samsorta. Ela nem mesmo nos deixou comprar sapatos de saltos aqui. São muito caros. Quer que usemos os que trouxemos para escolher o comprimento do vestido e disse que é mais barato comprar sapatos na Oitava Rua, em Nova York.

Por alguma razão, está carregando uma imensa bolsa de compras que trouxe de casa, mas não quer nos mostrar o que tem dentro. Vai ver quer trocar alguma coisa que comprou numa de suas viagens secretas?

Festas e Poções ✳ 299

— *Ciao!* — diz Adriana, a costureira, uma mulher mais velha com lábios vermelhos bem grossos e olhos fortemente delineados. Uau. A sala toda está cheia de material brilhante. Tem rolos de seda, cetim e rendas pendurados, é como se eu estivesse numa tenda árabe.

— *Ciao* — diz Miri, o que significa *olá*.

— *Salve* — diz mamãe, o que também significa *olá*.

— *Buon giorno* — digo, o que significa *bom dia* e também *olá*. Não há dúvida de que os italianos têm muitas formas de dizer oi. Devem conversar com mais pessoas do que nós.

Adriana encara minha mãe.

— Você me parece muito familiar — diz ela em italiano. — Já fiz um vestido para você?

Minha mãe a encara inexpressiva.

— Não tomei a poção da língua hoje e, na verdade, não falo italiano!

— É claro — diz ela. E repete o último comentário em inglês.

Minha mãe confirma.

— Você fez o meu vestido de Samsorta há trinta anos. Meu nome é...

— Carolanga Graff! Lembro de todas as mulheres que visto. Faz tempo que você não vem aqui. Vi sua irmã há apenas alguns meses.

Minha mãe pigarreia.

— Ando ocupada.

Adriana assente.

— Então, o que eu posso fazer por você hoje?

Minha mãe coloca os braços em nossos ombros.

300 ✳ Sarah Mlynowski

— Minhas filhas vão fazer o Samsorta.

— Que maravilha! — exclama Adriana. — As duas juntas? Que bênção! Você trouxe seu vestido do Samsorta?

— Trouxe — diz ela, abrindo a bolsa de compras.

Arrá.

— Você trouxe seu vestido antigo? — pergunta Miri. — Quer dizer que uma de nós duas vai usá-lo? Pode ser eu? Pode?

Adriana ri.

— Vocês duas vão usá-lo — diz ela, removendo cuidadosamente o vestido de seda roxo heliotrópio da bolsa, que reconheço do álbum do Sam da mamãe.

— Nós vamos de irmãs siamesas? — pergunto.

— Não — diz minha mãe, balançando a cabeça. — Adriana dividirá o tecido em duas partes iguais e então fará um vestido para cada uma. É tradição a mãe passar o vestido para a filha. Minha mãe passou o vestido dela para mim e minha irmã.

A testa de Miri se enruga com a confusão.

— Mas o tecido de um vestido não será o suficiente para dois.

Minha mãe ri.

— Adriana dá um jeito.

Adriana examina o vestido.

— Vou aumentar o tecido. Vou fazer vestidos lindos para as duas. — Ela aproxima o nariz do vestido e o cheira. — E vou tirar este cheiro terrível de alvejante. Onde você guardou isso? Debaixo de uma pia?

Quase.

Adriana mede nossas cinturas, bustos (minha irmã ainda tem o busto maior que o meu. Não quero falar sobre isso), quadris e altura até a bainha, que em termos de alfaiate significa o comprimento do vestido.

Quando acaba, Adriana diz:

— Agora vamos escolher os estilos.

Ela bate palmas duas vezes e duas peças de seda vermelha se separam como o mar Vermelho, desenrolando-se em uma passarela como a prancha de um navio pirata. Uma garota desliza até a porta. Ela está usando um espartilho sem alças. Tem cabelo castanho ondulado e a minha idade, o meu peso...

AimeuDeus!

— Ela sou eu! — grito.

— Um holograma de você — esclarece Adriana. Ela bate palmas de novo e um modelo de Miri surge, também em espartilho.

— Um pouco estranho — murmura Miri.

Estranho? Está brincando comigo? É a coisa mais legal que já vi. Agora que olho melhor, percebo que minha modelo é transparente. Péssimo. Eu estava pensando que com a minha modelo ao lado poderia, finalmente, estar em dois lugares ao mesmo tempo. Como numa aula de Samsorta e com Raf. Se bem que se eu mandasse a modelo sair com Raf e ele tentasse alguma coisa com ela, acabaria beijando o ar.

Adriana grita.

— Modelo um, mangas curtas, decote em "u", justo no tronco, acinturado abaixo dos seios, com pérolas bordadas. Modelo dois, tomara que caia, com saia balonê e crinolina extra sob a saia!

302 ✳ Sarah Mlynowski

Zap!

A modelo Rachel está usando um vestido roxo heliotrópio com mangas curtas, decote em "u", justo no tronco e acinturado sob os seios. A modelo de Miri está usando tomara que caia com saia balonê, também roxo heliotrópio. As duas rodopiam.

Adriana aponta as modelos.

— Vocês só têm que me dizer do que gostam, do que não gostam, e elas mudam. Entendido?

Que maravilha!

— Posso ver o vestido com corte triangular?

Adriana bate palmas.

— Modelo 1, triangular!

Zap! A parte de cima do meu vestido continua a mesma, mas a parte de baixo fica mais larga. Começo a me sentir tonta, como se tivesse comido algodão-doce demais.

— Posso ver em modelo balonê?

Zap!

— Posso ver o meu menos balonê? — pergunta Miri.

Zap!

— Posso levar ela para casa? — pergunto.

Adriana ri.

Depois de escolhermos os modelos que preferimos, deixamos Adriana fazer sua mágica enquanto visitamos o Duomo e depois paramos para tomar *gelato*. Sentamos numa mesa redonda minúscula num café ao ar livre na Via della Spiga em frente a uma loja Prada imensa. Faço um grande drama ao apertar os olhos por causa da claridade, para ver se mamãe se anima e compra os óculos de sol brancos que estão na vitrine.

Festas e Poções ✳ 303

— Garotas — diz mamãe, tomando a casquinha sabor cappuccino —, os convites vão ficar prontos hoje.

— Cara, essas gráficas mágicas são rápidas — digo.

— Ainda tem um nome faltando na lista — comenta ela.

— Papai — diz Miri, imediatamente, tomando um pouco do sorvete sabor brownie.

— É exatamente em quem estava pensando — diz mamãe.

— Miri quer contar para ele — digo. — Eu não acho que devíamos fazer isso.

Miri balança a cabeça.

— Não entendo por que não. Ele é nosso pai e ele merece saber! Você não pode mentir para todo mundo, Rachel!

Eu coro.

— Mãe, o que acha? Você nunca disse a papai. Nós deveríamos?

Ela leva a mão ao queixo.

— Ele é o pai de vocês e se o querem lá, ele deve estar lá. Ou não. Vou apoiar qualquer decisão que tomarem.

— Você pode nos dar a sua opinião? — pergunto.

Ela hesita.

— Tornar-se Samsorta não significa apenas que tem poderes; significa ter responsabilidade por seus poderes. Além disso, o que aprendi na vida é que é melhor ser honesto com as pessoas que você ama.

— Exato — diz Miri, triunfante. — *Mouli*, Rachel, *mouli*. Você não aprendeu nada com a aula de ontem?

Dou outra lambida no *gelato*.

Talvez ela esteja certa. Ele é nosso pai. Ele tem que nos amar, não importa o quê, certo? Respiro fundo.

— Se você acha, realmente, que devemos contar a ele, então contamos.

Miri se anima. Ela pega o celular.

— Agora?

— Não! — digo, meu coração martelando. — Não seja louca. Vamos dizer a ele no próximo fim de semana. Pessoalmente.

Mamãe ri.

— Você tem ideia de quanto custa uma ligação da Itália para Long Island?

Miri ergue uma sobrancelha.

— Não tão caro quanto a ligação de Rachel da China na noite passada.

Mamãe deixa cair a casquinha e o sorvete se espalha na mesa.

— Como é?

Que legal. Agora *com certeza* não vou ganhar nenhum óculos de sol.

Voltamos para a loja de Adriana e estamos em pedestais baixos de madeira exibindo nossos vestidos.

— Vocês duas estão lindas — diz mamãe, com os olhos brilhando de lágrimas.

O vestido de Miri é tubinho, acinturado abaixo do seio e de mangas curtas. O meu é tomara que caia balonê. Adriana também fez casacos combinando, em tecido leve, para o caso de fazer frio, e chapéus de bruxas pontudos, também combinando.

Festas e Poções ✳ 305

— Por quê? — pergunto. — Mãe, você não estava usando chapéu nas suas fotos.

— Vocês vão precisar deles para a cerimônia — diz mamãe. — Pode acreditar.

— Seus namorados não vão conseguir tirar os olhos de vocês! — diz Adriana, levando a mão ao coração.

Ai, essa doeu! Examino meu eu em roxo heliotrópio no espelho.

Claro que quero que Raf não consiga tirar os olhos de mim... mas eu estou pronta para deixá-lo me ver? A mim de verdade? Ou vou continuar abafando a verdade?

Falando em abafar...

— Dá para costurar enchimentos no vestido?

— Sem dúvida — diz Adriana, estalando os dedos.

Imediatamente, ganho um decote cheio.

— Uau — exclama Miri.

— Você não precisa disso, Rachel — diz mamãe, balançando a cabeça.

Penso nas palavras dela. Eu preciso abafar? Não com os peitos, aí é óbvio que preciso. Quero dizer abafar a *verdade*. Com o Raf.

Quero que Raf conheça o meu eu verdadeiro. Quero que ele *ame* meu eu verdadeiro.

Adam estava certo. Preciso estar com alguém que saiba pelo que estou passando. Mas isso não quer dizer que tenha que ser Adam.

Quer dizer que preciso contar a verdade a Raf.

Jogo das palavras

A lista do desfile de moda é divulgada na segunda de manhã.

Não somente o nome de Raf está nela, mas também o de Melissa. E o de Jewel. Iupii. Vou passar os próximos quatro meses imaginando Raf dançando e rindo com minha ex-melhor amiga e com minha nêmesis.

Isso me aborreceria mais se não estivesse obcecada com um grande problema: *Vou contar meu segredo a Raf!*

Como? Eu não sei. Quando? Também não. Mas acho que deveria contar a meu pai primeiro. Família deve saber primeiro, certo? Além disso, contar a papai será definitivamente menos assustador que contar a Raf. Afinal, ao contrário de papai, Raf tem sempre a opção de terminar comigo.

Não que eu ache que ele vá fazer isso. Não mesmo. Ele é um fofo.

Mas bem que poderia.

308 ✳ Sarah Mlynowski

Seja como for, como o Samsorta é exatamente daqui a três semanas e um dia, calculo que tenho três semanas para sair do armário da magia. Creio que devo lhe dar, pelo menos, um dia de margem. Ele vai querer me dar um buquê para o baile.

É claro que vou levar Raf para o Sam. A melhor parte de contar para ele a verdade é que vou poder levá-lo como meu namorado! Ora, se a Viv pode, por que eu não?

E por que Melissa e Jewel deveriam ser as únicas a dançar e rir com ele? Não deveriam.

— Eu queria que você tivesse feito o teste — diz Raf depois do colégio, apoiando o braço sobre meus ombros. Raf está indo para o primeiro de muitos ensaios do desfile de moda depois da aula.

— Vamos dançar juntos logo logo — digo, com um sorriso enigmático.

— Você quer dizer no Baile do Halloween.

— A-hã. No baile. — *Bailes*. Nos dois.

Percebi esse feliz acaso quando voltei da Itália. Embora estivesse escuro quando saímos de Milão, era ainda meio-dia em Nova York. O que me lembrou que, sim, o Samsorta deve começar às 19 horas, mas no fuso da Romênia. E vai acabar às 20 horas, horário de Nova York, bem quando o baile da escola começa.

Então, tecnicamente, eu podia fazer as duas coisas sem contar a Raf coisa nenhuma.

Tarde demais! Já decidi. É hora de ele saber. E agora vamos aos dois bailes! Viva elevado ao quadrado!

— Você vai se fantasiar para o Halloween? — pergunto.

— Claro. Por que não? Podemos combinar nossas fantasias, se você quiser.

Festas e Poções ✳ 309

Ai, seria tão lindo! Uma fantasia combinando com a do meu namorado. Uma declaração pública do relacionamento.

— Jura? Você quer fazer isso?

Ele fica corado.

— Por que não? O que poderia ser? James Bond e uma Bond Girl?

— *Não* vou me fantasiar de Bond Girl.

— Você daria uma Bond Girl maravilhosa — diz ele, rindo. — A melhor até hoje.

Ele é *tão* fofo.

— Eu amo você! — digo, beijando-o suavemente.

— Eu amo você também — responde ele. Ele me ama! E logo ele vai amar o meu eu verdadeiro!

Talvez eu devesse contar logo para ele. Agora. Tudo. Não tem mais ninguém no corredor.

Não é nada demais. Ele nem vai ligar. E daí que sou uma bruxa? Grande coisa! É uma mania. Muitas pessoas têm manias. Ele tem. Ele coloca mostarda em tudo. É uma mania. Ele conversa com a televisão. Eu gosto menos dele *por causa* dessas coisas? Não, eu gosto dele *por causa* dessas coisas.

— Raf, eu tenho que te dizer uma coisa — disparo as palavras antes que mude de ideia.

Ele se apoia na parede.

— O que é?

— Eu... eu... — Por que não consigo falar direito? Por que minha boca ficou tão seca?

Atenha-se ao plano, minha voz interior grita. *Você tinha um plano! Papai primeiro, depois Raf!*

Certo. Eu tinha um plano.

— Então? — diz Raf.

— Eu acho — continuo devagar — que você devia se vestir todo de amarelo. Eu vou de vermelho e nós iremos de mostarda e ketchup.

Ele responde com outro beijo.

Um lindo e suave beijo.

— Raf. — Ouço — Você vem?

Ele se vira e avisto Melissa esperando no fim do corredor. Ela está com um sorriso afetado no rosto e quase dá para ouvi-la exclamar: "Rá".

Apenas para mostrar a ela quem manda, murmuro:

— Mais um. — E então puxo-o de volta para outro beijo bem molhado.

Ha-ha!

Na noite de sexta, depois de fingirmos nos arrumar para dormir, esperamos papai e Jennifer irem deitar, vestimos as roupas de festa para o Sim de Michael (visto outra versão modificada do meu vestido do baile; Miri veste o vestido da Bloomie's em outra cor), botamos travesseiros sob as cobertas e usamos o feitiço da bateria para ir para Los Angeles.

Para mim, chega de feitiço do deslocamento, muito obrigado!

Chegamos, cumprimentamos todos, que por sinal estão muito elegantes, então paramos na mesa de distribuição dos lugares e pegamos os cartões com nossos nomes. Vejo que o cartão do Adam ainda não foi retirado. Ele está na nossa mesa, a seis. Será que vai ser constrangedor? Ele vai me ignorar? Gostaria mesmo que pudéssemos ser amigos. Sinto

Festas e Poções ✳ 311

falta dele como amigo. Seguimos o grupo até o auditório para pegar um lugar para a cerimônia. Miri tenta se sentar com Corey, mas ele balança a cabeça negativamente.

— Todos os garotos têm que se sentar atrás das garotas.

— Por quê? — pergunto.

Ele dá de ombros.

— Tradição. As matriarcas ancestrais sentiam que os homens distraíam as mulheres, então decidiram manter os homens fora de seus campos de visão. Além do mais, como os homens são mais altos, dessa maneira as mulheres podem ver melhor. Mas estaremos na mesma mesa para o jantar. — Ele sorri. — Eu verifiquei.

— Ah, bom — diz Miri, mas logo fica corada.

Estamos sentadas próximas a Karin e as demais garotas do nosso Samsorta, atrás das parentes mulheres de Michael. Como é o par dele, a trigêmea de grife está sentada na fileira da frente.

— Estou ansiosa para ver como funciona — cochicha Miri para mim.

Dou uma olhada rápida ao redor para ver se acho Adam. As luzes se apagam justamente quando o vejo, quatro fileiras atrás.

Quando as luzes do palco se acendem, a cerimônia começa. A mãe de Michael pergunta a ele se ele quer se juntar ao círculo da magia, como no nosso. Como não há círculo real (é somente ele), Michael tem que dar três voltas no palco. Como o palco é muito grande — Alô! A cerimônia do Oscar é realizada aqui —, isso leva um tempo. Depois, a mãe de Michael corta uma mecha do cabelo dele. De onde estou sentada, é difícil enxergar quanto foi cortado, mas o cabelo

312 ✳ Sarah Mlynowski

dele já é curto, mesmo, então não deve ter sido tanto assim.
Espero que ela não tenha deixado uma falha no cabelo dele.
Preciso muito conversar com minha mãe sobre a parte de
cortar o cabelo. E com Este.

A mãe de Michael leva o cabelo dele para o caldeirão de
barro grande no centro do palco. Depois, Michael recita o
feitiço da luz em brixta para acender a vela.

Ele fecha os olhos e entoa:

> *Isy boliy donu*
> *Ritui lock fisu*
> *Coriuty fonu*
> *Corunty promu binty bu*
> *Um...*

Ainda não aprendi o feitiço, mas tenho certeza de que o
um não é parte dele.

— Ele está nervoso — cochicha Miri.

— E como! — Daqui, posso ver o suor escorrendo pela
testa dele. Pobre Michael!

Aguardamos. Miri aperta minha mão.

Michael limpa o rosto e então continua.

> *Gurty bu*
> *Nomadico veramamu*

Ele termina, mas a vela não acende
Um murmúrio percorre a multidão.
Ô-Ô!
— E agora? — cochicho.

Festas e Poções ✳ 313

— Ele tem que repetir — responde Miri.

Michael balança a cabeça, respira fundo e parte para a segunda tentativa:

> *Isy boliy donu*
> *Ritui lock fisu...*

Miri pronuncia as palavras junto com ele.

— Como? Você já sabe isso? — pergunto. — Não aprenderemos na aula de amanhã? — Ainda temos mais três aulas e a de amanhã será dedicada a aprender o feitiço da luz.

— Eu queria me adiantar um pouco — cochicha ela em resposta. — Não quero que isso aconteça comigo. — Ela aponta para Michael.

É melhor que também não aconteça comigo. Minha boca fica, repentinamente, seca como areia. Por que Fizguin desperdiçou tantas aulas nos ensinando ética quando deveria ensinar uma maneira de evitar uma grave humilhação em público?

Michael recita o feitiço todo de novo, mas se confunde no último verso e não funciona.

— Ele está nervoso demais — diz Miri, mordiscando as unhas rosa. — É um feitiço de uma vassoura de dificuldade, é necessário pronunciar todas as palavras perfeitamente para funcionar.

Ele está nervoso? Eu estou nervosa! E se acontecer isso comigo na frente de todo o mundo bruxo?

— O que acontece se a gente esquece a coisa toda?

— A pessoa ao seu lado pode sussurrar — diz Miri. — Mas você precisa dizer tudo numa única, e fluida, vez. Por isso a cerimônia do Samsorta demora tanto. Ouvi dizer que,

314 ✳ Sarah Mlynowski

no ano passado, uma garota tentou 37 vezes até acertar. Dá para imaginar? Que constrangedor!

Mas que maravilha. Mais uma coisa para me preocupar. Vou errar tantas vezes que vou perder o Baile de Outono da JFK.

Miri mordisca a unha do polegar e dou um tapinha na mão dela.

— Você não quer que suas unhas fiquem bonitas no seu Sam?

Ela me ignora.

Ainda bem que o pavio de Michael acendeu na terceira tentativa. Ele ri aliviado.

— Você soube que Wendaline é a garota escolhida para lançar o feitiço do deslumbramento do nosso Samsorta? Vai ser como uma oradora da cerimônia.

Bruxoradora?

— É mesmo? Ela não me contou. É uma coisa boa?

Miri assente.

— Uma imensa honra. Mas é praticamente o feitiço mais difícil do mundo. Seis vassouras de dificuldade.

— Não existe uma coisa dessas!

— Existe sim. É o feitiço do deslumbramento do Samsorta. Todos os seus *m's* têm que funcionar perfeitamente ou não vai adiantar.

Eu olho de novo para o pobre Michael.

— E se Michael não conseguir?

— Se for só um garoto, são apenas duas vassouras de dificuldade. Seis é quando você recita o feitiço para 84 bruxas jovens. É evidente que acham que Wendaline está muito bem com seus pilares.

Ela tem mesmo bastante autocontrole. Se eu fosse ela, teria feito Cassandra virar pó faz tempo.

Michael segura a vela sobre o caldeirão e recita:

Julio vamity
Cirella bapretty!

Ele incendeia o caldeirão.

O público irrompe em aplausos.

Fico aliviada por ele, mas ainda estou com o estômago embrulhado.

Provavelmente porque estou ansiosa sobre essa coisa de contar tudo a papai. Sim. Amanhã é o grande dia. Já temos um plano. Amanhã à noite, depois de Prissy ir dormir, Miri e eu vamos falar com papai que queremos assistir Star Wars. Jennifer inventará uma desculpa para não ficar na sala, então seremos somente nós três.

E contaremos a ele.

Então, depois que ele souber, vou contar a Raf.

Oba!

Acho que vou chamar ele para ir lá em casa. Assim posso ter certeza de que teremos privacidade. Ou talvez eu deva contar tudo na casa dele? Para ele se sentir mais à vontade? E se Will ou alguém nos interromper?

Talvez eu devesse escolher um lugar neutro, como o parque.

Deixamos o auditório e vamos para a sala de jantar. Adam já está sentado, mas brinca com os talheres como se fossem baquetas, evitando me olhar. Eu me sento ao lado de Karin.

Depois que todos estão sentados, a primeira música começa e Michael e a trigêmea de grife vão para a primeira dança. Todos soltam oohs e aahs.

316 ✳ Sarah Mlynowski

— Eles são bons — digo para Karin.

— Tiveram aulas — conta Karin.

— Não diga! E nós também devemos ter aulas para nossa primeira dança do Sam?

— Não há motivo, pois haverá muitas garotas. Com oitenta casais no salão, ninguém presta atenção. Mas quando há somente dois dançando... — Seus olhos seguem a trigêmea de grife e Michael. — Quem você vai levar?

— Meu namorado, Raf — digo. Pronto, saiu. Então deve ser para valer.

— Não sabia que você tinha um namorado — comenta Karin. Ela se inclina mais para perto de mim para cochichar. — Achei que você e Adam tinham algum rolo.

— Estou namorando Raf desde o verão — digo. — E vou convidá-lo para ser meu par na próxima semana. Primeiro vou ter que contar que sou uma bruxa. Ele é um neiticeiro. Alguma sugestão?

Ela morde os lábios.

— Sim. Não leve ele.

Meu coração cai no estômago.

— Por que não?

Ela se aproxima.

— É malvisto convidar um neiticeiro.

Agora ele despenca até os pés.

— Por quê?

— Bem — explica Karin —, você sabe que os homens não passam o gene mágico para os filhos... só pode ser passado pela mãe... certo?

— Sério? — pergunto. Eu vou matar minha mãe. Ela só conseguiria nos manter mais ignorantes se nos obrigasse a andar por aí usando venda nos olhos.

Festas e Poções ✳ 317

— Sério — diz ela. — Se um feiticeiro casa com uma nuxa, seus filhos não terão poderes. Somente é passado pela mãe. Como a calvície.

— Mas o que isso tem a ver comigo? — pergunto. — Se eu me casar com Raf, meus filhos terão poderes de qualquer forma.

— Verdade — diz Karin —, mas não é justo com os feiticeiros. Se nós casarmos com neiticeiros, com quem eles se casarão?

Minha cabeça rodopia. Não somos novas demais para conversar sobre casamento? Ainda nem consegui minha carteira de motorista.

— Mas... mas minha mãe casou com um neiticeiro. E minha avó também. E Viv vai levar o namorado e ele é um neiticeiro!

— Isso acontece — diz ela, dando de ombros. — Mas não é muito BC.

Enrugo a testa, confusa.

— Bruxalmente Correto — explica Karin.

Bem, e daí? Não ligo! Eu amo Raf e quero que seja meu par. Se Viv pode, também posso. Não posso? Por que tudo precisa ser tão difícil?

Se ao menos eu gostasse do Adam. Minha vida seria mais fácil. Se ao menos Adam não me odiasse.

Quando a primeira dança acaba, a banda chama todos os convidados para dançar. Todo o pessoal da minha mesa se levanta. Mas eu interrompo Adam antes que ele se mexa.

— Adam, espere um segundo, por favor? — Eu passo para a cadeira ao lado dele. A era do gelo entre nós acaba.

— Oi. — Ele me dá um sorriso envergonhado.

318 ✳ Sarah Mlynowski

— Precisamos conversar — começo. Como somos as únicas pessoas na mesa, disparo. — Sinto muito, muito mesmo, por não ter te dito que eu tinha um namorado. Eu devia ter contado. Sei que soa péssimo, mas acho que você é um garoto muito legal e quero muito mesmo que a gente seja amigo. Você acha que podemos ser amigos? Ou você me odeia?

Ele ergue a cabeça.

— Sim.

— Sim, você acha que podemos ser amigos ou sim, você me odeia?

Seus olhos enrugam.

— Ambos.

Eu dou uma risada.

— Então somos amigos.

— Somos. E desculpe por ter tratado você tão mal no teleférico. Você me odeia?

— Não, nem um pouco!

— Bom. — Ele sorri. Então pega o garfo e a colher e, gentilmente, bate com eles contra a ponta da mesa como se fossem baquetas. — Então, e agora, amiga?

Como a música é rápida, eu convido:

— Podemos dançar.

— Seu namorado não vai se importar?

— Raf não se importaria. Ele dança com outras garotas o tempo todo.

Adam levanta uma sobrancelha.

Aquilo não soou nada bem.

— Ele está no espetáculo de dança da escola — explico.

— Oh, então é esse o nome? Raf. É apelido de quê?

— Hã?

— Apelido. Ele não nasceu com o nome Raf. — Adam batuca os talheres contra a mesa de novo.

— É claro que sim! Ou não?

Ele ri.

— Há quanto tempo estão juntos, mesmo?

De brincadeira, dou um soco no braço dele.

— Cale a boca. Estamos juntos já há algum tempo. Ele é muito legal. Você ia gostar dele.

— Ele é muito legal, hein? Mas pode fazer isto? — Seus olhos piscam, ele agita os dedos e ergue no ar um copo d'água.

Eu dou uma risada.

— Não, não pode.

— Não? E isso? — Ele ergue o garfo.

— Não.

Ele faz o garfo flutuar e o talher bate de leve contra o copo.

— Não, ele não faz isso também. Mas vou contar a verdade para ele. Sobre mim.

— Ah. Bem. Então é sério.

— É. É, sim.

— Bem, se ele não reagir da forma que você quer — diz Adam, colocando o copo e o garfo devagar na mesa — estou aqui.

— Ele vai reagir bem — digo. — Mas obrigada. — Então afasto a cadeira. — Vamos nos juntar aos outros na pista de dança?

— Claro.

320 ✳ Sarah Mlynowski

Desta vez ficamos na festa até o finalzinho. Quando vamos para casa, são 4 horas da manhã em Long Island. Usamos o feitiço de deslocamento e chegamos ao banheiro.

— Você vai tomar banho ou vai direto para a cama? — cochicha Miri.

— Estamos usando maquiagem — lembro a ela, pegando o demaquilante. — Você quer que sua pele entre em erupção duas semanas antes do Samsorta?

— Nããão. E estava pensando no que você disse.

— Sobre o quê? Eu digo muitas coisas.

— Sobre minhas unhas. Vou tentar parar de roê-las.

— Faz bem. Me chame se precisar de coragem. Vou ficar feliz em dar um tapa na sua mão, sempre que precisar. Ou de enrolar seus dedos em Band-Aid.

Ponho o pijama e abrimos cuidadosamente a porta para ir para cama.

A luz do corredor está acesa. A porta do quarto de papai está aberta.

Ô-Ô.

— Rachel! Miri! — grita meu pai, avançando para nós. — Onde vocês estavam? Ficamos doentes de preocupação! Fui dar uma olhada em vocês e suas camas estavam vazias! Sabem que horas são?

No flagra. Bem, nós íamos mesmo contar para ele amanhã...

As veias no pescoço do meu pai parecem a ponto de explodir.

— Jennifer está no telefone com a polícia agora!

Miri e eu trocamos olhares. Eu assinto.

— Pai — começa ela —, temos uma coisa para contar para você.

Eu estico as costas e abro a boca. E então digo:

— Somos bruxas.

A dura verdade

22

Logo que as palavras saem da minha boca, sinto como se um peso fosse tirado das minhas costas. Ele agora sabe. Chega de mentiras. Chega de mentir!

Pelo menos para o papai.

Monitoro suas veias para ver como ele está recebendo a notícia. Elas não estouraram. Um bom sinal, certo?

— Vocês são bruxas — repete ele. — Vocês saíram escondidas no meio da noite porque são bruxas.

A esta altura, Jennifer desligou o telefone e está de pé ao lado do meu pai em seu roupão de seda até o tornozelo. Acho que vamos ter que contar a ela também.

Miri balança a cabeça.

— Não, nós saímos de fininho no meio da noite porque fomos convidadas para um Simsorta, que é como um bar mitzvah! Mas para bruxos! E...

322 ✳ Sarah Mlynowski

Jennifer olha para meu pai, os olhos arregalados de medo.

— São as drogas?

Oh, Deus. Ela está brincando comigo?

— Nada de drogas — juro. — Nós somos *bruxas*. — Lanço um olhar de preocupação para o quarto de Prissy. — Podemos continuar a conversa em outro quarto?

Os três, sem dizer nada, me seguem até a cozinha. Miri, Jennifer e eu deslizamos para as cadeiras, mas meu pai fica de pé próximo à mesa com os braços cruzados e as veias ainda salientes.

— Como eu dizia, Miri e eu somos bruxas.

— Como assim? — pergunta Jennifer, passando as mãos sobre a mesa. — Vocês brincam com Tábuas Ouija?

— Não exatamente.

Jennifer se senta reta na cadeira.

— Vocês não estão sacrificando animais, estão?

— É claro que não! — retruca Miri.

— Na verdade, certa vez, Miri tentou salvar um rebanho de vacas — digo. — Ela os zapeou para dentro do ginásio. — Talvez isso seja ID: Informação Demais.

— Não tenho ideia do que vocês estão falando, garotas — diz meu pai. — É como se estivessem falando japonês.

— Nós falamos japonês! — exclama Miri. — Fizemos o feitiço da língua.

— Foi por isso que entendemos italiano no Al Dente, no mês passado — digo apressadamente. — Lembram-se?

Eles olham para mim inexpressivos.

Eu me viro para Miri.

— *Spesso non compire*. — Eles não entendem. — Papai, Jennifer. Nós somos bruxas. Podemos fazer mágica.

Festas e Poções ✳ 323

As veias do pescoço dele começam a latejar de novo.

— Bruxas não existem!

Miri coloca as mãos nos quadris.

— Ah, existem sim.

Jennifer aponta um dedo em nossa direção.

— Vocês estão sendo ridículas.

Miri me lança um olhar. Não preciso entender uma língua estrangeira para saber o que ela está pensando. Como podemos fazer com que eles acreditem em nós sem que deem um ataque? Mamãe e Miri levitaram meus sapatos quando me contaram. Foi o que resolveu o problema.

— Papai, Jennifer — começa Miri. — Sei que isso parece loucura. Mas estão vendo essa tigela de maçãs artificiais no centro da mesa? Vou erguê-las. Com a mente.

— Ora, por favor — zomba papai.

Eu ponho a mão sobre a de Jennifer, mas mantenho os olhos em meu pai.

— Não fiquem nervosos, tá?

Jennifer afasta as mãos de mim e as coloca sobre a barriga.

— Vocês estão agindo como crianças.

Fica frio na cozinha de repente. Miri mexe os lábios e a tigela de cerâmica de frutas falsas levita em direção ao teto. Então as maçãs saltam da tigela e começam a fazer malabarismos no ar.

Meu pai fecha os olhos.

Jennifer grita.

— Pare! Pare! Não quero que quebrem! Foram muito caras!

Miri, devagar, coloca a tigela e as frutas na mesa.

— Viram? — diz ela suavemente. — Nós somos bruxas. Podemos fazer coisas legais com nossa vontade essencial.

— É como a Força — digo para papai. Melhor usar uma língua que ele entenda. — E eu tenho poderes também. Quer ver? — O que eu posso erguer? Passo os olhos pela sala. Localizo a geladeira. Eu me concentro. Abro-a. Depois fecho. Depois abro de novo. — Olhe só o que estou fazendo! Não é divertido? — Fecho a porta da geladeira e olho para meu pai. A cor deixou seu rosto, tornando-o branco pálido.

— Eu não entendo — sussurra ele.

— Papai, você está bem? — pergunto. — Não quer se sentar?

Ele afunda numa cadeira.

Miri toca seu ombro.

— Sei que é meio chocante para você, mas é verdade. Foi na noite das lagostas no Abramsons! Lembra? Fiz minha lagosta ressuscitar! Usei mágica! Foi quando soube que alguma coisa tinha mudado em mim.

— Você fez a lagosta ressuscitar — diz Jennifer, compulsivamente esfregando o estômago como se tivesse um gênio lá dentro.

— Isso mesmo! — diz Miri, alegrinha. — Sem querer, mas fiz. Foi tão legal! Nunca mais fiz. Dizem que é muito difícil, além de haver alguns problemas morais em relação a dar vida aos mortos...

— Eu ainda não tinha meus poderes nessa época — interrompo-a, dando a Miri um olhar de atenção. Definitivamente ID. — Mas, finalmente, os consegui no verão passado. Logo antes do acampamento.

Festas e Poções ✳ 325

— Não sei o que dizer — fala papai olhando para as mãos.

— Você não tem que dizer nada — digo a ele. Mas assim que pronuncio as palavras, sei que não é verdade. Não sei qual esperava que fosse a reação dele, mas acho que sempre imaginei que, quando contássemos, ficaria impressionado. Não ficaria encarando as mãos.

— Eu não sei o que dizer — repete ele.

Miri, visivelmente alheia à melancolia de papai, divaga feliz. Agora que as comportas se abriram, lá vem a inundação.

— Não é legal, papai? Você não acha?

As mãos de Jennifer param de tremer e ela as une. Então, olha de um lado para outro, para Miri e eu.

— Vocês já usaram seus poderes em... mim?

Eu lanço a Miri um olhar que diz *Eu sei que você quer dizer a verdade, mas seja cuidadosa, por favor.*

— Antes de vocês se casarem — começo —, talvez tenhamos testado alguns feitiços *pequeninos.*

Miri assente.

— Teve o feitiço da feiura, o feitiço do soro da verdade, o feitiço do amor que colocamos no papai para ele se apaixonar de novo por mamãe...

— Miri! — grito.

Será que *ela* tomou um pouco de soro da verdade? Será que é totalmente incapaz de perceber a situação? Não os afogue em informações. É ILD agora (Informação *Loucamente Demais*).

— O que foi? — Ela ri, sem jeito. — Nossa mãe ficou muito chateada com o último, então o desfez.

Meu pai pisca os olhos. E então pisca de novo.

326 ✳ Sarah Mlynowski

— Ela desfez? Sua mãe?

Miri bate palmas.

— É claro! Ela é uma bruxa também! É de quem recebemos nossos poderes. Sabemos que ela nunca contou a você. Não queria que soubesse. Mas é verdade, pode perguntar para ela.

Tum!

Meu pai desmaia, escorrega da cadeira e cai no chão.

— Papai! — grito e pulo até ele.

Miri e Jennifer pulam atrás de mim. Nós três agarramos os braços dele e o levantamos de volta.

Seus olhos se abrem devagar.

— Podem soltar — diz ele. — Eu estou bem. Estou bem.

Meu pai cor de Liquid Paper coça a nuca.

— Posso tomar um pouco de água?

Sem querer deixá-lo, me concentro na geladeira, abro-a e puxo uma garrafa d'água com a mente.

— A água está voando! — diz animada uma nova voz.

Todos nos voltamos para a porta. Prissy. Ô-Ô!

Eu abaixo a garrafa.

— Como você fez isso? — pergunta Prissy. — De novo! De novo! Você é mágica?

— Hum... — Eu não estava exatamente planejando contar a Prissy. — Tipo.

Ela sobe em meu colo.

— Você pode fazer um pônei para mim?

— Acho que não — digo.

— Eu ia tomar conta dele. Por favor? Me dá um pônei? Por favor?

Festas e Poções ✳ 327

— Nada de pônei — diz Jennifer, ainda esfregando a barriga, seus olhos agora voam nervosamente de mim para Miri. — A menos que vocês queiram. Façam o que quiserem. Não vou dizer a vocês o que fazer. A mágica não faz mal ao bebê, faz? Tipo radiação?

— Não vai prejudicar o bebê — garanto. — Bruxas usam o tempo todo, mesmo quando estão grávidas.

Os olhos de Prissy aumentam até o tamanho de uma cesta de frutas.

— Vocês são bruxas?

Ops!

— Somos — diz Miri.

— Vocês podem voar? — guincha ela.

— Podemos — respondo.

Ela salta no meu joelho.

— Eu posso voar?

— Posso levar você — digo.

— Acho que não — diz Jennifer. Ela nos lança um sorriso nervoso. — Tudo bem para você, Rachel!

Que ótimo, ela está sendo esquisita conosco.

— Quero que meu pônei voe também — diz Prissy. — Posso ter um pônei mágico?

— Sem pônei! — gritamos Miri e eu.

— E um cachorro?

— Eu preciso deitar — diz meu pai, ainda olhando para as mãos.

— Papai? — Estou preocupada. — Você não precisa ir para o hospital, precisa? — Maravilha. Finalmente conto a verdade a alguém e ele tem um infarto.

328 ✳ Sarah Mlynowski

— Só estou com dor de cabeça. Preciso deitar. — Sem olhar para nós, ele sai da cozinha.

— Mas, papai... — a voz de Miri vai sumindo. — Eu quero contar tudo para você.

— Agora, não — diz papai.

— Então? — diz Jennifer, um sorriso ainda forçado nos lábios. — Posso preparar alguma coisa para vocês? Outro copo de água? Ou estão com fome? Posso fazer panquecas! Panquecas de amora? Panquecas de banana? Panquecas de chocolate? Panquecas de chocolate com banana?

— Não precisa — digo suavemente. Não posso acreditar que papai simplesmente saiu.

— OK, então — diz Jennifer, botando a cadeira no lugar e evitando qualquer contato visual conosco. — Prissy, é hora de você voltar para a cama. Como está tudo bem com suas irmãs... Garotas, vocês se importam se eu levar Prissy de volta para a cama?

— Claro que não — digo.

— Têm certeza? — pergunta ela, nervosa. — Não quero irritar nenhuma de vocês de modo...

— Leve ela logo — fala Miri, áspera.

Jennifer agarra Prissy e sai correndo da cozinha, o sorriso forçado ainda colado no rosto.

Hã.

— Não foi tão bem — digo, também chocada demais para me mexer.

Pouco depois, Jennifer fala:

— Boa noite, meninas! Se precisarem de alguma coisa, gritem! Eu estarei aí imediatamente!

Festas e Poções ✳ 329

A porta bate. Tenho certeza de que ela desejaria ter uma fechadura.

Miri cruza os braços. Seu rosto fica vermelho. Ela pisca e pisca e então lágrimas de tristeza descem por suas bochechas.

— Que idiota! — explode ela. — Nós dissemos a ele a coisa mais importante de nossas vidas e ele nem mesmo quis conversar sobre isso!

— É difícil para ele lidar com isso — digo, carinhosa.

— É difícil para nós, também! Não ligo se é difícil para ele! Papai não pode simplesmente ir embora! Foi muito grosseiro. Se minha filha me dissesse que era uma bruxa, eu teria muitas perguntas. Não diria a ela para não me amolar.

— Miri, você ficaria surpresa se sua filha lhe dissesse que ela *não* é uma bruxa.

— Se ela me dissesse que era alguma outra coisa, então. Uma vampira. Qualquer coisa. Meu primeiro instinto não seria sair do cômodo.

—Não, provavelmente seria colocar uma blusa de gola rulê.

Em vez de rir, ela limpa as lágrimas com as palmas das mãos.

— Vamos dar um tempo a ele? — sugiro.

— Por quê? Você não ficou nervosa quando mamãe e eu dissemos a você a verdade sobre nós.

— Um pouco.

— Não, você fez uma porção de perguntas. E era o que eu esperava. Perguntas. — Lágrimas deslizam por seu rosto. — Quem ele pensa que é? Ele faz o que quer, deixa mamãe, se muda, casa novamente, tem outro filho e nossa obrigação é aguentar. Nossa obrigação é aceitá-lo, mas ele nem mesmo pode conversar conosco? Esquece! — As palavras jorram de sua boca como adagas. — Quer saber? Vou para casa. — Agora as veias do pescoço *dela* é que estão perto de explodir.

— Miri, são 5 horas da manhã.

— E daí? Estou com raiva e quero ir para casa — diz ela, soluçando. Miri tropeça, atravessando a cozinha, abre a porta do quarto e põe todas as suas coisas na mala como um tornado. — Você vem comigo ou não?

— Eu... eu... eu vou — gaguejo. — Deixa só eu dizer a eles que estamos indo embora. — Eu pronuncio as palavras, mas o que estou realmente pensando é que eles não vão nos deixar ir embora. Se eu disser que estamos voltando para a casa da mamãe, tentarão nos deter. Eles dirão, *não sejam bobas! Não nos deixem!*

Nós amamos vocês mesmo que sejam bruxas!

— Eu vou embora em dois minutos com ou sem você. — Ela chora.

Eu me arrasto para fora. A porta do papai ainda está fechada. A casa está silenciosa. Como se nada tivesse acontecido.

Eu bato.

— Papai? Jennifer?

Nenhuma resposta.

— Pessoal?

Giro a maçaneta. Meu pai e Jennifer estão sentados na cama, um ao lado do outro. Quando me vê, instintivamente, Jennifer põe as mãos sobre a barriga de novo.

— Miri quer voltar para a casa da mamãe — digo. — Estou tentando impedi-la, mas ela está muito chateada.

Jennifer me dá aquele sorriso falso de novo.

— Ah! OK! Sem problemas! Vocês precisam que eu leve vocês? Ficaria feliz em ajudar! No que vocês quiserem!

— Não precisa, obrigada. Temos essas baterias mágicas e uma mistura em pó. Os dois funcionam. Miri prefere o pó, mas algumas vezes acabamos em banheiros e... — Deixo minha voz sumir. Agora ela vai achar que estamos falando de drogas de novo.

Papai não diz nada. Nada. Nem *Não vá*. Nem *Fique*. Nem *Eu amo vocês*.

Quando, finalmente, olha para mim, seus olhos demonstram choque. Choque e desapontamento.

OK, então. Nada mais a dizer.

— Acho que vou com ela — digo, a voz falhando. Não vou chorar. *Não* vou chorar. Tenho que ser forte por Miri. Tenho que ser forte. Eu fecho a porta e volto para nosso quarto.

— Pronta? — pergunta Miri, os olhos brilhando. — Se ele não consegue lidar com isso, então não precisamos dele.

O mundo gira ao meu redor. Enquanto Miri borrifa o pó no ar, percebo que sempre soube que ele reagiria assim. Por isso é que não queria contar a ele. Por isso não queria contar a ninguém. E é por isso que nunca, jamais, vou contar a alguém a verdade sobre mim enquanto eu viver.

Mesmo que, apesar de improvável, Raf e eu fiquemos juntos pelos próximos cinco anos, ou dez anos, mesmo se Raf e eu ficarmos noivos e depois nos casarmos, nunca vou contar a ele que sou uma bruxa, porque não quero que ele me olhe da forma como meu pai acaba de olhar.

Mamãe estava certa desde o início: mágica deve ser mantida em segredo.

Não consigo acreditar que acabou assim. Estava ansiosa para meus poderes chegarem e agora tenho vergonha deles.

O pó cai na minha cabeça e eu desapareço.

Nós aterrissamos no banheiro com um estrondo.

— Oi? — É mamãe.

— Que ótimo, nós a acordamos. Somos nós! — grito.

— Lex deve estar aqui — choraminga Miri.

Certo. Maravilhoso.

— Garotas? O que houve? Por que estão em casa? — Mamãe parece em pânico ao abrir a porta do banheiro.

Estamos sentadas no tapete do banheiro, Miri chorando, eu acariciando as costas dela.

— Nós contamos para ele — explico.

Ela se ajoelha ao nosso lado.

— Contaram o quê exatamente?

— Sobre nós — soluça Miri. — Sobre todas nós.

Os lábios de mamãe tremem.

— Sobre mim também?

— É, fomos todas expostas — digo.

Meus olhos se enchem de água e eu começo a chorar. Mamãe abraça nós duas.

Um tom de cinza

23

Depois de uma longa sessão de lágrimas (Lex foi para casa para mamãe ficar sozinha conosco), Miri e eu, finalmente, fomos dormir. No dia seguinte, acordamos exaustas para a aula de Samsorta. Em vez de jeans, ponho calça e blusa de moletom. Não me importo mesmo com minha aparência. Só quero me sentir confortável. Raf ligou, mas não atendi. Não posso falar com ele agora. Estou nervosa demais e ele nunca entenderia.

Antes de sairmos, vemos outro embrulho na sala de estar.

— Acho que é outro convite para um Simsorta — diz mamãe.

— Aposto que é do Adam — digo, com um sorriso finalmente aparecendo no rosto.

Miri, mais calma que ontem, desembrulha. Dentro da caixa há uma miniatura de bondinho. É do tamanho dos meus pés. Quando Miri dá corda, o bondinho liga, escrevendo as informações da festa em preto metálico no carpete com o cano de descarga.

— É bom que seja tinta temporária — diz mamãe, como um aviso.

— Imagino que estamos convidadas agora que vocês voltaram a se falar — diz Miri.

— Acho que sim — respondo, lendo o convite. A festa é na próxima sexta-feira à noite na Golden Gate Bridge. Provavelmente é disso que preciso para me sentir melhor: estar cercada de bruxas e feiticeiros. Porque eles me entendem. Sabem o que é fingir ser alguém que você não é. Ao contrário do meu pai, não vão me tratar como se eu tivesse uma doença contagiosa.

De repente, o carro solta outra mensagem enfumaçada: *Foi mal pelo atraso, mas estava esperando até que ficássemos amigos novamente.*

— Pelo menos alguém nos quer por perto — fala Miri, com um suspiro.

— Então, o que vamos fazer esta noite? — pergunta Karin.

Na aula, finalmente, aprendemos o feitiço da luz. E depois praticamos. E praticamos novamente. E novamente. Não vou passar vergonha na frente de todo mundo. Não mesmo. Agora estamos sentadas no refeitório tomando sorvete. Pela primeira vez em muito tempo, não tenho para onde ir. É o fim de semana do papai, mas estamos em exílio. Acho que

Festas e Poções ✳ 335

poderia ir para casa e ligar para Raf ou Tammy, mas então teria que inventar uma desculpa para não estar em Long Island e, francamente, não tenho energia para mentir agora. O confronto com meu pai exigiu um bocado de mim. Raf ligou de novo, mas não ouvi a mensagem que deixou. Não sei o que vou dizer a ele. Tudo mudou. Não posso dizer a verdade. A única coisa que posso fazer é mentir e mentir e mentir de novo.

— Vamos ver o Robert Crowne — diz Adam. — Ele está tocando no Madison Square Garden.

— Sério? — pergunto. Amo Robert Crowne. Eu vi um show dele no primeiro encontro com Raf. Primeiro quase encontro. — Como vamos entrar? — pergunto. — Você consegue ingressos?

A trigêmea comportadinha ri.

— Desde quando precisamos de ingressos? Nós nos zapeamos para os bastidores.

— A banda de abertura começa às 20 horas, Crowne entra no palco às 21 horas, no fuso da Costa Leste. — Adam olha para o relógio. — Eu não me incomodaria de dar um pulo em casa para trocar de roupa. Vocês querem nos encontrar nos bastidores em uma hora?

As trigêmeas murmuraram concordando.

— Vou ligar para Michael — diz Karin. — Sei que ele vai querer ir. — Michael e Fitch não passam mais os sábados conosco desde que fizeram o Sim.

Corey pigarreia e olha para minha irmã.

— Miri, que tal se eu pegar você e daí vamos juntos?

Será? Acho que sim! É o primeiro encontro oficial da minha irmã!

— Você ainda não está pronta? — pergunto. Estou deitada na diagonal na cama de Miri. — Ele vai estar aqui a qualquer segundo.

— Oh, não, preciso de mais tempo! — Ela fecha os jeans e desfila para mim. — Não sei que blusa usar. Você não vai trocar de roupa?

Ainda estou feliz no moletom.

— Não.

— Mas você não está usando maquiagem!

— Também não.

— Você vai se encontrar conosco, certo?

— Bem... — respondo. Certo, eu adoro Robert Crowne, mas agora que estou em casa, não me sinto no clima de sair.

Ela franze a testa.

— Você tem que vir! Não quero que fique em casa deprimida.

— Só porque você parece ter se recuperado de ontem, não quer dizer que eu esteja bem — digo, abraçando os cobertores dela.

— Então não troque de roupa. Mas venha com Corey e eu. E depressa. Ele vai tocar a campainha a qualquer minuto.

— Não vou segurar vela no seu encontro.

— Vai, sim. Eu insisto. — Ela cruza os braços. — Eu não vou se você não for.

Festas e Poções ✳ 337

— Miri! É o seu primeiro encontro de verdade! Você tem que ir.

Ela se senta na ponta da cama.

— Estou com um pouco de medo de ficar lá com ele, como um casal. Vem comigo? Por favor?

Eu dou uma risada.

— Está beeem.

Escutamos um barulho forte vindo do banheiro.

— Oh, não! — grita Miri.

— Acho que ele não vai tocar a campainha — comento.

— Vá pegá-lo! — ordena Miri. — Vou pegar uma blusa emprestada! — Ela sai correndo para o meu quarto e bate a porta.

Eu vou até a porta do banheiro.

— Hum... Corey?

— Oi — diz ele, rindo. — Desculpe a bagunça. Odeio esse feitiço. — Ele abre a porta e está segurando um buquê de tulipas.

— Aaah — ronrono. — Miri! Adivinhe quem está aqui? E ele trouxe flores! Corey, espero que você não se importe, mas será que eu posso pegar uma carona com... vocês? — Hi-hi!

— Sem problema — diz ele, mostrando um largo sorriso de alívio.

Acho que ele está nervoso também. Não admira que esteja demorando tanto para eles darem o primeiro beijo.

Hum. Ele é tão bonito. *Eles* são tão bonitos.

Minha mãe entra apressada.

— Olá, Corey!

Ele fica vermelho e diz:

— Olá, senhora.

— Oh, por favor, me chame de Carol. É tão bom conhecer você. Já ouvi falar muito a seu respeito.

Miri abre a porta a tempo de escutar o comentário de mamãe. Ela abafa um rosnado.

— Mamãe — digo em voz baixa de advertência.

— Oh! Não quero dizer que Miri fale sobre você. Ela não fala nada. — Suas mãos se agitam no ar. — A não ser, bem... — Sua voz some. — Ai, nossa!

Aponto para as flores de Corey.

— Miri, olhe o buquê!

Miri arrasta os pés.

— Obrigada, Corey. Isso é fofo.

Pausa constrangedora.

— Mãe — digo —, você poderia colocar as flores da Miri na água para podermos sair?

— Certo — diz ela, parecendo agradecida. — É claro. Divirtam-se!

Honestamente, se não fosse eu, não sei como minha família sobreviveria.

Quero dizer... o que sobrou dela.

The feeling never fades
My sixteen shades...

Robert Crowne está cantando no palco e, pela primeira vez em muito tempo, sinto-me capaz de bloquear qualquer outra coisa — meu pai, Jennifer, não ter um par para o Sam

— e apenas aproveitar. Meu telefone vibra algumas vezes, mas o ignoro. E me deixo perder nas músicas.

Ajuda o fato de a gente, de algum modo, ter conseguido sentar numas cadeiras da área VIP, bem ao lado do palco. Primeiro o empresário ficou imaginando quem éramos, mas Michael deve ter feito algum truque Jedi de controle mental nele porque agora o cara não para de piscar para nós.

É claro que eu não posso evitar de olhar a toda hora para Miri e Corey, que estão logo atrás de nós.

Nenhum beijo ainda, mas estão de mãos dadas.

Como Miri tem sorte! Gostar de um garoto que a entende. Que sabe o que é ter poderes mágicos. Que não precisa ouvir uma mentira.

Gostaria de estar de mãos dadas com alguém. É óbvio que Adam não se importaria se eu pegasse na mão dele, mas talvez se animasse a tentar alguma coisa. Seria fácil fazer isso.

Mas meu coração pertence a Raf.

Então ergo as mãos no ar e danço ao som da música.

— Foi maravilhoso — digo para o grupo, enquanto deixamos o auditório.

Seria mais fácil escapar da fila e nos zapearmos direto de nossos assentos, mas estamos tentando não dar tanto na vista.

— Foi sensacional! — comenta Viv. — Grande ideia, Adam.

— Rachel!

340 ✳ Sarah Mlynowski

Alguém chamou meu nome? Olho em volta, checando o grupo, mas ninguém parece estar falando comigo. Meus ouvidos ainda estão chiando, então quem sabe eu tenha imaginado?

— Rachel! — Escuto de novo.

— Aquele cara ali está chamando você — diz Viv, apontando.

Apontando para Raf.

AimeuDeus. Ele está com um amigo, Justin, e alguns outros caras. E estão olhando para mim.

Eu o vejo acenando a distância. Está usando um novo casaco de couro. Será que ele o desenhou? Fica lindo nele. E está usando aquela camisa marrom que realça seus olhos. A que compramos juntos. É como se alguém estivesse apertando meu coração.

Como vou explicar a ele por que estou aqui? Digo que meu pai teve uma emergência? Que fez uma surpresa, nos dando os ingressos? Que confundi os finais de semana?

— Com licença — digo a meus amigos, e vou até onde Raf está me esperando. O medo em minha boca tem gosto de vinagre. O que vou dizer? Qual a mentira que vou inventar desta vez? Quando o alcanço, abro a boca para dizer *oi*, para dizer alguma coisa, mas não sai nada.

— Não acredito que você está aqui! — Ele parece confuso, mas está sorrindo. — Liguei para você o dia inteiro para dizer que tinha conseguido ingressos. Ei, você não deveria estar com seu pai?

Abro a boca, mas nada sai de novo.

— Se estava na cidade, por que não me ligou?

Tento dizer alguma coisa. Qualquer coisa. Mas estou tão cansada de inventar desculpas. De abafar a verdade.

Seu sorriso some.

— Rachel, tem alguma coisa errada?

Tudo está errado. Nós estamos errados. Como podemos ficar juntos se vou mentir para você para o resto da minha vida? Nunca vou poder te dizer a verdade. Você nunca vai saber quem sou realmente.

Lágrimas caem dos meus olhos.

— Raf — engasgo. — Eu sinto muito.

— Sente o quê? Qual é o problema? — Ele me abraça.

Não chore, digo a mim mesma. Não chore. Não posso acreditar no que eu estou à beira de fazer. Nunca pensei que fosse fazer o que estou prestes a fazer. Mas preciso.

— Não posso mais ser sua namorada — digo, lentamente.

Ele fica atordoado, como se eu tivesse lhe dado um tapa na cara.

— Do que você está falando? Por quê?

Como eu posso explicar? Será que eu deveria dizer que é melhor para nós dois se terminarmos agora? Não posso contar a verdade. Se meu próprio pai não quer mais nada comigo, por que Raf iria querer? E qual é a minha outra escolha? Mentir pelo resto da vida? Casar e continuar mentindo? Ter dois filhos e nunca poder mostrar ao meu marido quem sou? Acabar divorciada? Ele merece mais que isso. Eu mereço mais que isso. Adam tem razão. Karin tem razão. Uma bruxa e um neiticeiro não podem dar certo.

Mas o que eu posso dizer que fará sentido para ele? Procuro ao redor por respostas. Olho para meus amigos bruxos, que estão me olhando. Esperando. Miri. Corey. Karin. Viv. Adam.

342 ✳ Sarah Mlynowski

E então eu digo a única coisa que sei que ele entenderá.

— Eu vim com outra pessoa.

Ele segue o meu olhar para Adam.

-Ah — diz ele. E dá um passo para trás. Tira os braços de mim. Sua expressão fica séria. — Entendi. — Sua voz falha.

— Sinto muito — murmuro novamente e, então, antes que as lágrimas corram, dou as costas e corro para meus amigos.

Terminar é difícil, mas
fica mais fácil com alguns
feitiços selecionados

Miri imediatamente me leva para casa.

Raf e eu terminamos

Raf e eu terminamos.

Meu pai me odeia e Raf e eu terminamos. E para jogar sal na ferida, quando ouço minhas mensagens, há três de Raf, de *antes*. As duas primeiras são dele dizendo que está indo ao show e perguntando se eu quero ir também. Justin conseguiu dois ingressos a mais no último minuto. A última é de Raf no show. Um minuto inteiro de "Sixteen Shades of Love", porque Raf sabe que é uma das minhas músicas favoritas.

Miri e eu vamos para a cama da mamãe, e eu choro e choro até que minhas lágrimas acabam. Não posso acreditar que terminei com o cara mais fofo do mundo. Não posso

344 ✳ Sarah Mlynowski

acreditar que nunca mais vou beijar Raf. Cento e trinta e um beijos. Foi quantos nós demos. É tudo o que nós teremos. Sim, eu contei. E daí? Como se eu fosse criar uma fórmula para calcular a quantidade de beijos e não tentasse provar que estava certa? Por favor.

Mas tive que terminar com ele. Que outra escolha eu tinha?

— Nossa — diz mamãe —, vocês acabaram com todos os lenços em um fim de semana.

Começo a rir e a chorar ao mesmo tempo.

— Estou com fome — diz Miri. — Se eu fizer pipoca, vocês comem?

— Sim — respondemos.

Eu me viro para minha mãe e fungo.

— Você acha que fiz uma besteira?

Ela faz carinho na minha cabeça.

— Eu acho que não querer estar num relacionamento baseado em mentiras é uma decisão muito madura. Acho que poderia ter dito a verdade a ele. Mas sei que não é algo fácil de se fazer. Especialmente depois da reação do seu pai.

Meus olhos lacrimejam de novo.

— Você estava certa desde o início. Teria sido melhor se tivesse se casado com Jefferson Tyler.

Ela me abraça.

— Mas aí não teria tido vocês.

Miri volta para o quarto com uma tigela branca de pipoca, aquela que também faz vezes de caldeirão.

— Não se preocupe. Você praticamente já tem outro namorado. Um namorado feiticeiro. Adam já me mandou uma mensagem no Mywitchbook.

— Minha vida está desmoronando e você foi verificar o Mywitchbook?

Ela joga um punhado de pipoca na boca.

— Só fui dar uma olhada. Não quer saber o que ele disse?

— Não — respondo rapidamente. — OK, talvez.

— Ele me perguntou se você e Raf tinham terminado.

— Não conte a ele! Não quero que todo mundo já fique sabendo! — Se todo mundo souber, então vai ser verdade.

— Eu não disse nada para ele, juro. Já falei, apenas dei uma olhada! — Ela lambe o sal dos dedos. — Você quer que eu escreva respondendo?

— Não. Sim. — É isso que quero? Adam como namorado? Sei que gosto dele como amigo, mas gostaria dele *desse jeito*? O pensamento de estar com outra pessoa, qualquer outra pessoa, mesmo alguém tão bonito quanto Adam, me faz sentir... bláá!

Eu adormeço com um buraco no coração, sonhando com Raf.

Fico deprimida na maior parte do domingo. Alterno entre ficar deitada de rosto para baixo na cama e deitada de rosto para baixo no sofá. Pelo menos, na sala de estar, posso ouvir (e ver com o olho que não está esmagado no travesseiro) a TV. O Travel Channel está exibindo uma maratona diária de *Os melhores do mundo*. Às 16 horas, já assisti *Os melhores hotéis do mundo*, *Os melhores banheiros do mundo* (Sim! As pessoas realmente dão notas aos banheiros! Deve ter sido uma bruxa

346 ✳ Sarah Mlynowski

porque quem mais consegue se zapear em tantos deles?), *Os melhores restaurantes do mundo* e *As melhores praias do mundo*. A melhor praia do mundo fica na Grécia, caso queira saber.

Às 17 horas, Miri me diz que vamos sair.

Eu levanto a cabeça do sofá.

— Para onde? Grécia?

— Não. Lozacea.

— Mas hoje é domingo — digo.

— É um centro comunitário. Está aberto. Karin e Viv estão estudando e conversando.

Eu suspiro.

— Não estou com vontade.

— Apenas por uma hora. É uma ordem.

Eu me levanto.

— Quando você ficou tão mandona?

Nós usamos o feitiço do deslocamento e zapeamos para o banheiro.

Miri aproveita para fazer xixi e eu estudo meu reflexo no espelho. Meus olhos estão inchados. Será que me importo? Não. Sinto as lágrimas caírem de novo e jogo água no rosto. Vou ficar bem. Absolutamente bem. Fiz o que tinha que fazer.

Meu celular vibra.

Raf?

Eu verifico o nome. Adam. Eu atendo.

— Alô?

— Como vai, amiga? — pergunta ele.

Eu solto um riso baixo.

— Nada demais.

Festas e Poções   ✳   347

— Você nos deixou na noite passada com um pouco de pressa.

— Sério?

— Não quer conversar sobre isso?

Eu me afasto do espelho.

— Não muito. Ei, como conseguiu meu número? Não me lembro de ter dado para você?

— Eu sou um feiticeiro. Eu consigo qualquer coisa — diz ele. — Então, onde você está agora? Em casa?

— Na verdade, estou em Lozacea.

— Sério? Eu também. Eu estou na sala de jogos. Viv e Karin me deixaram para praticar o feitiço da vela. Quer jogar sinuca comigo?

— Onde é a sala de jogos? — Quantas salas tem este lugar?

— Pegue a esquerda depois do refeitório e então ande até ver uma porta vermelha. Bata três vezes e diga, *Balio*.

— OK. Estarei aí em dois minutos.

Espero. Se eu encontrar a tal porta. Desligo enquanto Miri dá descarga e se junta a mim em frente ao espelho. Faço que não com o indicador, em sinal de reprovação.

— Você não me disse que Adam está aqui.

Ela finge inocência.

— Não? Bem, você me pegou. Viv talvez tenha mencionado que ele estava estudando. Ou fingindo estudar.

Ele *é* uma graça. E meigo. E engraçado. E um feiticeiro. Será que eu poderia gostar dele mais que como amigo?

Miri vai se encontrar com as garotas e eu saio procurando, e finalmente encontro a sala de jogos.

— Bem-vinda — diz Adam.

348 ✳ Sarah Mlynowski

Olho ao redor. Pingue-pongue. Totó. Tabuleiros. Banco Imobiliário. Adam, bonitinho, está numa mesa de sinuca. Eu pigarreio e digo:

— Estes jogos parecem um pouco comuns demais.

— O que você esperava? — pergunta Adam. — Quadribol? Eu me obrigo a rir.

— Era de se esperar que os bruxos tivessem *algum* tipo de esporte mágico.

Seus olhos se enrugam.

— Quer apostar uma corrida de vassouras?

Eu me inclino sobre a mesa.

— Vassouras são do passado.

— Está com medo de perder como um franguinho?

A palavra *franguinho* me faz pensar no frango General Tso, que me faz pensar em Raf e meu coração para. Que ótimo. Nunca mais vou conseguir comer meu prato favorito.

— Não — digo. — Com certeza, não. — Tiro Raf da mente e pego um taco de bilhar. — O que quer apostar? Minha vassoura contra a sua?

— Ha. Que tal outra aposta? Se eu ganhar... — Ele para.

— Se você ganhar o quê? Na corrida ou na sinuca?

— Qualquer um — diz ele. — Se eu ganhar um dos dois, você será meu par no meu Simsorta na semana que vem.

Eu quase deixo cair o taco de bilhar.

— Ah. Mas...

— Nada de "mas" para mim. Apenas como amiga. Prometo que não vou tentar beijar você de novo. A menos que você queira. — Ele me lança uma piscadela exagerada. — Mas, sinceramente, meus pais ficam me enchendo, querendo saber por que não tenho um par e, se não levar ninguém, vou ter que dançar a primeira dança com minha mãe. Você não pode me obrigar a fazer isso. Por favor. Salve-me! — Ele me olha. — A não ser que seu namorado não queira que você vá.

Eu balanço a cabeça. Acho que Miri não contou mesmo a ele.

— Raf e eu terminamos.

Ele ergue a cabeça.

— Bem, imaginei o que teria acontecido ontem à noite... — Ele levanta uma sobrancelha. — Como você está?

Não posso chorar. Não posso chorar. Eu me obrigo a dar de ombros.

— Bem. Foi a decisão certa. — Eu acho. Eu espero. — É muito difícil ficar com alguém com quem não se pode ser sincera, sabe?

— Sim — diz ele —, eu sei.

Por um segundo, nenhum dos dois diz nada. Escutamos risadas lá fora.

— Então, isso significa que você será o meu par? Como amiga? — Ele me dá um sorriso esperançoso.

Tenho uma ideia.

— Quer saber? Esqueça a corrida e a sinuca. Vamos combinar uma coisa. Eu serei seu par/amiga esta semana...

— Combinado!

— Se na próxima semana você for o meu.

Ele sorri.

— Ah, desses termos eu gosto.

350 ✳ Sarah Mlynowski

Não vejo Raf o dia todo na segunda.

Alguns chamariam de sorte, mas eu chamo de feitiço da evasão, que encontrei na página 376 do livro de feitiços. Ele lança uma aura laranja de até 15 metros ao redor dele que somente eu posso ver. É a melhor maneira do mundo de evitar um ex. Ou encontrar alguém que se esteja perseguindo. Não que eu seja a favor da perseguição. Porque todo mundo sabe que não é bom. Mas, não importa para que é usado, vou descobrir que bruxa criou esse feitiço e dar a ela meus parabéns.

Conto a Tammy sobre o fim do meu namoro naquela manhã, no primeiro tempo.

— Mas eu não entendo! — grita Tammy depois que sua mandíbula, literalmente, atingiu a mesa em choque. Bem, não literalmente, mas sua boca ficou mesmo aberta ao escutar as notícias. — Como você pode ter terminado? Vocês são loucos um pelo outro!

E agora, o que eu devo dizer? Que eu sou uma bruxa e ele não é? Que nunca vai dar certo?

— Estamos em momentos diferentes — digo.

— Do que você está falando? Que momentos diferentes? Vocês dois estão no mesmo momento! No presente!

— É complicado — digo, minha cabeça começa a doer.

— Tem a ver com o desfile de moda? — pergunta ela, a testa enrugada em confusão.

— Não, é apenas... — O que eu devo dizer a Tammy? Posso dar a ela a mesma falsa explicação que dei a Raf, que foi por causa de Adam. Mas Tammy se perguntaria por que eu nunca mencionei Adam. Perguntaria como conheci esse Adam. Ia querer conhecer esse Adam. — Sabe de uma coisa? Na verdade, eu não quero falar sobre isso.

Sinto os olhos dela me analisando.

— Mas eu sou sua melhor amiga! Você tem que conversar sobre isso.

— Tammy, eu não posso. — Minha garganta se fecha. Tem tantas coisas que eu gostaria de falar para ela. Sobre Raf, sobre o Sam, sobre Adam, sobre meu pai. Meu pai, que ainda não deu notícias. Dois dias e nenhum telefonema.

Tammy entenderia. Seus pais são divorciados também e ela saberia exatamente o que dizer. Ela sempre sabe. Mas como eu posso confiar nela? Certo, ela é minha melhor amiga atualmente, mas e amanhã? Ela terminou com Bosh. O que a impediria de terminar comigo? E se eu tivesse contado a Jewel? A esta altura, ela teria contado para o colégio todo. Não posso contar para Tammy. Simplesmente não posso. As lágrimas ameaçam escorrer pelas minhas bochechas, então eu me afasto dela para limpá-las.

Sinto os braços dela em torno dos meus ombros, me abraçando.

— Eu sinto muito. Você conversa comigo quando estiver pronta. Eu sempre estarei aqui para você, entende? Sempre.

Assinto e pisco para afugentar as lágrimas.

Meu celular toca no meio do almoço.

— Com licença — digo quando vejo que é o número de Adam no identificador.

352 ✳ Sarah Mlynowski

Vou até a janela e me afasto dos meus amigos curiosos antes de atender.

— Alô? — Direi a eles que é Miri ligando com alguma emergência fraterna.

— O que você está fazendo? — pergunta Adam.

— O que você acha que estou fazendo? — respondo. — Estou na escola. Prestes a comer macarrão com queijo. — Meus olhos lacrimejaram quando vi a mostarda, mas disse a mim mesma: "Mostarda? Que maluco coloca mostarda no macarrão com queijo? Sério."

— Hum. Aqui é dia de almôndega. Você troca?

— Tudo bem? — pergunto.

— Prometa não rir quando eu perguntar — pede ele.

— Não posso fazer promessas como essa. E se o que você me contar for realmente engraçado?

— É um pouco.

— Diga.

— O que você acha de ter aulas de dança para o meu Sim? Rir? É mais um gemido.

— Sério?

— Você se importa? Seria por apenas uma hora amanhã à noite. A ideia deixa você deprimida?

— É porque contei a você a história do desfile de moda? Está achando que vou envergonhar você?

— Não! — diz ele depressa. — Não é por isso. Juro. Sou eu que não sei dançar. E achei que poderia ser divertido.

A-hã. Vejo Melissa e Jewel na fila do almoço e penso no desfile de moda.

— Não vamos ter que fazer uma coreografia, certo?

Festas e Poções ✳ 353

— Nada de coreografia. Talvez aprender uma valsa, ou surky.

— O que é surky?

— Uma dança bruxa que você aprenderá amanhã às 17 horas, fuso de Lozacea!

Suspiro. Surky-shmurky. Esta coisa de ter um par está parecendo muito trabalhosa.

É o dia seguinte e estamos ensaiando a dança há três horas. Estamos em mais uma das salas secretas de Lozacea. Este lugar é como um labirinto. Não gostaria de ficar aqui sozinha à noite. Nunca acharia a saída.

Bem, seja como for, praticamos o tal surky por uma hora e meia. Tem algumas inclinações, um par de giros e um punhado de passos coordenados. Matilda, a mulher que me aplicou o teste de mágica, é também a professora de dança. Ela zapeou para mim sapatos de saltos, um *collant* e uma saia combinando quando cheguei aqui, pois não aprovou meu uniforme escolar de jeans e tênis. Levei os dedos ao colar de coração para ter certeza de que ainda estava lá, mas então me lembrei que o substituí pelo pingente de vassoura de Wendy.

Sim, foi uma coisa triste de fazer.

Pelo menos Wendy ficou feliz em me ver finalmente usando-o.

Raf não viu a troca, pois o feitiço de evasão ainda está funcionando. É genial. Eu poderia evitá-lo o dia todo. Poderia fazer isso o ano todo se quisesse. O que não pude evitar foi a fofoca em torno do fim do namoro.

354 ✳ Sarah Mlynowski

Ouvi minhas amigas pedindo detalhes a Tammy e ela respondendo que não era da conta delas.

Pude ver o brilho nos olhos de Melissa. Tenho certeza de que ela mal pode esperar para enfiar as garras em Raf.

Senti os pêsames na voz de Kat quando lhe disse que não poderia ir ao Baile de Halloween.

— Vá sozinha! — disse ela, achando que eu não iria porque não tinha par. Por favor. Deixar de ir a um evento por falta de par? Isso é coisa do passado. Todas as minhas amigas estão planejando ir desacompanhadas. Mas não eu. Já tenho estresse o suficiente no Halloween, muito obrigada. E, seja como for, o ginásio mal tem 15 metros e Raf, definitivamente, estará lá, uma vez que é a namorada do irmão dele que está organizando tudo.

— Rachel, você precisa se concentrar! — grita Matilda, me chamando de volta à dança. — Um, dois, três, sua vez de avançar.

— Não há uma poção que possamos tomar para aprender isso? — cochicho para Adam. Meus pés estão começando a doer.

— Há, sim — diz ele, rindo e apertando os braços ao redor da minha cintura. — Mas isto não é melhor que uma poção?

Hã. Ele está se divertindo. Ele realmente acha isso divertido.

E eu queria estar em casa vendo TV.

Quando estava com Raf, eu me divertia fazendo qualquer coisa com ele. Ensaios do desfile de moda. Pendurar cartazes. Qualquer coisa.

Se eu estivesse aqui com Raf... Não, não, não!

Fecho os olhos bem apertados e tento fazer os pensamentos sobre Raf desaparecerem.

— Seis, sete, direita! Gire, Rachel, gire, não, não, não gire!

Mantenho os olhos fechados e giro. Precisei terminar com Raf! Precisei! O que mais eu podia fazer?

— Não, não, não, Rachel, você virou para o lado errado! De novo — resmunga ela.

O lado errado, talvez. Mas a decisão certa, com certeza.

Na sexta-feira, entre quinhentos amigos mais próximos, vejo Adam fazer o Sim. Isso, quinhentos bruxos na Golden Gate Bridge. É uma enxurrada de bruxos.

Diferente de Michael, Adam acerta o feitiço da luz de primeira. Sem precisar repetir. Assim, não deixa o público tenso. Todos os seus pilares estão desbloqueados e trabalhando perfeitamente.

Infelizmente, como seu par, sou obrigada a me sentar com sua família durante a cerimônia.

— Você e meu sobrinho formam um casal bonito — cochicha a tia para mim, provocando-me um forte ataque de constrangimento.

As palavras *nós não somos um casal* querem vir à tona, mas, em vez disso, engulo-as solenemente e sorrio, educada. Quero dizer, ela não está errada. Nós formamos um casal bonito. E eu devia mesmo estar namorando um feiticeiro, finalmente, certo?

356 ✳ Sarah Mlynowski

Depois da cerimônia, uma mulher alta chamada Jenny (a organizadora do Sim para as melhores famílias bruxas, de acordo com a trigêmea de grife) nos conduz a um passeio até abaixo da ponte. Eles congelaram a água, então parece que estamos andando sobre ela. E também colocaram um feitiço de afastamento na área toda, assim transeuntes e turistas são desviados para outro caminho.

Antes que eu me sente, é hora da primeira dança.

Adam pega minha mão.

Respiro fundo. Vou conseguir. É apenas uma música. A música começa e eu faço os movimentos (isto é, a maioria deles) certos, e um zilhão de convidados aplaudem.

— Você está se divertindo? — pergunta ele.

— Estou — respondo, e sou sincera. Pelo menos, um pouco. Como não me divertir? É sexta-feira à noite, estamos dançando sob as estrelas, as luzes de São Francisco brilham a distância, meus amigos estão aqui, e os garçons passam com minirrolinhos primavera.

A vida é boa. Não é?

Quando a música termina, Miri, Corey, Viv, Karin, Michael, Fitch, as trigêmeas e até Wendy se juntam a nós na pista de dança. Chuto longe meus sapatos e deixo a música tomar conta de mim. Quando a gente dança, não tem que pensar. Pelo menos, eu, não. Deve ser por isso, em parte, que não sou a melhor dançarina do mundo, mas tanto faz.

— Você está bem? — pergunta Miri algumas músicas depois.

— Muito bem! Ótima! Por quê?

— Você parece... possuída.

Eu dou uma batidinha de leve no braço dela.

— Obrigada. Como se já não estivesse envergonhada o bastante com minha falta de jeito para dançar.

— Não é isso. É só que...

— Eu estou bem! Está tudo bem!

A música continua martelando, estamos dançando e estou me divertindo muito. Mesmo.

Este é o meu mundo. O mundo bruxo.

Quando outra música lenta começa, Adam segue em linha reta na minha direção. Ele toma minha mão e me puxa para perto.

— Gosto de você de verdade — murmura ele no meu ouvido.

— Ah. É! Hum. Eu gosto de você também — digo. Eu gosto mesmo. Eu gosto. Adam e eu combinamos.

Ele ri e fecha os olhos.

Eu balanço para a frente e para trás, e vejo as luzes da cidade brilharem como velas, fazendo eu sentir saudades de Nova York.

Depois da festa, aterrissamos com um *Tum!* no banheiro.

Meus ouvidos estão zumbindo e meus pés doem, mas foi uma noite boa. Isso foi.

— Você está estranha. Está chateada por causa de Raf? — pergunta Miri.

— Estou! Pare de me encher! Tive uma noite ótima.

Ela balança a cabeça em reprovação.

358 ✳ Sarah Mlynowski

— Mãe? Estamos em casa!

— Miri, shh! São 4 horas da manhã aqui.

Ela cobre a boca com a mão.

— Ops! Esqueci. Então por que todas as luzes estão acesas?

— Garotas? — diz mamãe. — Podem vir à sala de estar, por favor? Vocês têm uma visita.

Nós seguimos para a sala devagar.

No sofá, ao lado da nossa mãe, está nosso pai.

Um assunto de família

Dou um passo para trás, sentindo um nó na garganta. O que *ele* está fazendo aqui?

Miri cruza os braços.

— Não quero falar com ele.

— Garotas — começa ele.

— Já disse que não quero falar com ele — repete minha irmã, os olhos fixos.

— Miri — diz minha mãe —, sei que você está aborrecida. Mas precisa ouvir o que seu pai tem a dizer.

Ela ri com desdém.

— Por quê? Ele não quis nos ouvir.

— Sinto muito — diz meu pai, inclinando a cabeça. — Lamento ter reagido daquela forma.

— É só? — diz Miri. — O senhor lamenta. E daí?

Quando Miri ficou tão dura?

360 ✳ Sarah Mlynowski

— Vocês têm todo o direito de ficar com raiva de mim —
diz ele. — Eu devia ter reagido melhor. Devia ter escutado
vocês. Mas podem tentar se colocar na minha situação por
um segundo? Eu não tinha ideia. — Ele passa a mão no cabelo. — Sobre nada disso. Foi um choque e tanto! Descobri
que minhas duas filhas são bruxas e a mulher com quem
fui casado por dez anos também é. E eu não tinha ideia de
nada. Fiquei estonteado.

Eu acho que pode mesmo ser estonteante.

— Mas isso foi há uma semana — digo. — O senhor
podia ter ligado.

— Eu sei. — Ele olha para mim e me encara. Seus olhos
estão vermelhos. — Eu sinto muito mesmo.

Ninguém diz nada.

— Eu lamento também — diz minha mãe. — Sei que
vocês, meninas, estão tristes com seu pai, mas a maior parte
da culpa é minha. Devia ter contado para ele há anos. Teria
nos evitado muita dor.

— E muito dinheiro com terapia de casal — brinca papai.
Minha mãe ri.

— Isso também. E, mais recentemente, eu não devia ter
deixado vocês esconderem um segredo tão grande dele. Criar
filhos é uma responsabilidade compartilhada e eu devia
ter insistido com vocês para contarem a ele o que estava
acontecendo.

— Gostaria que tivesse falado comigo sobre você — diz
papai a ela. — Eu ficaria surpreso no início, mas teria superado. — Ele fecha os olhos e, então, se vira para nós.

Festas e Poções ✳ 361

— Isso significa... — Um soluço escapa dos meus lábios antes que eu consiga impedir. — Isso significa que o senhor ainda nos ama?

— Ah, meninas, é claro que eu ainda amo vocês. Eu *sempre* amarei vocês. — Ele abre os braços. — Venham. Vocês ainda me amam?

Sem pensar, corro para meu pai. As lágrimas escorrem e estou soluçando e assentindo, e ele me acaricia, dizendo-me que tudo vai ficar bem. É, ele fez uma besteira, mas agora está aqui. Ele precisava de algum tempo para se acostumar com a ideia.

Diferente de mim, Miri ainda está longe.

— O senhor vai ao nosso Samsorta? — Ela rói as unhas. Eu quase grito para ela não arruinar as unhas agora (depois de uma semana sem roê-las, estão começando a cicatrizar), mas não é mesmo a melhor hora para isso.

— Se vocês me quiserem lá — diz meu pai —, eu irei. O que é um Samsorta?

— É como um bat mitzvah em grupo para bruxas — digo. — E eu quero o senhor lá. — Ele cheira bem. Como lar. Como papai. Eu limpo as lágrimas com a palma da mão.

— Você me quer lá? — pergunta ele para Miri.

— Eu quero que o senhor *queira* estar lá — replica ela, apertando as mãos atrás das costas.

— Então não há nada que eu queira mais que estar no seu Sumsorta — diz ele.

Eu dou uma risada.

— *Samsorta*.

— *Samsorta* — repete ele. — Acho que vou ter muito o que aprender. E, talvez, na semana que vem, vocês possam me mostrar o que podem fazer com esses poderes.

— Um pouco de ação Jedi? — pergunto.

— Exatamente.

Eu o abraço bem forte.

Hoje é o dia do ensaio, sem os vestidos. Além disso, estamos em Lozacea, pois, ao que parece, bruxas só podem ir a Zandalusha uma vez por ano, o que é bom para mim. Isso tudo ainda soa estranho.

A outra diferença em relação à aula de hoje é que nossas *alimities*, isto é, nossas mães, estão aqui também.

Mamãe reconhece a mãe de Karin do passado, e a mãe de Karin a apresenta à mãe de Viv. Ei, talvez as duas possam ser amigas bruxas em Nova York.

Depois de estarmos todas no auditório e no palco, revisamos a cerimônia inteira do início ao fim. Bem, tanto quanto podemos fazer sem as outras escolas.

Primeiro, ensaiamos a marcha de abertura.

Depois, o pedaço com a *alimity*. Ouvem-se muitas risadas e muitos comentários de nossas mães do tipo:

— Parece que foi ontem que eu estava do outro lado do círculo!

O que é engraçado. Nossas mães! Fazendo o Samsorta! Parece impossível, mas eu vi as fotos, por isso sei que aconteceu.

Depois, nossas mães se revezam nos perguntando se queremos nos juntar ao círculo da magia. Esta parte começa com a Samsorta mais velha, que eu tinha presumido que seria eu. Mas Fizguin informa que a mulher mais velha é uma australiana de 24 anos da escola Kanjary.

Preciso admitir. Estou um pouco desapontada.

Seja como for, depois que nossas mães nos fazem a pergunta, ensaiamos a aceitação e então elas fingem cortar uma mecha de nossos cabelos com uma faca dourada.

Miri e eu temos hora marcada com Este para fazer o cabelo na segunda de manhã (mamãe nos deixou faltar a escola o dia todo), e, além de fazer os penteados, vamos perguntar a opinião dela sobre que parte mamãe pode cortar sem prejudicar nossos cabelos.

Depois, nossas mães ensaiam andar até o caldeirão e fingir que jogam a mecha de cabelo nele. Feito isso, é hora da cerimônia da corrente das luzes. Seguimos o círculo, recitando o feitiço da luz, e fazendo a vela se acender uma última vez.

Estou na metade do círculo e pigarreio antes de começar.

Isy boliy donu
Ritui lock fisu...

Declamo a coisa toda sem problemas. Assim que minha vela se acende, escuto Miri fazer o feitiço dela e então lhe dou uma piscadela, quando ela termina.

O calor da chama é gostoso perto do rosto. Eu penso sobre o fato de que, embora meu pai tenha dito que iria, Miri ainda assim não o abraçou. Meu pai pareceu entender.

— Fique à vontade — disse ele para ela. — Eu estou bem aqui, esperando você.

Ele não disse isso literalmente, é óbvio, pois não está indo morar conosco. Mas dá para entender. Decidimos que ele e Jennifer iriam para o Sam, mas teriam que conseguir uma babá para Prissy. Meu pai achou que seria melhor para todos se Prissy não soubesse sobre nossa magia até que estivesse mais velha. Disseram para ela que a cena que ela havia testemunhado no outro dia tinha sido um sonho. Meu coração ficou feliz ao ver meu pai superar a situação.

Mas, conforme os pingos de cera descem pelos meus dedos, não posso evitar de me perguntar se Raf também teria superado.

Acabamos cedo, mais ou menos às 15 horas, fuso de Lozacea.

— Tenham uma boa-noite de sono na segunda! — recomenda Fizguin. — Eu as verei às 18 horas, fuso da Romênia, que é às 9 horas no Arizona, ou meio-dia na Costa Leste. Não se atrasem!

As mães vão para casa e nós seguimos para o átrio, para decidir o que fazer. Afinal, é sábado.

— O que vocês estão fazendo aqui? — pergunto quando avisto Adam e os outros garotos no átrio.

— Esperando por vocês — diz ele. — Achamos que vocês iriam querer comemorar o último dia.

— Estão com fome? — pergunta Karin.

— Famintos — diz Michael.

Festas e Poções ✳ 365

— Eu estou com vontade de comer pizza — diz a trigêmea comportadinha.

— Sei de um ótimo lugar novo — diz Miri. — Chama-se T's Pies.

— Ah, já ouvi falar — comenta Viv. — E quero experimentar.

O quê? T's? É o que ela quer comer? Eu lanço a Miri um olhar malévolo, mas ela não vê. Está olhando para Corey.

— Podemos conjurar no refeitório — digo.

— Mas conjurar comida é um pouco como entrega em domicílio, e no T's Pies é bom comer tudo direto do forno — observa Miri. — Por que não vamos para Nova York?

— Parece bom — diz Adam, colocando o braço em torno de mim.

Meus ombros, inadvertidamente, se tensionam, mas eu, rapidamente, relaxo. Então vamos para o T's Pies? Sem problemas. Então ele está com os braços em torno de mim? Sem problemas também. Ele gosta de mim. Eu gosto dele. Todos gostamos de pizza. Esse é o plano.

— Feitiço do deslocamento? — pergunta Karin.

— Baterias — respondo. — O banheiro daquele lugar é bem apertado.

Nos zapeamos para o beco nos fundos do restaurante e então entramos. Ao nos aproximarmos, meu coração começa a bater rápido. Miri ainda evita meu olhar.

Pegamos uma mesa para oito. Eu me sento de frente para a porta e Adam desliza para a cadeira ao meu lado.

Quando pego um cardápio, percebo que minhas mãos estão suadas. Fiquei lendo a descrição da mesma pizza várias vezes seguidas.

366 ✳ Sarah Mlynowski

— Rachel? Está bem para você? Duas pizzas para a mesa, uma de queijo, outra com tudo?

Assinto, contorcendo-me na cadeira. O que há de errado comigo? E daí que este seja o lugar do Raf? Está tudo acabado com ele. Estou melhor sem ele. Ele está melhor sem mim.

Depois de comer alguns pedaços da minha pizza, acontece. A porta se abre.

Cabelo escuro. Camisa marrom. Jaqueta de couro. Meu estômago se revira. Raf. Ele está aqui! Mas...

O mesmo cabelo. A mesma camisa. A mesma jaqueta. Mas não é Raf. Meu coração afunda.

Meus olhos ficam cheios de lágrimas. Coloco a fatia de pizza no prato. Por que Miri me trouxe aqui?

— O que foi? — pergunta Adam. — Você mal está comendo.

Olho de volta para a porta. Aquele cara não parecia nada com Raf. Não tem seus olhos, nem seu sorriso... Eu olho para a fatia intocada.

— Não é nada — respondo. Por que eu ainda estou pensando em Raf? Ele é passado! Adam é o futuro. Ele é divertido. Ele é bonito. Ele é um feiticeiro. Ele me entende. Forço os olhos a se encontrarem com os de Adam e dou um sorriso, então olho para o prato.

A conversa continua ao redor até terminarmos. Finalmente, pagamos a conta e vamos para a rua.

— Ei, e agora? — pergunta Viv.

— Vamos para o Empire State Building? — sugere a trigêmea comportadinha. — Nunca estive lá. Se eu fosse um garoto, teria feito o Sim lá.

Festas e Poções ✳ 367

O grupo concorda. Voltamos para o beco e então começamos a desaparecer. Adam coloca a mão no meu braço antes que eu vá também.

— Espere, Rachel, só um segundo.

— OK.

Miri olha para mim, interrogativa.

Faço sinal para ela ir na frente.

— Tem certeza? — pergunta ela. — Porque nós podemos voltar para casa. E ficarmos juntas.

— Vá — digo, virando de costas, ainda irritada por ela ter me trazido aqui.

Escuto ela e Corey desaparecerem.

Olho para Adam.

— O que foi?

Ele dá um passo, se aproximando mais ainda de mim. Levanta a mão. Percorre os dedos pelos meus cabelos.

Meu coração para.

Ele vai me beijar. Adam vai me beijar. É isso. Adam está prestes a me beijar e seremos o casal de bruxos perfeito e viveremos felizes para sempre. E isso, realmente, dará um fim em Raf e eu.

Está terminando. Finalmente.

Ele se inclina para mais perto. E mais perto. E pressiona os lábios contra os meus.

E...

Eu espero. Pela descarga elétrica. Pelos fogos de artifício. Pela mágica.

Mas não acontece nada. Seus lábios são frios. Finos demais. Beijar Adam é como beijar meu travesseiro.

368 ✳ Sarah Mlynowski

Eu me afasto e toco seu ombro.

Ele pisca, confuso.

— Eu não consigo — digo.

Ele olha para o chão. Nenhum de nós fala. A distância, escutamos uma sucessão de buzinas.

Afinal, ele diz:

— Você ainda não o esqueceu, né?

Eu quero lhe dizer que sim. Quero mesmo. Mas não consigo. Não posso mentir para ele. Pior, não posso mentir para mim mesma. Eu balanço a cabeça, negativamente.

Ele ergue a cabeça e me dá um meio sorriso.

— Você acha que vai superar isso logo?

Eu engulo com dificuldade.

— Lamento muito, Adam. — E lamento mesmo. Lamento muito. Lamento que isso não vá funcionar, lamento não sentir o mesmo que ele, lamento porque ele está sendo magoado.

Ele fecha os olhos por um segundo e logo os abre.

— Eu lamento também.

— Não me odeie — digo, triste.

— Nunca poderia — diz ele, então suspira de novo. — Amigos?

Assinto.

— Nada me faria mais feliz.

Ele arrasta os pés no chão e diz:

— Mas você me odiaria se eu não fosse o seu par na terça-feira? Acho que seria muito estranho para mim.

Eu pressiono seu ombro.

— Entendo perfeitamente. Mas você estará lá, certo?

— Sim. As trigêmeas reservaram um lugar para mim.

Ficamos em silêncio.

— Vamos atrás deles? — pergunta ele, finalmente.

— Vá você — respondo. — Há alguém com quem eu preciso conversar.

— Raf? — pergunta ele, com um pouco de amargura.

— Não — respondo, balançando a cabeça. — Mas alguém não menos importante.

— Prepare-se — digo a Tammy.

— OK — diz ela. — Estou preparada. O que há?

Eu liguei para ela do beco e lhe disse que precisava muito conversar. Ela estava na casa da Annie, mas veio para a minha imediatamente, sem perguntas. É claro que cheguei primeiro, já que zapear é mais rápido que o metrô. Seja como for, assim que chegou, a levei para meu quarto e fechei a porta. Ela se sentou na minha cama, e eu, na cadeira do computador. Quero dar algum espaço para ela, caso entre em pânico. E bem pode acontecer. Mas espero que não. Espero que ela queira me ouvir. porque é a minha melhor amiga e as melhores amigas deveriam ser capazes de conversar sobre qualquer coisa. E eu preciso conversar.

Mas primeiro as coisas mais importantes.

Solto um suspiro profundo, fecho os olhos, então despejo.

— Eu sou uma bruxa.

Nenhuma reação. Nada. Ela desmaiou? Eu abro um olho e vejo que Tammy está ostentando o maior sorriso que já vi.

Abro ambos os olhos.

370 ✳ Sarah Mlynowski

— Hã?

— Eu sabia! — exclama ela, socando o ar.

— Como assim? Espere. Não me diga. — Como pode ser? A menos que... — Você é uma bruxa também?

Ela ri.

— Quem dera. Mas, não. Imaginei que fosse isso. Sabe o que é, eu estava vigiando a Wendaline... quer dizer, Wendy, eu sempre esqueço que ela quer ser chamada assim... e, na semana passada, ela desapareceu. Literalmente. Cassandra estava chegando e ela se esquivou para uma sala e simplesmente *vush*!. Desapareceu. Um segundo eu a estava observando e no outro ela tinha desaparecido. Ela não sabia que eu a estava olhando, mas me lembrei de ouvi-la dizer que era uma bruxa no primeiro dia de aula. Não levei a sério na hora mas, quando a vi desaparecer, achei que talvez não estivesse mentindo. — Tammy toma fôlego. — Pareceu loucura para mim, mas então pensei, a gente nunca sabe, certo? Quem sou eu para dizer o que é real e o que não é? Só quando a encontrei mais tarde perguntei se ela era realmente uma bruxa. Ela ficou nervosa e começou a murmurar que você ficaria com raiva. Mas, então, confessou. Que é uma bruxa! Então eu perguntei se você sabia e ela ficou toda nervosa e disse que não, mas então me fez prometer não dizer nada a ninguém, principalmente a você. Mas você tem agido de modo estranho ultimamente. E teve o desfile de moda no ano passado e aquela coisa de outra língua estranha este ano e aquele bolinho e não sei mais o quê. Eu simplesmente fiquei pensando. E é verdade! Você é uma bruxa também!

Eu ponho a cadeira a poucos centímetros da cama.

— Então você não está com medo de mim?

Seus olhos dançam.

— Não! Não mesmo!

Uns poucos centímetros mais perto.

— E não acha isso estranho?

— Não! Acho que é a coisa mais legal do mundo.

— Jura?

— Juro. Estou tão feliz que tenha me dito. É uma honra que você tenha me dito. Que sinta que pode confiar em mim.

Ah. Eu lanço os braços em torno dela.

— Tenho tantas perguntas — diz ela assim que a solto. — Você sempre soube que era uma bruxa? Como é fazer feitiços? Você...

— Eu vou lhe contar tudo — digo —, mas primeiro eu tenho que te perguntar uma coisa.

— Qualquer coisa.

Bem.

— Vai ter uma festa de bruxa tipo debutante bat mitzvah na segunda-feira. É durante o dia, numa ilha perto da Romênia. Tenho que acrescentar que é num cemitério, totalmente secreto e bem formal. Quer ser minha convidada?

— Já estou lá — diz ela, e levanta um polegar. — Agora, comece no início.

O grande dia

Feliz Dia das Bruxas!

Terminados os penteados, levo Miri para a primeira manicure de sua vida. Mas, enquanto esperamos nossa vez, ela me ignora totalmente, lamuriando-se no telefone.

— Miri — reclamo. — Estou entediada. Converse comigo.

— Um segundo — responde ela. — Cor? Tenho que ir. Minha irmã está reclamando. Vejo você logo? Sim... OK, desliga... Não, você desliga!... Não, você!... Não, você desliga!

— Quem fala com o namorado com voz de bebê? — digo, também em voz de bebê. — Quem? É você? Eu gostava mais quando você só guinchava

Miri se vira com o rosto vermelho

— Vou desligar — diz ela para ele, e desliga.

De matar de rir.

Obviamente, falo com ela em voz de bebê até acabar a manicure.

Pelo menos quando terminamos as unhas dela parecem um pouco normais. Até a parabenizo. Devo isso a ela por ter me obrigado a ir ao T's Pies e confrontar meus sentimentos por Raf. Irmãs, sem dúvida, são espertinhas. Inteligentes, mas bem espertinhas.

Depois da manicure, vamos à Bloomie's para uma rápida maquiagem.

É claro que compro os novos produtos. Alô, é antipático não fazer isso.

De volta para casa, mudamos de roupa e ficamos prontas para todos chegarem.

O plano é nos encontrarmos em nosso apartamento, tirar algumas fotos (talvez para mostrar a nossas filhas, um dia!) e então irmos para Zandalusha.

Quando digo todo mundo, não quero dizer a lista inteira de convidados, mas apenas aqueles da variedade não mágica, por exemplo, papai, Tammy e Lex. Ah, e o Corey.

Não Raf.

Pensei em convidá-lo. É claro que pensei. Meu pai recuperou-se e Tammy está superanimada. Então, quem sabe Raf poderia achar legal também? Talvez eu pedisse desculpas e contasse a ele a verdade... e então o convidaria para ser meu par.

Mas conversei com Tammy e este foi seu conselho:

— Contar a Raf é uma grande decisão. Uma grande decisão mesmo. E isso não devia ser acelerado por causa do baile. Conte a ele se você quer que ele saiba, mas não porque quer que ele seja seu par.

Tão madura essa Tammy. Contar a ela foi a minha melhor decisão. E está certa. Posso querer contar a Raf. Mas preciso estar com a cabeça bem resolvida — e também o coração

Festas e Poções ✳ 375

— primeiro. Deixa eu terminar esse negócio de Samsorta e então decido o que fazer.

Quando fico pronta, acrescento o pingente de coração, que ele me deu de aniversário, ao colar. Para dar sorte.

Tammy guincha quando vê Miri e eu vestidas em toda nossa elegância roxo heliotrópio. Ela está muito bonita no vestido preto que usou no baile.

— Você gostaria que ele ficasse de outra cor? — pergunto para ela. — Não que não esteja bonito, mas posso mudar para você.

— Sério? — pergunta ela, olhos arregalados.

— Sem a menor dúvida.

— Claro.

— Verde ficaria maravilhoso em você — falo. — Ressaltaria seus olhos.

— Faça isso.

Uso o feitiço de mudança de cor e transformo o vestido.

— Isso! — exclama Tammy, olhando para o novo vestido. — Foi a coisa mais fantástica que eu já vi.

Quando meu pai chega, seus olhos se enchem de lágrimas ao ver Miri e eu.

— Vocês duas estão tão bonitas e crescidas.

Ele também está muito bonito de smoking, com gravata-borboleta preta. Quase me ofereço para zapear a gravata para outra cor, mas decido deixar assim mesmo. Ele já vai testemunhar mágica demais esta noite.

Apesar de Jennifer ainda estar com o sorriso "por favor, não me zapeie" e de ela segurar a mão do meu pai num aperto esmagador, está estonteante num vestido preto longo. Espero que não leve muito tempo para superar o seu medo de virar cobaia dos nossos feitiços.

Papai troca um aperto de mãos com Lex, dá um abraço de "oi" em Tammy e mamãe e se apresenta a Corey. Ele o chama de *senhor*, que é muito educadinho. Meu pai ri e diz a ele para chamá-lo pelo primeiro nome.

Corey já está na minha lista branca. Não só ele trouxe um buquê para Miri, mas para mim também.

Ele é para namorar.

Depois de umas cem fotos ("Oh, pòr favor, apenas algumas com os chapéus. Por favor?", implorou mamãe), mamãe pergunta se estamos prontos.

— Deixe-me colocar uma tigela de doces lá fora para as crianças, e então vamos embora.

— Usaremos as baterias? — pergunto. Não sei quem vai levar quem, mas sei que não quero estragar o cabelo com o feitiço do deslocamento. Ele já vai sofrer muito com o futuro corte da mecha.

— Eu trouxe meu passaporte! — exclama Tammy. — Caso precise.

— Não é necessário — digo a ela.

— E como isso funciona? — pergunta meu pai, nervoso.

Corey dá um tapinha nas costas dele.

— É só subir e fechar os olhos, senhor.

Jennifer agarra meu pai e parece que vai perder o fôlego.

Mamãe tira uma corda trançada dourada do armário de limpeza.

— Na verdade, tenho uma maneira mais fácil de viajar. Eu seguro as baterias e vocês todos se seguram nisso. Será como as crianças num passeio da escola pela Quinta Avenida.

— Fofo! — exclamo.

Está acontecendo. Finalmente.

Acabaram de nos dar as velas.

O cemitério não é tão assustador como eu imaginava. Na verdade, é bem bonito, de um jeito mal-assombrado. Parece com o Grand Canyon, com penhascos e muito espaço. O auditório foi construído a partir de uma pedra, lembra o Pantheon. Os assentos de pedra são, na verdade, lápides, e se alguém poderia pensar que isso seria supremamente fantasmagórico, está enganado. Me faz sentir protegida por aquelas mulheres que viveram antes de nós. Fizguin explica que uma vez acabada a cerimônia, os assentos afundarão no chão e a área toda se transformará num salão de baile sob as estrelas.

Mas agora é hora da cerimônia. Nossos amigos, parentes e parentes distantes, que até agora não conhecíamos, estão sentados, calados e esperando. Minha família toda conseguiu chegar intacta. Jennifer berrou o tempo todo, mas pelo menos meu pai não desmaiou. De fato, ele assobiou quando nós aterrissamos, e chamou a experiência de "radical".

Agora, nossa escola está enfileirada atrás das garotas da Escola de Encantamentos e em frente às garotas asiáticas da Shi. Eu aceno para Wendy, logo na frente. Ela está bonita em seu vestido longo e esvoaçante, cor de heliotrópio. Bonita, mas nervosa. Ela tem um grande papel na cerimônia, é a encarregada do feitiço do deslumbramento.

— Vamos, garotas — diz uma mulher alta num vestido preto longo.

Miri aperta minha mão. E começa.

378 ✳ Sarah Mlynowski

A cerimônia começa exatamente como ensaiamos.

Só que em vez de apenas nossas mães estarem observando, há mais de mil pares de olhos sobre nós.

As outras coisas sobre nós são esses chapéus ridículos. Sim, parece que nossa mãe estava certa. Todo mundo está usando um chapéu de bruxa combinando com o vestido. Espero que ninguém perca um olho. Estas coisas são bem pontudas!

Depois que ocupamos nossos lugares, começa a parte da *alimity*. Leva um pouco de tempo para a faca dourada chegar a mamãe, mas, quando chega, ela pergunta numa voz que impregna toda a noite:

— Você está pronta para se juntar ao círculo da magia?

— Sim — diz Miri, abaixando a cabeça, para mamãe poder cortar sem dificuldade uma mecha do cabelo dela. Isso feito, ela se vira para mim.

— Você está pronta para se juntar ao círculo da magia? — pergunta ela.

— Sim — respondo e mostro o lugar exato de onde ela deve cortar a mecha. Nenhuma razão para correr riscos desnecessários, certo?

Agora acendemos as velas. Devagar, abrimos o círculo, todas proferindo o feitiço.

Eu achei que ficaria nervosa, mas não estou. Conheço o feitiço e meus pilares estão sob controle. Tenho sido honesta comigo mesma, confio em minha família e meus amigos, tive a coragem de contar meu segredo para minha amiga, sinto-me amada e sou amada, e tenho um bom karma. Assim espero. Aprendi muito desde junho e estou pronta.

Quando chega minha vez, recito o feitiço alto e claro.

Isy boliy donu
Ritui lock fisu
Coriuty fonu
Corunty promu binty bu
Gurty bu
Nomadico veramamu.

O pavio da minha vela irrompe em chama. U-hu!!

Miri é a próxima, e ela diz o feitiço, também alto e claro. Sua chama se eleva tão alta quanto a minha.

Bato meu quadril contra o dela e trocamos um grande sorriso. Conseguimos!

— U-hu! — Faço com os lábios, sem emitir som.

— U-hu — Ela faz de volta.

Continuamos em círculo. A trigêmea de grife tenta uma, duas e três vezes, mas suas irmãs apertam o ombro dela e ela faz certo. O poder das irmãs!

Finalmente, completamos o círculo com Wendy.

Ela acende a vela sem nenhum problema e então, devagar, caminha para o caldeirão central.

É agora. O último passo. Depois disso é festa!

Wendy ergue a vela sobre o caldeirão. Tem que segurá-la forte enquanto todas nós repetimos o feitiço do deslumbramento depois dela.

— *Julio vamity* — começa ela.

— *Julio vamity* — repetimos. Significa *Sobre os pilares.*

— *Cirella bapretty!* — termina ela.

— *Cirella bapretty!* — repetimos. Significa *Floresça algo maravilhoso.* É isso aí! Curto e doce!

380 ✳ Sarah Mlynowski

Todas esperamos pelo caldeirão pegar fogo.

E esperamos.

E continuamos esperando.

Ô-Ô!

Depois de alguns segundos, Wendy tenta de novo.

— *Julio vamity* — diz ela, a voz trêmula, agora.

— *Julio vamity* — repetimos. O que está acontecendo? Wendy não deveria estar tendo problemas com isso. Ela é uma das melhores bruxas que já conheci. Pode fazer qualquer coisa!

— *Cirella bapretty!* — diz ela novamente.

— *Cirella bapretty!* — repetimos.

E então esperamos.

Ainda nada. As mãos dela começam a tremer ao repetir o feitiço mais uma vez.

— Pobre Wendaline — sussurra Miri para mim.

Wendaline.

Oh, não. Eu quase deixo cair minha vela, mas firmo a mão. Eu mudei o nome dela. Mudei suas roupas. Mudei o cabelo. Mudei a maquiagem. Fiz ela mentir para as amigas. Lembro da vez em que o feitiço do deslocamento não funcionou e no que Miri disse. Quando eu disfarço minha verdade, minha mágica entra em parafuso. Meus pilares ficam bloqueados.

Wendy — não, *Wendaline* — precisa que tudo esteja perfeito ou nosso feitiço do deslumbramento nunca funcionará.

E sou eu que tenho que consertar as coisas.

Nunca se sabe

Preciso fazer alguma coisa, mas o quê? Preciso que ela volte a ser o que era antes de eu estragá-la.

Ela precisa voltar a ser Wendaline.

Fecho os olhos, me concentro nela e penso com todo meu poder:

> *Todas as mudanças que fiz,*
> *Por favor, vão embora.*
> *Wendy, torne-se Wendaline de novo,*
> *Sinto falta de você agora.*

Ao pronunciar as palavras, me dou conta de que são verdadeiras. Sinto falta do seu cabelo comprido. Sinto falta de chamá-la de Wendaline. Sinto falta das roupas loucas. Ela é quem ela é e deveria se orgulhar disso. Sou a única que deveria ficar envergonhada.

Um fluxo de correntes frias chega até mim e eu cubro minha chama para que fique acesa.

Funciona. Diante de todo o mundo bruxo, o cabelo de Wendaline cresce até a cintura. Suas unhas mudam de rosa para preto e sua maquiagem fica escura. Seu vestido exibe mais cores, a cauda fica longa e todo o seu ser parece cintilar.

Todas as mil pessoas assistindo engasgam.

Ela parece tão surpresa quanto todos e olha ao redor buscando uma explicação. Eu lhe lanço uma piscadela.

— Obrigada — diz ela, sem emitir som.

— Desculpe, Wendaline — respondo da mesma forma.

— *Julio vamity* — diz ela, novamente, alto e claro.

— *Julio vamity* — repetimos, com excitação crescente.

— *Cirella bapretty!* — termina ela, sorrindo. Ela sabe que agora dará certo. Nós também.

— *Cirella bapretty!* — gritamos em uníssono.

Abrakazam! O caldeirão pega fogo.

Todas gritamos e aplaudimos.

Eu lanço o chapéu para o alto e todas fazem o mesmo.

Peço a meu pai para dançar a primeira música comigo e ele, feliz, aceita. Tento lhe ensinar o surky. Erramos todos os passos, mas não importa.

— Estou tão orgulhoso de você — diz ele, e fico extasiada.

O cantor é Robert Crowne. Duas vezes em duas semanas! Não sou sortuda? Não que sorte tenha muito a ver com isso. É tudo mágica. Ele deve estar enfeitiçado. Ou talvez seja um feiticeiro!

Tem um jantar incrível, mas quem pensa em comer numa hora dessas? Todas nós, jovens bruxas (e amigos das jovens bruxas) dançamos até os quadris se acabarem e nos divertimos.

Só uma coisa não é perfeita: tenho que falar com minha prima Liana. Quando volto para a mesa para beber uma água rapidinho, ela se aproxima.

— Você se tornou uma ótima bruxa socialite, não foi? — pergunta ela, jogando o cabelo brilhante do ombro.

— Não exatamente — respondo.

— Onde está o namorado? Ele não pôde vir?

— Nós terminamos — digo.

— Jura? — pergunta ela. — Ele te deu o fora?

— Não!

— Você deu o fora nele? Achei que gostasse dele de verdade.

— E gosto.

— Então por que terminaram?

Uma excelente pergunta, formulada por Liana. E para a qual não tenho uma resposta.

— Bem — começo.

— Ei — interrompe ela, de um jeitinho típico de Liana —, você é amiga de Adam Morren?

— Sim — digo, cautelosamente.

— Você me apresentaria? Ele é tão gato.

— Hum... — Ele pode não ser o cara certo para mim, mas isso não significa que vou empurrá-lo para minha prima diabólica. Nem pensar. — Acho que não. — Sem esperar por uma resposta, viro de costas e vou para a pista de dança.

Agora, aonde foi todo mundo? Papai e Jennifer estão dançando e minha mãe e Lex estão conversando com um

384 ✳ Sarah Mlynowski

casal. Velhos amigos? O cara parece familiar. Eu conheço o filho dele?

Não! É o cara do álbum! Jefferson Tyler! Rá! Pequeno mundo bruxo, acho.

Sorrindo, vou atrás do pessoal. Passo pelo salão de dança e vejo Miri e Corey. Os braços de Miri envolvem o pescoço dele e eles se encaram muito seriamente. E então...

— AimeuDeus, ele vai beijá-la! — praticamente grito, e então tapo a boca com a mão. Não que eles possam me ouvir, por causa da música.

Observo, atônita, enquanto Corey pressiona os lábios contra os dela. Oh. Meu. Deus. Está acontecendo! Está acontecendo! Eu quero correr para dar os parabéns a minha irmã, mas me seguro. Ia ser muito estranho. Eu me sinto um pouco idiota por ficar olhando, mas não posso evitar! Mas a boca dela está aberta! Eles estão dando um beijo de língua!

Parece que ela está se lembrando de tudo que lhe ensinei. OK. Vou parar de olhar agora.

Olhe para longe. Olhe. Longe.

Eu me viro à procura de alguém para conversar. E é quando vejo uma coisa igualmente chocante. Não, mais do que chocante. A coisa mais chocante que já vi. O cabelo vermelho. O nariz arrebitado.

Poderia ser?

Não.

Mas é.

— Melissa? — pergunto, incrédula.

Minha arqui-inimiga se vira para me olhar. Ela está sensacional num vestido longo preto.

Festas e Poções ✳ 385

— Achei que fosse você lá no círculo — murmura ela.

— O que... que você está fazendo aqui? — Ela é uma bruxa? Minha intuição balança. Não perguntei a Miri se ela era uma bruxa? Eu sabia! Mais ou menos.

— Obviamente, não estou fazendo o meu Sam. — Ela cruza os braços. — Que droga! Por que você consegue tudo?

— Eu? Do que você está falando? — Ela é a garota que roubou minha melhor amiga e tenta, repetidas vezes, roubar meu namorado. Isto é, meu ex-namorado.

— O que... quem... por que você está aqui? — Meu cérebro não consegue processar a presença dela aqui.

— As trigêmeas são minhas primas — diz ela.

— Você é uma bruxa também? — pergunto.

— Não — responde ela asperamente. — Ainda não. Minha mãe é uma bruxa. Meu pai é um feiticeiro. Minhas duas irmãs mais velhas são bruxas. Mas eu? Aparentemente, não tem um osso mágico em meu corpo. Até meu namorado, Jona, é um feiticeiro.

Namorado?

— Eu não sabia que tinha um namorado. Eu achei... — Minha voz some.

— Que eu ainda estava atrás de Raf? Nem pensar. Raf foi só uma quedinha. O Jona é sério. Nós nos conhecemos neste verão. Ele é um gato. E está aqui. — Ela fica na ponta dos pés e olha ao redor. — Em algum lugar.

— Não consigo acreditar — comento, ainda atônita.

— Não consegue acreditar em quê?

— Em tudo — digo, rindo.

— Bem, acredite. Aqui estou. Aspirante a bruxa.

Depois de um ano inteiro odiando-a, de repente, sinto-me mal.

— Nunca se sabe — digo. — Aposto que seus poderes vão aparecer logo.

— Eu venho dizendo isso nos últimos três anos. Até me inscrevi nas aulas de Samsorta deste ano, só para garantir, mas não me qualifiquei... eu vou ser a bruxa mais velha a ganhar poderes na história do mundo.

Então foi ela quem tentou fingir! Eu me surpreendo ao colocar o braço no ombro dela.

— Não vai ser, não. Eu sei que não será. — Agora sei por que ela está sempre mal-humorada.

— Você sabe? — pergunta ela, ansiosa. — Como?

— Chame de intuição. — Certo, normalmente estou errada, mas e daí?

Pela primeira vez, ela sorri para mim.

— Obrigada, Rachel. Você não tem ideia como é uma droga esperar pelos poderes aparecerem.

Ha-ha!

Ela faz um movimento para se afastar, mas eu a seguro pelo braço.

— Espere, Melissa! Uma pergunta rápida?

— O que é?

— Você contou para Jewel?

— Contei o que para Jewel?

— Sobre os poderes. Ou a falta de poderes. Sobre tudo isto — esclareço.

— De jeito nenhum — grita ela, e desaparece na multidão.

Irônico. Jewel me dispensou por Melissa, mesmo sem saber quem Melissa realmente era.

Agora Jewel está em casa, enquanto Tammy, minha *nova* melhor amiga, está aqui comigo, divertindo-se loucamente. Isso é karma.

Rindo sozinha, sigo à procura dos meus amigos. Localizo as trigêmeas; Viv e seu namorado neiticeiro gatinho, mas com uma aparência um pouco sebosa, Zach; Karin e seu também superlindo namorado; Harvey; Fitch; Rodge; Adam; e Tammy. Com exceção de Zach, que está com um terno de anarruga, o grupo todo está lindo de smoking preto.

Espere. Adam está dançando com Tammy. Como isso aconteceu?

— Oi! — exclama Tammy ao me ver. — Estava procurando por você, mas encontrei Viv e Zach. — Eu tinha apresentado Viv a ela mais cedo e se deram bem na hora. Então, ela se aproxima e cochicha: — E este cara é *tão* lindo. Estive dançando com ele nos últimos dez minutos. Você o conhece?

— É o Adam — digo e levanto as sobrancelhas.

— Ai, nossa! Lamento. Não tinha ideia — geme ela. — Não vou dançar com ele de novo, prometo!

— Não, não se preocupe — digo, sendo absolutamente sincera. — Dance com ele o quanto quiser. Ele é ótimo. Mas não é para mim.

Ela faz que não com a cabeça.

— Dance com ele — ordeno. — Eu insisto. Minha prima está a fim dele, e eu preferiria muito, muito mais mesmo, ver ele com você a vê-lo com ela.

Ela balança a cabeça novamente.

— Adam — chamo.

Ele se vira.

— Rachel — diz ele, sorrindo. — Parabéns.

— Obrigada — respondo. — Quero lhe apresentar minha melhor amiga Tammy e quero que vocês continuem dançando. Porque vocês são duas das minhas pessoas favoritas e acho que formariam um ótimo casal.

Ambos ficam vermelhos.

Tudo bem, talvez tenha sido ID.

— Apenas divirtam-se, crianças! — exclamo

— OK — diz ele e faz uma reverência debochada.

Sinto um puxão no braço. São Miri e Corey, finalmente tomando fôlego, ambos sorrindo.

— Nós conseguimos! — grito, batendo a palma da mão na dela. Então, acrescento em voz baixa: — Vi vocês se beijando.

— Até que enfim — diz ela. Então me dá um abraço. — Obrigada.

— Pelo quê?

— Por tudo. Por fazer o Samsorta por mim. Por ser a melhor irmã mais velha do mundo.

— Não, você que é a melhor irmã do mundo — digo, com voz de bebê.

— Não, você! — diz ela, com a mesma voz.

Então Crowne começa a cantar "Every Little Thing She Does is Magic" do The Police, e a multidão enlouquece.

Doce ou travessura

28

A festa vai até as 2 horas da manhã. Todos os adultos (meu pai, Jennifer, mamãe, Lex: basicamente todos acima dos 30) deram a noite por encerrada e agora há somente a garotada. ("Você tem certeza de que não se importa se nós formos?", perguntou Jennifer antes de sair. "Está certa disso? O que vocês quiserem, garotas, digam-me! Eu farei!") Mas quando as lápides começam a voltar às posições originais, entendemos que é hora de parar.

— Aonde vamos agora? — pergunta Karin. — Precisamos de um pós-festa.

— Que tal a parada de Halloween, no East Village? — pergunta Miri. — Deve estar começando agora.

— Ei, legal! — Todo mundo se anima.

Então, nos zapeamos de volta para Nova York e descolamos um lugar na Sexta Avenida. Com os chapéus pretos,

390 ✳ Sarah Mlynowski

estamos vestidos a caráter. Aplaudimos todo mundo que passa fantasiado: os diabos, os anjos, os hambúrgueres, os prédios, os personagens de desenhos. Todas essas pessoas desfilam em homenagem ao nosso Samsorta, sem nem saberem!

— Está se divertindo? — pergunto a Tammy, passando o braço pelo dela.

— Nunca me diverti tanto — responde ela, e faz com os dedos o sinal de positivo dos mergulhadores. Seu nariz está vermelho forte de tanto frio.

— E Adam? — pergunto. Reparei a maneira como olha para ela. Como se estivesse enfeitiçado.

— Ele *é* fofo — diz ela. — Mas nunca vou falar com ele novamente se você gosta dele, mesmo que só um tiquinho.

— Tammy, nada me faria mais feliz do que ver vocês dois juntos — digo a ela. — Se ao menos Raf e eu estivéssemos juntos, podíamos fazer um encontro bruxo!

— Você sente falta dele? — pergunta Tammy.

— Mais que qualquer coisa — digo.

Ela para de assistir ao desfile e me encara.

— Então, vamos — diz ela.

— Aonde?

— Você sabe.

— Sei? — pergunto. Mas então percebo. Eu sei.

— Pegue aquela bateria — ordena ela. — É hora de reconquistar Raf.

Eu assinto. *É hora de reconquistar Raf.*

— Acho que podemos andar até lá. O colégio é somente a poucos quarteirões daqui.

— Ah, por favor — pede ela, com um brilho nos olhos.
— As baterias são superdivertidas!

Um Frankenstein desfila próximo a nós.

— Espero não ter criado um monstro — afirmo.

O ginásio da escola está decorado como uma casa mal-assombrada. Há figuras de esqueletos coladas na porta e a máquina de fumaça está a toda.

Quando pagamos a entrada, Kat lança os braços em torno de nós.

— Estou tão feliz que vocês tenham vindo! Achei que não iriam aparecer! Uau, vocês estão lindas! E trouxeram várias pessoas! Vocês são o máximo!

Eu não tinha planejado arrastar toda a gangue, mas é muito mais difícil dispensar um grupo de bruxos do que imaginei.

Sinto o cheiro de alguma coisa familiar.

— Você está com um cheiro ótimo! Como... o que é isso?

— Meu novo perfume! Comprei há poucas horas! O que você acha? Teoricamente, é o cheiro de Paris!

Interessante. Será esse o nosso *giftoro* do Sam? Não é o Grand Canyon, mas sem dúvida é divertido.

— É mágico — digo. E depois olho em volta. — Raf está aqui?

— Ele foi embora — responde ela e me dá um olhar perceptivo. — Não parecia estar se divertindo muito.

— Foi embora? — repito.

— Há dois segundos — diz ela. — Deve estar logo ali na esquina.

Eu saio correndo. Tenho que encontrá-lo. Tenho que contar a ele. Esta noite.

Corro pela rua e o vejo prestes a virar a esquina. Sei que é ele porque ainda consigo enxergar o feitiço da evasão.

— Raf! — grito. Ele está usando outro casaco de couro novo. Este tem costuras verdes muito na moda. Um original de Raf, acho.

Ele se vira e me vê.

Estou muito longe para ler a expressão em seu rosto, mas não paro de correr até o alcançar.

— Raf — digo, sem fôlego.

— Oi — diz ele, mas não posso ler sua expressão.

Mais de perto, vejo que por baixo do casaco novo, ele está todo de amarelo. Está de mostarda. Mostarda sem seu ketchup.

— Preciso conversar com você — digo.

Ele olha para o chão.

— Sobre o outro cara?

— Não tem outro cara — digo, balançando a cabeça. — Nunca teve. Quero dizer, ele existe. Mas eu nunca senti nada por ele.

— Mas então por que terminou comigo? — Seu olhos estão tomados de confusão. Seus lindos olhos castanhos.

É o momento. O momento da verdade. Mas preciso que ele saiba. OK, ele pode ficar assustado. Pode ficar com medo. Mas tenho que tentar. Tenho que dar a ele a chance de me *entender*. Pego as mãos dele. Ele me encara. E digo tudo logo de cara.

Festas e Poções ✳ 393

— Sei que o que vou dizer parece loucura. Mas apenas ouça. Eu sou uma bruxa. Minha mãe é uma bruxa. Minha irmã é uma bruxa. E não quero dizer que minha fantasia é de bruxa, o que por acaso é. Bem, mais ou menos. Quero dizer, sou uma bruxa de verdade, com poderes mágicos. — As palavras saem rápidas, mas eu quero, não, eu preciso, botá-las para fora. — E eu ia contar a você. Mas, então, eu contei ao meu pai e ele surtou. Não falou comigo por uma semana. Por isso, decidi que não ia contar para você. Jamais. Mas então decidi que você merece mais que isso. Nós merecemos mais que isso. Então, terminei com você. E disse a você que estava com Adam. Mas não tinha nada a ver com Adam. Ele é apenas um amigo feiticeiro, um amigo que na verdade pode estar ficando com Tammy neste momento em que conversamos. Bem, isso não importa.

Eu paro para examinar a expressão de Raf, mas ele ainda está me encarando. Mas ainda não soltou minhas mãos. É um bom sinal, certo? Claro que ele pode estar paralisado pelo choque. Tomo fôlego e continuo.

— Então, meu pai superou tudo e eu espero que você também consiga. Porque eu amo você. De verdade mesmo. Está vendo? — Aponto para o colar no meu pescoço. — Ainda estou usando seu coração. Estou usando também um pingente de vassoura que ganhei, porque minha mágica também é importante para mim. Vocês dois são. Bem, de qualquer forma. Eu amo você. E espero que você ainda me ame. Eu sei que você, provavelmente, precisa de uma prova, então olhe o que vou fazer. Vou mudar a cor da sua roupa

394 ✳ Sarah Mlynowski

para vermelho. — Eu tomo fôlego novamente. — Você está pronto?

Ele ainda não soltou minhas mãos. Ele assente.

Eu entoo:

> *Como o novo velho se torna,*
> *Como a vida a morte será,*
> *Fantasia de Halloween de Raf*
> *Por favor, a cor vermelha exibirá!*

Ai, ai. Sei que mencionar *morte* pode assustá-lo, mas a única outra opção seria "E o solteiro um dia se casará", o que, definitivamente, o colocaria para correr. Ora, ele é um garoto adolescente.

(E, não importa o que aconteça, vou acrescentar o feitiço de mudança de cor no livro de feitiços esta noite. Não é mais que justo que eu compartilhe esse brilhante feitiço com o mundo?)

Uma onda de frio e *zap*!

Sua calça e sua blusa estremecem e se tornam vermelhas. Seu queixo cai.

— Loucura, né?

Ele assente. Fecha a boca. E ainda não soltou minhas mãos.

— Raf? Ainda está aí?

Ele assente de novo, mas parece bem atordoado.

— E eu quero dizer de novo o quanto amo você — acrescento. — Porque é verdade.

Ele abre a boca de novo.

— Sim? — digo, meu coração martelando.

— Acho que talvez eu esteja em estado de choque — diz ele —, e sei que preciso de tempo para absorver tudo o que você me disse. Mas só consigo pensar: *ela me ama!*

Meu coração saltita.

— Jura?

— É. — Ele olha de novo para a fantasia. — Embora eu possa ter algumas perguntas para você amanhã.

Mas ele não tem nenhuma pergunta para mim agora. O que é bom, porque é hora de beijar e fazer as pazes.

— Espere — digo, de repente. — Eu tenho uma pergunta para você. Raf é apelido de quê?

— Raphael — diz ele.

— Raphael — repito. — Eu gosto.

Eu me inclino para o beijo. O beijo nº 132.

Decidimos sair do meio da rua e aparecer na pista de dança. E por aparecer quero dizer abrir a porta, como gente normal, e não zapear lá para dentro. Posso mostrar os feitiços para ele amanhã. E poderei também dar a ele mais informações. Esta noite, vamos apenas nos divertir. (Presumo que ele ainda não precise saber aquela parte do "uma vez eu pus um feitiço no seu irmão porque eu achei que fosse você", certo?)

Quando entramos, vejo que meus amigos estão todos ali. Dançando.

— Mais bruxas? — pergunta ele, vendo mais vestidos e chapéus roxo heliotrópio.

Eu assinto.

396 ✳ Sarah Mlynowski

— Legal — diz ele.

Legal! Ele disse *legal*! É outro bom sinal, certo?

Ribbit.

O que é isso? Eu olho em volta.

Ribbit.

Wendaline me agarra pelo braço.

— Rachel — murmura ela. — Acho que fiz uma coisa ruim.

— O quê? — pergunto, me virando para ela.

Ribbit.

— Bem, Cassandra estava aqui, e assim que nos viu, começou a implicar de novo. Você sabe, a cantarolar meu nome. E você não vai acreditar na fantasia dela! A bruxa má de *O mágico de Oz*! Com um grande nariz falso, um chapéu preto e uma capa preta! Tentei ignorá-la, mas então eu a vi perturbando Tammy. Eu sei que você me pediu para manter a mágica fora da escola, mas...

— Wendaline, esqueça o que eu disse. Sinceramente. Seja você. Faça mágica, não faça mágica, apareça, desapareça... Faça o que você quiser.

— Estou contente que você pense assim. — Ela ergue a mão e mostra um sapo. Um sapo num minivestido de bruxa preto.

Ribbit.

— Porque eu meio que perdi a calma. Eu a transformarei de volta depois do baile. Tudo certo. E a estou segurando para que não seja pisada.

Dou uma risada. Não posso evitar. Eu penso no sapo que Cassandra colocou dentro do armário de Wendaline.

Festas e Poções ✳ 397

— Se alguém merecia ser transformada em sapo, era ela. Wendaline ri.

— Que bom que você não ficou chateada. Mas preciso avisar: acho que agora ela sabe que sou uma bruxa.

— Não me preocuparia com ela — digo. — Imagino que não vai lhe causar mais problemas.

O sapo pula de sua mão e Wendaline o persegue pelo salão.

Então Cassandra sabe. E Tammy sabe. E Raf sabe. Outras pessoas descobrirão também? O que vão pensar? Ficarão com medo de mim? Me evitarão? Ou acharão o máximo?

— Imagino que Wendaline também seja uma bruxa? — pergunta Raf, colocando o braço em torno de mim.

— Você teria que perguntar a ela — respondo. Bruxa com honras e tudo o mais.

— Mas ela está atrás de um sapo. Aquele sapo era uma pessoa?

— Tudo certo — digo, levando-o para a pista de dança. — Eu explico tudo amanhã. Esta noite, vamos dançar.

Ele me puxa para junto de si. E balançamos de um lado para outro. Nós estamos dançando. *Nós estamos dançando*. U-hu! Levou quase um ano, mas meu desejo número um, dançar com Raf num evento social da escola, finalmente se concretizou. E eu nem mesmo precisei usar um feitiço.

Só precisei ser meu eu encantador.

No meio da música, Raf pergunta:

— Pode pelo menos me dizer quem Wendaline transformou em sapo?

398 ✳ Sarah Mlynowski

— Acho que foi o namorado dela — brinco. — Portanto, é melhor ser bonzinho comigo.

Ele ri.

— Você está brincando, não é?

— É claro que estou brincando! — Dou o beijo n° 133 nos lábios dele. — Estou cem por cento brincando.

Hã, talvez 99 por cento.

Nunca se sabe, certo?

Perfil de Rachel Weinstein no Mywitchbook.com
Cidade: Manhattan
Magicalidade: Rosa! Não, rosa cintilante...
rosa-shocking cintilante
Atividades favoritas: matemática (sim, eu sei, sou uma
nerd), inventar feitiços, andar de bicicleta (bem, ainda
não, mas vai ser)
Herói: Miri, minha irmã caçula
Relacionamentos: verdadeiramente, loucamente
apaixonada pelo meu precioso Raf/Raphael/amorzinho!

Este livro foi composto na tipologia Schneidler
BT, em corpo 11,5/16, e impresso em papel
off-white 80g/m^2 no Sistema Cameron da Divisão
Gráfica da Distribuidora Record.